刑侦悬疑小说集

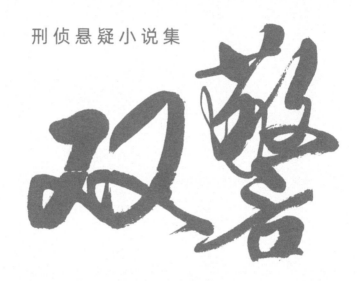

穆继文 著

群众出版社

目录

双

警

一

没有白云的天空，让这个中秋节感觉冷清、孤独。周武刚把车子停靠在解放路派出所停车位上，一个身着辅警服装的年轻人就从派出所门厅里小跑着出来。

"喂，这儿不是你停车的地儿！"年轻人大声嚷嚷起来。

"你什么东西，把薛大炮叫出来，老子来了，他娘的还不出来迎接。"

"你怎么骂人？"

"骂你？老子还揍你呢！"

"我说周队，你跟孩子发什么火，我这不赶紧出来接你了吗？"五大三粗的薛所长从门厅里急急火火跑了出来，在周武这个精瘦的中等身材人面前很谦卑地说话，这可不像他一向"凶恶"的样子。

"他也有害怕的人？"年轻辅警似乎有些蒙，小声嘀咕着。

"这小子叫什么？我喜欢。"

"嗨，他是辅警小元。"

"一个小辅警，比咱们刚进刑警队那时候还冲。"周武又回头看了一眼辅警小元说。

小元有些惊恐，低下了头。

走进前厅，一个满头白发的妇女坐在地上，她脑门子上有一个红色的"冤"字。周武一惊，看到这阵势，吓了一跳，干了这么久刑警，出了无数次现场，脑门子上刻了一个血色的"冤"字还是第一次见。

"这是?"

"一个告状喊冤的大婶，经济纠纷，天天来，要不就去市局闹。"薛所长说。

周武向前走了几步，回过头又看了一眼满头白发、双目发呆的妇女。

"走吧，她脑门子上的字不是刀刻的血字，是用口红写的，一出汗就掉了。明天她还会血糊糊、黏糊糊地写上那个'冤'字来咱这儿闹腾。来就来呗，总比她跑到市局告状好，我还得亲自去接她，局领导还要批评咱们不会做群众工作。"薛所长搂着周武的肩膀，就像拎着一只小鸡一样边说边上了二楼。

周武找内勤民警要了一些脑门子上写着"冤"字的大婶的询问调查笔录。薛大炮知道后，不高兴地对周武讲："你是刑侦专家，给咱所破点儿积案，为所里年轻民警搞搞培训，别管这些鸡毛蒜皮的小事儿。那个马婶脑袋有些不正常，她儿子跟人家合伙做买卖赔了，就抑郁了，她要人家公司赔偿，还说公司绑架他儿子，杀掉了她没过门的儿媳妇，简直是在说梦话，他娘儿俩神经都有些问题。"

周武知道薛大炮是为自己好，别再招是惹非了，可是他看不得别人受欺负。他没有理会薛大炮的"逆耳忠言"，继续看着案卷，问道："大炮，她告的何全力是不是绰号'何大神'的那个混蛋?"

"人家现在是基石宇集团董事会主席了。"

"狗屁，就是天王老子犯在我手里，老子也要把手铐给他铐上。"周武认真看了马婶的询问调查笔录，没有什么发现。

"薛所，马婶晕过去了。"值班民警报告。

"走，看看去。"薛大炮第一个跑出去。

马婶叫马志萍，是酱油厂的退休工人，单亲母亲，看上去像六十多岁的妇女，其实才五十二岁，她是给她儿子喊"冤"的。一年多了，她喊累了，就在脑门子上用鲜红鲜红的口红写上"冤"字，天天坐在派出所门口。太阳烈了，下雨了，刮大风了，她就躲在派出所大厅。赶上节假日她就跑到市政府门前或者干脆坐火车去北京，反正每次都是派出所民警把她接回来，一来二去，派出所都习惯了。有的时候中午了，薛所长还让民警给她打份饭吃，她舍不得吃，快速回家给儿子送去。

马婶被周武他们送到医院，周武问身边的民警，这个马婶为什么总来咱们派出所坐着？她有什么冤情？民警支支吾吾，说她是因为儿子做生意赔光了，她儿子现在又患有精神分裂症，她认为就是那个骗子公司害的，可是她儿子和公司签有合法合同，她跟儿子签署合同的公司打官司，输了，她没有一丁点儿辙，就到派出所告状，说那个公司老板是恶势力黑社会的头子，要求公安局立案侦查，严惩罪犯。

"这个老太太是低血糖，没什么事儿。"大夫冲着周武说道。

"谢谢大夫。"周武一转身，马婶就没有了踪迹，"大炮，大炮，娘的，他也跑了。"周武走到缴费窗口交了马婶的检查费用。

到派出所一个星期了，三天一个班，出了几个警情，周武每天都要看看大厅和派出所门口，他似乎在等待脑门上写着"冤"字的马婶。她突然晕倒被送去了医院，现在应该好转了，怎么不来闹腾了？他困极了，回到警组，靠在椅子上就打起了呼噜，直到嘴里的烟头烫到了嘴唇，才惊醒。

何全力，绰号何大神，是周武和兰敏的高中同学，高大健硕，像一个健美运动员。上学的时候他是班里的帅哥，学习差劲，但是招女同学喜欢，兰敏总是把作业给他抄，考试的时候还给他递小纸条，老师竟然没有抓到过他。有的时候，他作弊取得的成绩比周武还好。别看他身材魁梧，在足球场上他可是周武的手下败将。高考他名落孙山，他不在乎上不上什么大学中专技校的。他说，最讨厌的就是上学读书，他认为没用。也因此对他有好感的兰敏中断了对他外形的爱慕。他对兰敏是一种可有可无的懵懂爱情，追求过她，又觉得太累，好了一阵，后来分开，他把情窦初开的恋情稀里糊涂忘掉了。何全力说过，有了钱什么都会有的。高中毕业他就和父母经营早点，老豆腐、嘎巴菜、摊煎饼果子，挣了点儿钱。他和他爸讲，干这个小买卖哪辈子能发财？他带着两千块钱去了广州，半年他就回来了，破衣烂衫，他爸妈以为他被抢劫了。他打开拎着的黑布拎包倒在床上，包里是一堆百元钞票。他爸妈傻了眼，他妈声音颤抖地问："儿子，你抢银行了？"他爸瞪着眼睛气得说不出话。

"瞧你们，儿子做生意挣的钱，怕路上有劫道的，就装成要饭的，保险。妈，饿了。"他自豪地说。

何全力回来不久，就召集了几个辍学的社会小青年要干一番事业。他说："哥儿几个跟我干，比那帮上大学的有出息。钱是关键，再有学问，没有钱，屁用没有。我到了广州和深圳才知道，那里才是人间天堂，那里的高楼真的入云，那里的晚上真的是不夜城，那里的小姐姐都能把你给'吃了'。"

何全力带着几个社会小青年开了个基石宇物资再生公司。他找到中学语文老师，甜言蜜语加上带着礼品，说得语文老师心花怒放，于是，语文老师直接找她爱人——市工商局长帮助办理了营业执照。其实他经营的就是废品收购站的营生，这是他从深圳学来的新词"物资再生"。他们在郊区租了一个废弃的厂房，一开始他们几个人骑着两辆三轮车走街串巷收购废旧报刊、纸盒子及废旧铁制品，挣的钱还不够交房租。何全力脑子好使，他告诉哥儿几个，留点儿心眼，瞅准机会，趁没有人注意，"拿一点儿"什么生铁的井盖，工厂里的废旧钢铁、电缆线都行。

几个人顺手牵羊的生意做起来容易，而且收益大，于是他们胆子也越来越大，不到一年，他们干了几票大"买卖"就发了横财。何全力觉得靠收购废品和"捡破烂儿"是发不了财的，必须要冒险，有色金属、废铁和旧设备一起搞，只要有人敢卖，他就敢买。凭着他的胆量又挣了几笔大钱，他也感觉隐藏的危险开始增大。于是，他以幕后踩点为主，然后组织几个人，在夜间偷盗企业物资。如果被工厂保卫干部或者巡逻的联防队员抓到，他就用钱把人捞出来。他们偷盗的都是一些企业搁置的废旧物资，即便企业报警，警察抓人，他来个什么也不知道，说是从社会上招聘的小青年干的，不知道这帮小青年是小偷，他要开除他们，并自愿接受罚款，同时他还要给派出所一些赞助，基本上都能把事儿摆平。

他的生意越做越红火，他又招兵买马，不仅经营废旧物资收购，还经营三家足疗店和两个大澡堂子。一时间他是咸鱼翻身，成为市中心街道那一片有影响的民营企业家，就连他爸妈的早餐店，他也收购过来，扩大成一家加盟店——丽丽早餐食堂。有了钱他的胆子更大了，野心也更大了。

周武被提拔为刑警队副队长，一次他带队在蹲堵的时候成功抓获了一伙盗贼。这伙盗贼就是何全力公司的员工，他们白天收购废品，晚上盗窃企业物资，现在他们不是偷一些废旧物资了，而是直接盗窃企业物资仓库里的成品。这伙盗贼里有一个新来的员工，第一次出来参与盗窃活动，他害怕坐牢，他要立功，就供出是何全力指使他们干的。

周武抓捕了何全力，无论是老同学，还是一些领导打招呼，他全然不顾，最后法院判决何全力犯包庇罪处以一年零四个月有期徒刑，不过，何全力运作成了缓期一年零四个月。从此，何全力开始对周武这个不讲情面的老同学心存怨恨。

何全力对着周武叫嚣："你等着瞧，周武，我把兰敏都让给你了，还不行，还跟我过不去！"

周武怒目圆睁，强硬地说："跟兰敏没关系，我等着你，别再犯我手里，我的枪是装满子弹的！"

二

"小元，通知猴子，不，是周警官，快，出警！"薛所长命令道。

距离解放路派出所五百米，正在新建的高档小区土建施工现场，挖掘机挖出了一具人体骨骼，施工司机吓得尿了裤子，现场管理员报了警。

负责警戒线的周武忘记自己是一名片警了，他的任务就是在现场拦阻无关人员进入，保护好现场。刑警队侦查员忙碌着，他实在憋屈，就冲到案发地和师父说："局长，不，师父，你让我勘查一下。"分局副局长看了他一眼，没有任何表情，他明白了，立刻冲了过去。周武在警校学的专业就是痕检，二十年来，他出现场无数，勘查率百分之百，市局刑科所多次想调动他，他都没同意，分局也不放他这个"小神探"。

"这是一具女性尸骨，看骨龄也就二十多岁。"周武取下来一块骨骼，仔细嗅着散发恶臭的骷髅，"死亡时间一个月左右……"他一边勘验一边说。

技术员看了一眼分局副局长，分局副局长点了点头，说："按他的叙述记录。"分局副局长冲着薛大炮说，"你们派出所安排几名民警协助刑警队破案。"

"是!"薛大炮答应着,他知道分局副局长说的让民警协助一定是指周武。

分局刑警队的侦查员们心里明白,这是给周武一个"戴罪立功"的机会。这个案子成功破获,他还要回去当他们的队长,在周武身上发生这样的事儿已经是常态了,他们相信只要他出马,一定能揪出犯罪嫌疑人的"狐狸尾巴"。

"被害人头颅被铁器重重地击打,又被侮辱,之后深埋工地里。"周武自言自语念叨着。午夜,躺在值班室床铺上的周武还在还原作案现场,难道凶手行凶、强奸,在受害人还没有断气的时候就将其埋在施工现场?他毛骨悚然,甚至不愿意在脑海里继续还原当时残忍的杀人现场,可是他的脑神经不由控制地继续往下推理……

他起身,叫醒了酣睡的小元:"喂,小元,你来派出所多久了?"

"哦,周警官,十个多月了。"

"别喊周警官,别扭,以后叫周哥,猴子哥也行呀。"

小元听到叫猴子哥也行,立马醒了。

"小元,你给我说说马婶的案子。"周武接着说。

"周队,不,周哥,明天我带你去她家,你可别和薛所讲,就说你办女尸骨案子带上我。"

周武愣了一下,似乎听懂了他的担心,点了点头:"行。"

周武这一夜昏昏沉沉只睡了两个钟头,他梦见了兰敏,他看到了妻子恋恋不舍的样子,好像说,我舍不得你和宝贝女儿,我们在一起还没有生活够呀……他是哭醒的,枕头上一片潮湿。

"马婶现在住的是街道给申请的廉租房,每月三百元房租,水电燃气费减半。她儿子强子因为经营生意把钱全赔光了,就连他爸爸生前在企业分配的唯一的房子都卖了。强子赔钱以后得了抑郁症,整日里不出屋,在家里拿着手机,盯着他和余思思的合影,一看就是一天,看累了他就唱歌,只唱一首歌《再度重相逢》:'……简单爱你心所爱,世界也变得大了起来,所有花都为你开,所有景物也为了你安排,我们是如此不同,肯定前世就已经深爱过，讲好了这一辈子，再度重相逢……'他反复唱，不停地唱。他妈妈要是不给他送吃的，他得饿死。每个月就靠马婶一千多块钱的退休金，马婶再捡一些废品卖，母子凑合着生活。马婶就一个愿望，把基石宇集团陷害他儿子的罪犯告倒，还他儿子的清白，再把余思思找到，问她到底喜不喜欢强子。"居委会主任向周武讲述道。

中午下起了太阳雨，周武买了两斤传统肉包子，说："小元，干脆咱俩到马婶家一起吃。"

小元眼眶子滚动着热泪："嗯。"他没有想到平时吹胡子瞪眼说话的周队长那么善良。

马婶有些激动，还有些不知所措。她从医院回家后，三天没有到派出所闹腾了，她脑门子上的"冤"字明显暗淡了许多，但是浅浅的红色印记还是显现出那个带着满腔仇恨的"冤"字。周武凭借当警察这么多年的经验猜想，这里面一定有重大冤情。

"你们都是好警察，还有薛所长，总是照顾我们娘儿俩。"

周武又递给强子几个热包子，强子好像这辈子没有吃过这么好吃的食物，狼吞虎咽。周武有些心酸，强子清瘦的脸庞和深凹的双眼里透露出无比的恐惧，他的心里一定隐藏着巨大的怨愤。强子一直没有用正眼看周武，只在周武和他母亲讲话时，会斜视一眼周武。他和小元算是熟悉的，小元问他一句话，他应付地答一句，也就是"嗯，哦"。

周武知道要想让强子张开嘴，得先让他信任自己，今天先认识一下，他们拉了家常。两个小时后，周武和小元回到所里。

"我的猴子大侦探，有线索吗?"薛大炮阴阳怪气地问。

"大炮，少跟老子摆你的官架子，老子不吃你那一套，别忘了，上学时你就是我的手下，现在老子遇难，哪天老子当了局长收拾你。"

"好，好，你是我的领导，我只是提醒你，办好你的无名女尸骨案，别找马婶。"说完，他有些生气地走了。

小元吓得赶紧跟在薛大炮身后，像是"告密"去了。不过他还是有些善意地回头看了看周武，似乎是告诉周武放心，他一定保守秘密。

站在派出所二楼长长的过道里，看着大家都在忙碌，出来进去，你来我往，周武感到孤独、疲惫，甚至觉得自己是一种异类，到底该怎么办？

他去刑警队专案组，新任队长告诉他，有事向你师父请教，打发了他。他们召开案件研判会就在一层会议室，从不喊他，他进屋拿把椅子坐下，抽烟，闭目听着他们的案件分析。很快，专案组负责人说："好了，去干活儿。"之后对着他龇牙，皮笑肉不笑地说道，"都散了吧。"屋子里剩下他一个人，他明白他们是有意回避他。他想，娘的，人走茶凉，人还没走呢，不就是撤职吗？老子逮着罪犯立了功还当你们队长，还让你们点头哈腰。他给自己鼓足了勇气。

周武找到薛大炮直截了当地说："弟兄们忙，让小元跟着我找线索。"

薛大炮答应了，最后扔给他一句话："干好该干的，别给自己找麻烦，处分期一过，还当你的刑警队长去，听话，说不定你还真能当上副局长。"

"滚一边去，我要当局长，把副字去掉。"周武自信得意地说。

三

周武在河西分局当刑警队长是三起三落。2001 年夏天，刚提拔他当副队长，他就违纪打了一个强奸犯。强奸犯是一个三十六岁的光棍男，他家对门邻居的傻闺女，常去他家和他养的一只大黄猫玩，一来二去光棍男起了邪念，他诱奸了傻女。晚上傻女私密处痛，还有血迹，她和母亲讲是对门叔叔给她弄的。傻女才十五岁，她父母恼怒了，报了警。周武把犯罪嫌疑人光棍男狠狠地揍了一顿，因此被处分，免职。他说："值了，为那个女孩儿出了口气。"他的师父，刚当上刑警队"一把手"，就向上级写了检讨书。

后来，周武又惹祸了。刚提拔为刑警队"一把手"，一天夜里在抓捕一个赌博团伙时，一个赌徒用木棍打伤年轻侦查员头部，正当他继续挥舞木棍击打民警的时候，周武冲了上去，夺过木棍对着赌徒一通击打，打得赌徒满地找牙，吓得那几个同伙一起跪地求饶。那个挨打的赌徒被送进了医院。

"他袭警在先，不信，您问一下现场的那几个赌徒。"

"那也不行，你是警察，缉拿他就可以了，你把他揍得没有人样，鼻青脸肿就算了，浑身骨头都被你打得散了架。"他的师父已经是分局副局长，又气又心疼地说。

撤职，下放到派出所当片警。周武说："我不后悔，他拒捕，还持械殴打民警，反了他了，为战友报仇，没打死他算便宜他了。打死他我也不后悔，有师父您保护我呢，判不了死刑就行。"

"放屁！"分局副局长哭笑不得。

解放路派出所在闹市的中心区一栋二层小楼，这栋小楼是意大利建筑风格的小洋楼，老辈人讲，是八国联军那阵子意大利人设计建造的。那时一个做大生意的山西资本家将它买来用于商会，其实主要是给他小妾做公寓。后来被一个大军阀给占用了，再后来日本鬼子来了，成了一个日本驻守少将司令官的住宅。刚解放时是公安分局临时办公地点，分局搬走后一直是现在的解放路派出所。马路对面就是居民小区，走出这条马路左右侧都是繁华的商业店铺。白天无比喧嚣，到了午夜才能安静下来。每天大多的警情就是盗窃，说白了就是小偷多，最大的案子是丢小孩儿，平时以打架吵嘴、鸡毛蒜皮的事儿为主，全所三十几个民警和十几个辅警，忙得不可开交。

周武和薛大炮是警校同学，过去他俩都在刑警队，外号"黑白双煞"，还是有些传奇故事的。现在老同学又到一起了，而且薛大炮是他的领导，周武心里多少有些不舒服。上警校时周武就是班长，后来在刑警队，周武是探长，薛大炮一直是他的属下。再后来周武被提拔为刑警队副队长，薛大炮到派出所当上了副所长。二十年过去了，今非昔比。

薛大炮对周武说："我说，老伙计，咱们都已经到了不惑之年，稳当点儿行吗？"

"那个混蛋用棍子打咱弟兄，我忍不住。"

"打两下就行了，别打那么重，你还要为咱闺女着想，你没有工作了，再进去，闺女怎么办？忘记兰敏说的了？"

周武眼睛有些发红："别提兰敏，我进去了，你养着我闺女。"

这是周武从警近二十年第三次免职或撤职。2007年国庆节刚过，连轴转了几个月，他带领侦查员破获了一起重大盗公案件，为企业追回上亿的损失，他荣立了一等功，被提拔为刑警队长，局长奖励他休假一周。他回家和妻子女儿讲了休假的事儿，妻子兰敏高兴极了，干脆她也请几天假去看看大海，蓝色的大海，女儿都说了无数次想看大海，蓝色的大海。周武和妻子想到一起去了。就在他们兴高采烈坐着出租车去机场的路上，意外发生了。一辆中巴车冲着他们的出租车疾速驶来，出租车司机和他妻子兰敏当场死亡，他不到六岁的女儿在他怀里受了重伤。他踹开车门，爬出来，那辆中巴车已飞驰而去，他撕心裂肺地大声叫喊着。他疯狂地寻找逃逸的中巴车，他甚至怀疑，准确地说是刑警职业的猜疑，是那伙盗公案件犯罪嫌疑人干的，是为了报复。他娘的，他要宰了凶手。分局领导考虑到他的精神压力，第二次免职，让他恢复正常情绪。那个阶段薛大炮调回来当上了刑警队副队长，主持工作。薛大炮一家人像对待亲兄弟一样照顾他们父女，给了他们亲人般的呵护和帮助。周武女儿和薛大炮儿子像亲兄妹，薛大炮妻子更像他女儿的母亲。一年过去了，他在失去妻子的极度痛苦中抚养着女儿。女儿是他唯一的牵挂和寄托，更是他生活的全部支撑。

"又是六年，逢六年我被免职一次，不，这次是撤职，撤职是处分。"

"行了，免职也好，撤职也好，局长还是保护你的。"

"咱哥儿俩一起上警校，一起当侦查员，一起结婚，一起生孩子，你小子生儿子，我生了闺女，现在你又成了我的上司，你一定得意忘形。"

"当然得意忘形，我还儿女双全了，等你闺女长大了，当我儿媳妇。"

"放屁，我闺女不嫁给你儿子，我要找最帅的小伙子当姑爷……"不知道为什么，说到这里，周武像个孩子一样哭了起来，他在自己最亲密的战友面前觉得自己苦闷委屈，他"呜呜，呜呜"地放声哭了起来。不知道发生什么情况的民警推开所长办公室的门送文件。

"出去！"薛大炮怒吼着。

四

周武上高中的时候就被兰敏的外貌吸引了。兰敏个子高挑儿，高鼻深目，细细白白，骨架上肉不多，像江南女子，绝对是让男生猛追不舍的女生。毕业那年，周武报考警校，兰敏上了护校。兰敏不太喜欢周武，瘦小的身板，黑黑的，整天在足球场上疯跑，听说他从没有进过球，倒是经常打架，别看他精瘦，打架却总是占上风，大块头都被他打得求饶，喊"服了"。

他和兰敏确定恋爱关系是一个巧合，更准确地讲是缘分。周武毕业分配到刑警队，在参加全市政法系统运动会足球决赛的时候，他被检察院一个运动员一脚踢到了膝盖骨上，造成他当场倒地，膝盖骨骨裂。可就是这一脚，检察院被罚点球，输给了公安局，周武算是立了大功。市局政治部领导到医院慰问他，表扬他"英勇献身"为市局争光的精神。也就是那天，他见到了刚分配到医院骨科的护士——老同学兰敏。一个星期后，主治大夫让他回家静养，他继续佯装不好受，甚至故意喝凉水，吹凉风，发烧，又在医院待了一个星期。就是这一个星期他把终身大事搞定了。就连周武父母都说，我们周家积了哪辈子德，娶了那么好看的儿媳妇。外人也说，真是癞蛤蟆吃了天鹅肉。周武心里美美的，他想，谁爱说什么让他们去说，反正自己抱得美人归。

时光荏苒，又是一个六年，女儿上了初中，肇事逃逸的中巴车司机一直没有抓到，他的头发已经成了灰白，不知道的人，看他的长相还以为他六十多岁了，其实他才四十出头。

"岁月不饶人啊！"薛大炮摇晃着周武的肩膀动情地说。

周武一直认为兰敏的死是有预谋的，肯定是自己得罪的犯罪嫌疑人报复，害了自己的妻子，可是六年过去了，他一丁点儿线索都没有，心里极度憋屈。

兰敏就要答应何全力死缠烂磨的求婚时，周武出现了。本来何全力只是想找兰敏叙叙旧，他整日在歌厅里寻找刺激，也不是真心实意追求她，他只不过想让稳重的兰敏做他妻子，给他家传宗接代。看到周武也追求兰敏，他顺水送一个人情，放弃了兰敏，还当着周武面说，兰敏归你，你得感激我这个老同学当了你的月下老，小猴子警官。周武并没有生气，得意地说，何大神你也别嘚瑟，哪天足球场上，我还把你踢趴下，信不？

兰敏的死是周武最大的痛，现在只有女儿是他生存下去最大的勇气，还有就是他的警察事业。破案，给社会公正，做一名琴心剑胆的警察，是他从警时立下的誓言。

马婶的儿子张强，乳名强子。在他刚出生的时候，他爸爸因为喝醉酒在大街上小便，被一个妇女看见，说他耍流氓，当时社会正在"严打"，判了劳动教养三年，在劳改农场待了半年他爸爸就自杀了。马婶一个人带着强子生活，强子懂事，学习成绩一直名列前茅，高中毕业顺利考上了财经大学。因为家庭出身，他参军的愿望没有实现。他选择了自主择业，开了一家麻辣烫小吃店，请一个外乡男同学帮助一起干。为了不给母亲增加困难，他从网上了解到基石宇集团旗下的邦尼小额贷款公司，于是他贷了三万元款，合同规定一年内连本带利偿还五万元人民币，他想凭借努力一年内偿还贷款没有问题，很快强强麻辣烫小吃店开业了。半年时间强子就把五万元的贷款还上了。没承想噩梦也从此开始了。

在强子贷款的时候，他结识了基石宇集团旗下的邦尼小额贷款公司的放贷员余思思，几次接触后，少男少女相爱了。余思思是南方女孩儿，甜美单纯可爱。强子和余思思讲，还上贷款就让她辞职，两个人一起经营强强麻辣烫小吃店，然后贷款买房子，买一套三室一厅两卫的大房子，和他母亲一起住，余思思美滋滋地点了点头。余思思跟公司领导递交辞职申请的时候，公司老板不同意，让她交出五十万元的培训费才能离职，否则把她告到法院。

强子去公司理论，接待他的是操东北口音的业务部刘经理。蛮横不讲理的刘经理，上前就给强子一个大嘴巴子，还大声嚷嚷说强子耍流氓，诱骗公司女职员，涉嫌猥亵妇女。他们还报了警，派出所民警给调解了。从此余思思杳无音信，强子浑浑噩噩，掉入痴情的万丈深渊。他萎靡不振，精神恍惚，经常产生幻觉——余思思被刘经理侮辱了，孤苦伶仃地在风雪中喊着"救命呀，救命呀"，然而，他没有力气解救她。做母亲的马婶看在眼里心急呀，可是又不敢询问儿子，她怕儿子想不开，和他爸一样选择自尽。

强强麻辣烫小吃店被邦尼小额贷款公司强行霸占，他们的理由是，强子拐走了余思思，她是公司培养多年的骨干营销员，这给公司造成重大经济损失，让强子赔偿一百万元。强子在无助的情况下，只好把小吃店以四十万元抵押给邦尼小额贷款公司，同时他还欠该公司六十万元赔偿金，只能到邦尼小额贷款公司上班来抵赔偿金。

刚走上社会老实巴交的大学生强子，只好忍气吞声，他不想让母亲为他担心。一年多了，他不仅一分钱没有挣到，反而负债的金额越来越多，加之他思念余思思，阳光健壮的青春小伙子一下子垮了，他抑郁了，甚至害怕到邦尼小额贷款公司上班。他们不仅不给他发工资，每天还要给他累加欠款的利息。更令人发指的是公司保卫部的保安员，还以不服从公司管理为由把他放到狗笼子里，和他们集团总经理何全力的恶霸犬关在一起。强子受尽了折磨，他想到了死，可是母亲一个人怎么活？另外，余思思下落不明，他还有人世间的责任没有完成，他咬着牙告诫自己一定苟且活着，寻人，讨回公道。

五

当周武得知无名女尸骨就是余思思的时候，他震惊了，他愤怒了，握紧拳头，好像要向谁发起进攻，他瘫坐在薛大炮办公室的地上。

薛大炮被搞蒙了："猴子，你哪儿不好受？"

"找到她家里人了吗？"周武问。

"嗯。"

"强子知道吗？他有嫌疑吗？"

"刑警队去抓他了。"

周武听薛大炮说刑警队去抓强子了，立马跳了起来："小元，小元，走，开车。"

周武找到了战战兢兢的强子，强子躲在马婶的身后，马婶挥舞着菜刀，凶神恶煞般站立在门前："姓周的，你也是来抓我儿子的？半年了，他都不出这个屋子，他怎么去杀人？又怎么能杀自己爱着的人？"

"马婶，周哥是来帮强子哥的。"小元解释。

强子看到周武，一股勇气，一股怒火，一直蹿到了头顶上："哥，我要给思思报仇，一定是他们杀害了思思，一定是他们！"他歇斯底里地怒吼着，他的怒吼让他的母亲和小元感到了震惊和希望。

强子被基石宇集团诈空了所有家产，邦尼小额贷款公司以三万元贷款为陷阱，把他推向了深渊。和余思思恋爱遭到他们侮辱，非法拘禁，甚至是肉体的折磨。更骇人听闻的是他们假借给余思思开欢送会，灌醉余思思之后，把她的衣服扒光，拍裸体照片和视频，威胁余思思只要离开公司就曝光她的不雅照片和视频。余思思只好就范，继续帮助他们在网上骗一些急等着用钱的客户贷款，然后以各种手段威胁利诱，骗取更多的"利息"。他们骗取的对象大部分是学生。男学生还不起贷款，就被招为公司职员，管住，管一日三餐，以工资抵债。女学生就培养为客服，用色相骗取客人，还有的女生业务能力差，就直接安排到他们集团公司旗下的歌厅当小姐或者到洗浴中心当按摩小姐。

周武的手在颤抖，他把水杯狠狠地摔在地上："不能保护无辜的人，任凭恶势力猖獗，这是我们警察的耻辱！他妈的，犯罪！犯罪！"

"周哥，你小声点儿，我害怕。你不知道，一开始我也想报警，可是，他们给我看了，看了……"强子看到周武发怒，他攥紧了拳头，可是话说到一半，戛然而止，迟疑地低下了头。

"看到了什么？"周武急切地问。

"周队，我儿子不敢说，我到你们市局和分局告状，他们说我没有证据，我到你们派出所天天闹，就是讨一个说法，可是薛所也说没有证据，是我儿子借他们钱，贷款，又和他们一起入股做生意，赔了钱，人家公司不追究就不错了。周队，我窝火呀，房子卖了还账，儿子挨打不敢言语，处一个女朋友他们都不让，还有王法吗？"马婶哭着说。

"他妈的，薛大炮学坏了，他是保护伞？"周武双眼冒出了血丝。

"周哥，我不敢说。"

"强子兄弟，你说，哥给你撑腰。"

"那天，他们在公司总部打了我，看我不服，就把我拽到九层餐厅，他们让我看薛所长，还有你们公安局一个大官和何全力一起喝酒吃饭。那个刘经理说，你看到了，你再告状，就弄死你，公安局和我们是一家。我害怕，真的害怕，我后悔向他们公司贷款三万块钱。"强子瘫倒在床上，"周哥，我想思思，想思思。"

周武最不愿意听到的就是老同学、生死战友薛大炮和他们同流合污，给恶势力充当保护伞，他的心一阵刺痛。小元扶住即将倒地的周武，周武看了他一眼。

"放心，猴子哥，我不会告诉薛所。"

"周队，薛所倒是挺好，有时还让民警给我打饭，告诉我耐心等待，总有一天会给我们解决。"马婶赶忙解释。

"强子兄弟，你在家写一下你被害的全部经过。马婶，您明天还去派出所继续闹腾，脑门上还写着'冤'字。"

"行吗？你们刚给我看了病，我现在去……"

"马婶，是我们工作有失误，没有及时办案，让恶人逍遥法外，您按我说的做就行。"

派出所一层会议室，大家拥挤着，沉默着，从门缝冒出了一股股烟雾，楼道里弥漫着浓浓的烟草味道。分局副局长皱着眉头，大口大口吸着烟，没有多少烟雾吐出来。呛人的烟草味道是薛大炮他们几个狠命向外吐出的烟雾造成的。

"你继续说。"分局副局长冲着薛大炮说。

"刚才专案组的同志分析了，不可能是强子，他有半年不出屋了，再说他喜欢余思思，天天拿着手机看他们俩的合影，凶手应该另有他人。"

"有，应该就是基石宇集团的那帮恶人，不把他们铲除，咱们市的老百姓就没有安宁的时候。"周武按捺不住自己的情绪。

"你有证据了？"

"没有。"

"没有你嚷嚷什么，坐下。"分局副局长数落着周武，又递给他一支烟堵住他的嘴。

薛大炮也坐下来，又点上了一支烟："我先说到这里。"

整个屋里气氛又开始凝重，周武低头无语，此时他憎恨薛大炮。强子说，他看到薛大炮与一个市局领导一起和何全力吃喝。"市局领导"是谁？他和何全力的公司有什么不可告人的秘密？

"好了，刚才大家的分析都有道理，关键是证据，我们是法治国家，要用证据办案，不能错怪一个好人，更不能放过罪大恶极的坏人，一定要尽快破案，给死者一个交代，给社会一个交代，按照分工抓紧找线索。"分局副局长愠怒地讲。

周武要求单独和分局副局长汇报，薛大炮看了他一眼，小元低下头没有言语，也没有跟在薛大炮身后走，而是停留在原地看着周武。周武说："小元，你留下。"

周武把到所里来的所闻所见，以及了解到的马婶、强子母子俩的遭遇详细地进行了汇报。分局副局长握紧拳头顶着会议桌面，咬着牙说："证据，证据呀！姓何的现在是市人大代表、纳税大户、优秀企业家，已经不是那个收废品的小混混儿了。"

六

一个月过去了，刑警队成功破获了余思思被害案件，凶手就是邦尼小额贷款公司的刘经理。他承认自己和余思思谈恋爱，余思思让公司股东副经理张强给撬走了，他怀恨在心，殴打了张强，还逼迫余思思继续和他谈恋爱，否则杀死她。余思思念念不忘张强，他动了杀心，趁余思思没有防备，他用斧头砸晕她，之后强奸，事后把她埋在了他们集团开发的商品房建筑工地里。他承认自己因为恋情变态，还恬不知耻地讲，他在埋余思思的时候，听见了她微微的求救声。他说，自己有癫痫病史，犯病的时候自己无法控制。最关键的是侦查员到精神病院调查，医院证明他确实患间歇性精神病多年，伴随着自幼癫痫病。

"一派胡言，一派胡言。"周武又开始冲动。没有一点儿证据，让周武束手无策，现在就连自己最信任的战友薛大炮都可能是何全力恶势力保护伞之一。他感到无助，想找师父，可他是副局长，他又能怎样？他和此案有没有牵连呢？他想抽自己的嘴巴子，怎么能不相信培养自己的前辈、领导、师父呀？他不知道自己该相信谁，他想到了媒体，让记者去揭露，让马婶和强子站出来说出实情，让政法系统领导重视，可是他们母子能安全吗？他又想到六年前兰敏死在自己面前的场景。

明天有四至五级大风，伴随着中雨，天气渐冷……今天气象预报员是个男播音员，细皮嫩肉，他觉得有点儿像强子。周武脑子里都是强子恐惧的面容和焦虑的表情，他定睛一看，播音员不像强子，这是幻觉，他一直在想强子受的委屈和摧残，更重要的是强子得不到公正的裁决。强子和小元讲过，要不是不想让母亲没有一个养老送终的人，他真想和他们拼命，杀一个够本，杀两个赚一个，之后他自杀，去找余思思，做一对阴间夫妻。小元把强子的话告诉了周武，他还说，这几天薛所没有询问他和周武的行动，薛所忙着和刑警队的侦查员一起整理余思思被害卷宗，那个杀害余思思的刘经理有神经病，很可能免于刑事责任。

"神经病能当小额贷款公司经理？满口胡言！"周武冲着小元嚷嚷起来。

"周哥，咱总得想个办法。"小元焦急地说。

"你想办法！"周武不假思索地说。

"没有，我都听您的。"小元说。

"废话，走，找强子。"周武焦急地说。

马婶和强子娘儿俩脑门子上都写上了鲜红的"冤"字，正准备出发，到基石宇集团总部门前喊冤。他们要为惨死的余思思"报仇"，甚至宁愿牺牲自己也要讨一个公道。

周武被娘儿俩的行为感动，小元拉住强子的手欲言又止。周武说："既然你们有铲除恶人的决心，我就把政法报等一些媒体记者朋友喊来，让他们去替你们伸冤，但要有证据。"周武看着强子写的何全力集团的黑幕、他受到的种种毒打和陷害，以及他和余思思的恋爱。强子像变了一个人，他现在像一个斗士，要和恶人殊死搏斗。

周武擦拭了一下眼角，让他们母子先坐下，商量一下对策。他的手机响了。

薛大炮焦急地问："你在哪儿？局长让你赶紧回来，杀害余思思的犯罪嫌疑人刘经理死了。"

"他死了？怎么死的？"

"在拘留所，你马上回来。"薛大炮放下了电话。

杀害余思思的犯罪嫌疑人在拘留所吞刀片自尽，大夫讲，送来晚了，刀片已经进入胃里。刚发现的线索中断，周武迷茫了，原本想通过媒体曝光，让市政法系统领导重视，保护好张强母子，对犯罪嫌疑人刘经理再进一步讯问，一定会有突破口，可是杀害余思思的犯罪嫌疑人畏罪自杀，案子又陷入僵局。

"薛所长又跟何全力他们一伙人喝酒去了。"小元偷偷告诉周武。

"在哪儿?"

"他们公司。"

"娘的,败类,我他娘的找他们去。"

"别说我讲的。"

周武没有回答小元的话,他急速走出派出所,上车,狠狠踹了脚油门,直奔基石宇集团总部。

基石宇集团总部办公大楼就坐落在解放路派出所辖区,距离派出所一千米左右,在繁华闹区的中央,原来是刚解放那年建设的九层高的百货商场,那个时候九层高楼带电梯,可是高大上的象征。随着时代的变迁,这个百货商场经营不下去了,让何全力公司给租赁下来,成了他们集团的办公大楼。据说最近他们正在和市商业局洽谈收购百货商场大部分的股份,如果洽谈成功,这栋颇具时代感的建筑将成为何全力的私人财产。

基石宇集团租赁后将整栋大楼进行了装修改造,成了这条闹市街区的翘楚,并且在顶层建了两层高的空中花园,到了夜晚灯火通明,大放光彩,犹如人间天堂。同时这里设有空中会所,有高档餐厅、包间 KTV,还有洗浴中心。

周武直接把警车开到灯光如晴日、金碧耀眼的基石宇集团总部门前,下车径直进了富丽堂皇的大厅,保安想阻拦一下问问,看着气势汹汹身着警服的他,又把身子缩了回去。

一个礼仪小姐赶忙上前询问:"警官先生,您找谁?"

"找何全力,喝酒。"

"好,我送您。"

周武在礼仪小姐的引导下,上了观光电梯。"他娘的,电梯都是全玻璃的,像是在浮云中行走,这群衣冠禽兽真他娘会享受。"周武在心里骂道。

七

走出电梯，一个西装革履、满脸通红、风度翩翩、身材健硕的男子走出来，迎着周武就要拥抱："老同学，你可是稀客，多年不见，欢迎光临本公司。"

周武没来得及躲闪，勉强让对方拥抱一下。周武无动于衷立在原地说："哪敢见你呀，你现在是大人物了，我这个被撤职的刑警队长值得你拥抱吗？"

"还是老样子，不留情面，黑脸包公，铁面无私。"

"我要是包公，早把你给斩了。"

"好好，请进，看看你都认识谁。"何全力得意洋洋地推开了"999"龙凤厅包间。

坐在门口的薛大炮带着醉意说道："哥们儿，你来了，太好了！"

周武恨不得上前抽他几个大嘴巴子，推开他伸出的手，双目圆瞪，冲着坐在正前方右侧面带愠怒的男子说："师父，不，局长，你也在这里！"

"怎么，我不能和企业家在一起为繁荣本市经济交流吗？你太放肆了。"

"忘了介绍了，这位是我的老同学，河西分局著名的刑警队长周武，哦，不，现在是我的父母官，解放路派出所片警。"何全力带着挑衅的味道说。

欢愉的酒局陷入僵持，坐在中间的一位戴眼镜的中年男子的手从身边穿着暴露的公关小姐肩膀上挪开了，他严肃地慢条斯理地指着身边另一位秃顶的带着"大人物"样子的领导说："你是来找你们市局领导汇报工作的，还是来敬酒的？"

"我是来……"周武攥紧了拳头，话还没有说完，薛大炮踉踉跄跄过来，拉住他就往外拽。也许薛大炮真的醉了，他俩搂抱着，重重地摔倒在地，薛大炮的头部正好磕在了金属门框上，鲜血直流。

"大炮，大炮——"周武喊道。

薛大炮用"流血事件"结束了尴尬的场面。他清醒过来的时候对周武说："你怎么知道我们在基石宇集团？你不想干了？市领导、市局领导都在，你真是天不怕地不怕。"

"你要是和他们一样，我可不留情。"

"你敢！我可是你闺女的干爹。"

午夜，望着空中的星辰，薛大炮和周武回忆了许多上警校追女警花的囧事。薛大炮为了讨好章玫，竟然接受周武的挑战，到女卫生间门前向她求爱，被女校长撞见，他手中的一大把玫瑰花全部扔在了女校长脸上，为此他挨了处分，不过感动了章玫，成就了他们的姻缘，现在章玫是市局刑科所的法医。

刚当上刑警队员一个月左右，周武和薛大炮执行蹲堵任务。某小区入室抢劫猖獗，那个时代没有视频监控，全靠民警守夜蹲堵当场抓捕罪犯。秋日风高，凌晨三点左右一个黑影从红砖五层楼的窗户处攀爬而下。在黑影快要落地的刹那间，薛大炮和周武飞奔而上，争先恐后擒拿盗贼。周武大喊"你往哪里跑"，手持的木棒就抡了过去。此时冲在周武前面的薛大炮准备擒拿罪犯，可是周武眼疾手快，他手中的木棒早已落在正在将盗贼摁倒在地的薛大炮腿上。

躺在医院的薛大炮说："你那一棍子打得我都听到骨头碎的声音了。"

薛思明，就是薛大炮，周武二十年的老战友，生死之交的兄弟，也与何全力之流混在一起，还有自己一直引以为豪的师父，以前的老队长，现在的分局副局长。周武内心刺痛，甚至恐慌。正义，必须是迟来的吗？他内心流淌着一股鲜血，化作一个血淋淋的"冤"字。

警情——在基石宇集团总部门前，马婶和张强母子俩满脸鲜血，他们的额头上深深地刻着一个"冤"字，这个"冤"字，不是口红所写，是马婶用手术刀给强子刻上去的，是强子用手术刀给母亲刻上去的，他们准备用自己的生命捍卫尊严，他们不想再等迟到的正义。

围观的群众报警，薛大炮、周武赶来，市委政法委、市局、分局领导，记者，120救护车都来了。已经昏倒在地的马婶和抱着母亲身体瘫在地上的强子，被医务人员抬上了救护车。基石宇集团门前张牙舞爪的打手缩回到玻璃门里面，愤怒的群众骂骂咧咧地握着拳头……

在九楼何全力办公室里，他紧盯着视频监控，身体似乎有些发抖，他对身边一个西装革履的青年男子说："用钱摆平。"

"干掉？"

"放屁，他们死了，咱们都得死，用钱平息事件，给他们母子两百万，其余的关系也给钱，你看着办。"

医院里，苏醒的马婶眼巴巴看着脑门子同样缠着白纱布的儿子，欲哭无泪，长叹了一口气，说："儿呀！人活着咋就那么难呢！"

"妈，有周哥他们咱不怕。"强子惊醒了，他像变了一个人，话语中带着一股坚强，也许是额头上让母亲刻的那个"冤"字，触动了他的男人血性，也许是他刻在母亲额头上的"冤"字，唤醒了他要和恶势力血战到底的决心。

何全力的助理、西装革履青年男子阿吉在主治医生陪同下走进了病房。强子看到他，心中一惊，马婶扭过头去，他们知道这个人是何全力铁杆的走狗，没安好心。

强子嚷嚷起来："你有本事杀了我，像你们杀害思思一样。"

"别激动，张强经理，咱们是老同事了。"

"你们接着把我关在狗笼子里，这次，我死也要拉上你们垫背。"

"别，张强兄弟。"阿吉感到眼前的强子已不是那个胆小怕事的张强了，更像是一个士兵，双眼冒着血丝和仇恨瞪着他，他有些胆怯，从衣兜里掏出一张黑卡，"这是两百万，何总给你的补偿，看病用，再买套房子住。"

张强接过黑卡，哈哈大笑起来，他的笑声带着哀泣，带着麻木，他把黑卡重重地摔在地上："呸，你们还我的思思！"他额头上的白纱布洇出了鲜红的"冤"字，他的愤怒已经达到极限。

八

周武把强子写的诉状直接递交到市委政法委领导手里，报刊媒体发表了强子母子"冤"字大标题新闻，这些引起了市高层领导的关注。市委政法委和市局成立了联合专案组，周武的师父，也就是分局副局长点将让周武进专案组，他相信周武，可是周武对他和薛大炮在基石宇集团与何全力一伙推杯换盏的情景心有疑虑。

何全力向助理阿吉大发雷霆："妈的，不识抬举，把钱给薛大炮，让他摆平，否则揭发他，他不是和那个姓周的是生死之交吗？"

何全力靠经营废品回收公司起家，其实就是连收购带盗窃，他一直和相关政府部门干部保持密切联系，去年他还成为市人大代表，现在他是本市纳税大户，他旗下的房地产开发生意最火，他现在身价十几亿。"财大气粗""杀人魔头""行贿官员""男盗女娼""无恶不作"——他的过去，让他麻木不仁，让他有的时候胆战心惊，他知道当下用钱能够解决的就花钱买平安，不能再雇凶杀人。他现在尽量洗白自己，想成为慈善企业家、大集团首脑，他想尽一切办法和他犯下的罪孽脱钩。他也不后悔，他说："没有那个时候的狠毒，就没有今天的势力，保护好今天的强大才是根本。"他参加CEO培训班，参加世界五百强企业家联盟，他不惜本钱打造他的利益集团王国。

何全力的前妻被他百般折磨，后来带着两个女儿逃往国外。他前妻齐娜美原本是深圳国营物资回收站的工人。他在深圳打工时认识了齐娜美，并让其怀孕。他在追求兰敏无望的时候，齐娜美找上门来。一开始何全力还算本分，就是想要一个儿子，可是齐娜美不争气，连生了两个女儿，街道罚了他们一万块钱的超生费。从此何全力不回家了，基本上就是在歌厅里和小姐鬼混。一次齐娜美找到他办公室，他正和新聘的女秘书亲热。齐娜美上前就去打女秘书，被何全力一脚踹倒在地，他骑在老婆身上一顿狂打，幸亏女秘书劝阻，奄奄一息的齐娜美被及时送到医院，才保住了性命。何全力不以为然，他认为老公打老婆天经地义。有了第一次家暴，后来发展到遇有不顺心的事儿，他就拿齐娜美撒气，吓得他两个女儿也是胆战心惊，她们痛恨这个家庭，虽然衣食无忧，可是缺少温馨安全的父爱。

何全力的父母开始还劝他，后来只要是他父母劝说，他就当着全家面摔砸家里电器，他父母也只能忍气吞声，他们鼓励儿媳妇和他离婚。齐娜美要了一笔钱，带着两个女儿出国，远离这个丧心病狂的恶人。

何全力改变性格是他进入第二段婚姻的时候。他的第二任妻子是他招聘的大学生——余思思的同乡陆可心，现在是基石宇集团的总裁。之所以她能当上总裁，就是因为她给何全力生了一个儿子。何全力喜出望外，儿子百岁那天，举行了盛大的庆祝宴会，他当场宣布陆可心为集团总裁、法人代表，他现在只是集团董事会主席。这也是他精心策划的，一旦他的罪恶暴露，集团还是他儿子的。他处处精心谋划，他深知他的罪行够吃枪子的。

基石宇集团旗下还有生物研究所和中医馆。这两个部门其实就是毒品研发基地，但是不做毒品具体营生。他高薪聘用医学专家，以药品研发为幌子，其实就是研发新型毒品的方子，转卖给东南亚一带的毒品加工厂。他在深圳打工的时候，有一次和当地"破烂儿王"抢生意，被对方几个人用十几个酒瓶子爆头，导致他头部多处破裂，露出了头盖骨，他愣是没去医院，买了一些云南白药粉撒在伤口处，落下了一个隔三岔五头痛的毛病。他在深圳的"老大"为了缓解疼痛给他注射了毒品，他变成了"瘾君子"。还好他意识到毒品会让他意志消亡，他就到医院用"吗啡片"止痛，现在基本上用中药来缓解他的头痛病。他的毒品生意是隐形发展。

现在的何全力，不再是二十年前为了几块废铜烂铁打打杀杀的小青年了。步入不惑之年的他，显得儒雅潇洒，谈吐稳重，但是他内心对金钱的渴望膨胀至极。

何全力心里明白，这几年他为了利益最大化拉拢腐蚀了一些官员，他利用金钱玩弄的女秘书、女职员连他自己也数不清，他还唆使手下非法拘禁、杀害多名违背他意愿的人，其中就有在强强麻辣烫小吃店打工的外乡男同学。那年冬天，强子找何全力讨说法，五万块钱已经提前还款，为什么还要偿还违约款一百万元？强子据理力争，何全力恼羞成怒，强子的同学跟着争论，被他们动刑致死，他们将强子的同学埋入他们的建筑工地里。

何全力知道现在强子的案件已经惊动了高层，社会舆论反响强烈，他必须用钱买通所有环节，尽快阻止事态进一步蔓延，这也是他经营庞大企业的经验和手段，但是让他无奈的是，他的老同学周武油盐不进，与他势不两立，死磕到底。这是让他最为恼火，也是最为担心的。他知道兰敏的死，周武一定怀疑他是幕后指使。何全力只是让刘经理教训一下周武一家人，没承想这个刘经理把事情搞砸了。他知道一旦周武知道是他指使造成兰敏车祸身亡，周武一定会拿着枪把他的脑袋打烂。想到这里，他的头剧烈疼痛，他又开始吸食"吗啡片"。他每日浑浑噩噩，周武、兰敏的影子纠缠着他，那些被他们残害的人向他索命。

九

天气渐冷，马婵身体已经恢复，但是他们母子额头上的"冤"字深深烙刻在周武的心里。他无比惭愧，他的心里也刻着"破案"两个字，这两个字让他的心流淌着鲜血，如果不能为他们主持公道，惩罚罪恶，那么人民警察的职责何在？

专案组在市委政法委和市局领导的直接领导下开展侦查工作。第一分队主要负责对基石宇集团小额贷款所有账目进行审查；第二分队主要负责侦办涉及基石宇集团员工突然失踪案件；第三分队主要侦办在社会上产生影响的张强母子额头刻"冤"字，在基石宇集团门前举证其集团杀人、行贿、非法拘禁、残害员工和诈骗的案件。

周武在第三分队执行办案任务。现在强子早已把生死置之度外，他告诉周武，只要能为余思思和外乡男同学报仇，他死而无憾。他还拜托周武，如果他遭遇不测，被何全力一伙谋害，一定帮他照顾好母亲，把他的尸骨和余思思尸骨合葬。

周武知道找到何全力犯罪的证据困难重重，单是他的市人大代表身份就需要一些程序。周武现在只能从外围找线索，可是薛大炮及所里的几个民警总是让周武放心不下，猜疑加重。他现在倒觉得辅警小元是一个得力助手，是一个可以信赖的搭档。领导交给他的任务就是保护好强子母子，做好他们母子的取证材料，深挖基石宇集团旗下公司的违法行为线索，并一举歼灭。

周武从强子那儿得知他的外乡男同学失踪半年多了，早已经报案，可是派出所讲，他兴许去南方打工了。就在国庆节前夕，他老家的父亲来找儿子无果，带着悲伤返乡。强子觉得特别内疚，他不知道该怎么和他父母讲。原本强子的同学想带着女友返回老家县城找份工作，明年结婚，他都二十多岁了，老家小学中学同学都当爸爸了，可是强子死乞白赖留住他，让他多挣一些钱，到县城买一个大房子再结婚。男同学无奈地说，就帮你一年，管吃管住，再给我三万块钱回家娶媳妇。

强子还告诉周武，他的同学是被刘经理带走的。刘经理说，给了他一万块钱解除合同，不让他再去强强麻辣烫小吃店上班了，强强麻辣烫小吃店已经经营不下去了，赔光了钱，改成了昼夜烧烤店，其实就是他们变相把强子临街店铺占为己有的借口。有血性的外乡男同学找他们理论，又看到强子被他们侮辱，忍无可忍的他扬言报警，刘经理指使一群打手把这个准备回乡结婚的男青年残害致死，更可悲的是尸骨无存。派出所没有证据证明是他们集团杀害，只能按照失踪人口登记。

周武耐心地和强子交谈，深入了解取证，虽然掌握了很多线索，但是原有的突破点——东北口音刘经理已经死了。目前的线索就是助理阿吉，能否撬开他的嘴，周武没有把握。小元提醒周武，找所长薛大炮，他和助理阿吉关系近，也许能查到蛛丝马迹。周武说："没用，薛大炮要是像以前一样秉公执法，还能让这案子挂这么多年？他要是有一点儿执法者的良心，也不会眼看着马婶母子用手术刀在大庭广众之下互残，导致他们终身'冤'字刻在额头，不，是刻在心尖上。"当他讲到这里时，他义愤填膺，想马上把何全力一伙抓起来，用枪顶住他们太阳穴，为所有被他们残害的无辜生命报仇。他知道自己不是包公身边行侠仗义的展昭，也不是古代义士，而是现代的一名执法者，要用法律的武器唤醒社会的公平公正。想到这里，他觉得查明真相，给遇难者公正的交代，比暴打何全力之流更有震慑作用。

周武带着办案民警和小元分别到外省找到受害人家属。余思思母亲悲痛欲绝，哭着说女儿大学毕业后，非得独闯天下，最终酿成灾难。余思思瘫在床上的父亲以泪洗面，口中一个劲儿喊："思思，思思……"给强子打工的男同学家乡在贫困的农村，家里好不容易培养他上了大学，本来已经在县城事业单位找到了一份稳定的工作，没承想……周武他们在当地公安机关的配合下，做了一些血型等证据的提取工作。

就在周武获取大量证据的时候，一个爆炸性事件发生了——薛大炮被纪委带走了。他妻子章玫匆匆忙忙找到周武，递给周武一个沉甸甸的牛皮档案袋，上面写着"周武亲启"四个字。章玫说："周武，老薛说了，早晚有这么一天，他做了他该做的，下面就靠猴子了，他说你是齐天大圣，专门捉妖。"章玫哭着，转过身，远去。

周武愣愣地拿着档案袋，他没有打开，也没有看一眼远去的老同学。他为自己二十年的战友惋惜，他想起薛思明和自己一起加入中国共产党，面对鲜红的党旗庄严宣誓的激动场景。薛思明说，猴子，咱们是党的人，一定为党旗增光添彩，可不能抹黑呀！

周武用颤抖的双手拆开了无比沉重的档案袋，厚厚的几封信件，还有一个笔记本和两把钥匙。

十

猴哥：

我喜欢这样叫你，其实你就比我大五天。记得上警校的时候，"猴子"的绰号还是咱们班主任给你起的，班主任还说我像唐僧。

周武，我可不是贪官、黑恶势力的保护伞。我是没有办法才出此下策，我要用我的身家性命和清白铲除这帮恶魔。

这几年我一直和何全力的基石宇集团恶势力作斗争，然而没有证据，失败像一把无形的刀子把我的心挖出了一个洞，我也知道他们犯罪集团有上边的人罩着，每次有了线索都会突然中断，均是不了了之。

我故意被他们拉下水的那天，就是马婶来派出所报案的时候。没有证据，她只说是何全力指使他手下的流氓地痞，把她儿子张强打成重伤，人都抑郁了。一提起邦尼小额贷款公司，张强就缩成一团。"钱，我都还了，不欠你们的钱了……"他反复说个不停。如果提及余思思，他就哭成泪人。我当时很气愤，安排民警调查，并且报告了局领导，可是咱们的副局长，咱们的师父，告诫我，还想进步吗？别跟周武一样"死拧"。

何全力犯罪证据的确无法收集，阻碍重重，这些事儿慢慢会浮出水面的。

在你身上我看到了警察维护正义的忠诚，你没有忘记我们入党入警的誓言，我坚信。我让章玫交给你几封信件，以及一个账目本、两把钥匙。收到后，读完这封信，你立即找市政法主要领导，把这几年我受贿的钱财交给他们，然后，你配合政法纪检部门立即抓捕何全力和他的助理阿吉，还有他的现任妻子陆可心，控制他所有的员工，特别是艾欣生物研究所和久铭中医馆，我有证据证明这两个单位是隐藏的制毒机构，材料在我的办公室。

这几年何全力向我行贿现金人民币四百万元，购物卡金额累计五十万元，全部在所里我更衣室的保险柜里，另外还有名表、玉器首饰、名贵药材等，你仔细看笔记本里的账单，清清楚楚，绝无遗漏。他还送过我一些水果和辽参、冬虫夏草之类的高档食品，我和全家人，还有你、你闺女咱们一起吃了，你应该记得，你说："唐僧发财了，辽参、鲍鱼，给我闺女吃馋了，你得管够。"这些好吃的算我请客，我也按当时的市场价折合成人民币，共计十万两千八十元，我用自己家的存款全部补齐，也在我更衣室的保险柜里。把这些全部交给组织，算是我的自首情节。

老同学，老战友，老哥们儿，请允许我还这样称呼你，我没有辜负组织的培养教育，只是我办案的手段是违纪违法的行为，我认了。我别无选择，为了迟来的正义，我愿意做一名唤醒者，唤醒公正和良心。同时我愿意接受组织和法律的处罚裁决，但是能为马婶、强子伸冤惩恶，我无怨无悔！替我安慰章玫和孩子。

我儿子和你闺女的娃娃亲你要认账。

你的战友：薛思明
握手！

周武原地站立着，他不知道怎样形容此时此刻的心情。他拨通了市委政法委专案组领导的电话，直接向领导汇报，要求在领导的见证下，提取薛思明同志冒着生命危险、用毁掉自己清白的办法留下的证据。

薛思明为了尽快破案，这两年来用不正当手段获取基石宇集团和何全力的犯罪事实，以此把他们集团其他犯罪行为一起侦办，获取足够的证据，狠狠地打击他们所有的违法行为……他深知自己这样做是违规违法的，但看到马婶、强子的苦难，在没有办法的情况下，只有以身入局才能抓住他们的犯罪把柄，让周武再深入侦办，尽快结案。

专案组把基石宇集团何全力、他的助理阿吉，以及他妻子陆可心等一干人员以向政府公务员行贿为由刑事拘留。案子进展顺利，周武他们突破了基石宇集团法人代表陆可心的心理防线，她主动承认了他们旗下的生物研究所和中医馆制毒的罪行。

狡猾的何全力在审讯室里狡辩对抗。他一会儿胃痛，一会儿头疼，负隅顽抗。他说，他在深圳打工时被一群流氓地痞殴打留下后遗症，他有神经系统的并发症。他还要求公安机关去安康医院鉴定，他是有精神病史的人。

一天清晨，周武又遭受重大打击，他的师父，老队长，分局副局长，在办公室里饮弹自尽，他没有留下任何言语和信件，他昨天值班，今天早晨在分局食堂用过早餐，之后就这样死亡了。

被双规的薛思明得到消息后，问纪委领导："他没有一点儿忏悔吗？"他知道就是这个他和周武喊师父的领导让他别无选择，铤而走险，如今师父的罪孽让他自己以这样的方式结束。薛思明不知道他为什么会从一个嫉恶如仇的刑警队长、分局领导变成一个恶势力的保护伞。他以死作为代价又在给谁"顶雷"？周武他们办案是否又会阻力重重？薛思明陷入了迷茫，他的自我牺牲——以唤醒者的名义维护司法公正，能否达到惩治恶势力的目的？他为周武担忧。

周武师父是恶势力的保护伞，是市局给政法委的报告中提及定性的。周武提出他要再次提审何全力。领导说，周武和何全力是同学，曾经与其抢女朋友，另外周武还怀疑妻子兰敏的车祸是何全力幕后操纵的，所以周武既要避开老同学嫌疑，更要避开有寻仇的嫌疑，此案不能由周武审讯。

何全力真的忍受不了牢狱之苦，他在拘留所大嚷大闹，今天要吃肯德基，明天要吃"吗啡片"，后天要见律师……就这样折腾了几天，累了，他就说，都是周武为了报复他，联合薛大炮一起陷害他，他要告周武假公济私。周武他们艰辛地寻找线索，攻破了何全力集团下属员工的心理防线，掌握了他指使杀害给强子打工的外乡男同学的证据，同时证实何全力强奸霸占余思思后，把她交给刘经理，是这个丧心病狂的家伙强奸余思思后，兽性大发残忍杀害了余思思，并狠毒地进行了割肉、埋尸骨的罪行。

经过请示，市委政法委领导同意由周武负责再次提审何全力。

何全力看到周武充满怒火的眼神，故意刺激周武："老同学，是不是怀疑我指使手下故意制造车祸杀害你老婆？你想错了，我不想杀害兰敏，我只想除掉你，可是你怎么叫兰敏坐在副驾驶上，可惜了我的初恋兰敏，替你小子丧命。"

"你不要用这样的激将法，逼我在这里抽你，掏枪直接在这里毙了你，做梦！法律会给你这样罪行累累的恶人最公正的惩罚！还是坦白你是如何陷害强子，如何害死余思思的罪行吧。"

"哈哈，哈哈，哈哈！"何全力连着几声"哈哈"，突然他耷拉下脑袋，再也没有开口。周武立即上前，记录民警也慌张地走上前。

"快，叫救护车。"

何全力就这样死了，大夫说，他死于高度兴奋，因突发脑出血而亡。

"妈的，便宜他了，就让他这么痛快地死了……"周武窝火地说，然后对着镜子给了自己一个巴掌。

何全力突然死亡，基石宇集团的犯罪案件全部指向他。他的妻子陆可心，主动交代他们集团贩卖制毒配方，主动揭发何全力的犯罪事实，有重大立功表现，而且他们集团实际控股法人是陆可心，但是生物研究所法人是何全力。除了没收基石宇集团非法所得，赔偿被害人款项，其余资产全部由陆可心继承，她继续经营基石宇集团的合法生意。被迫参与非法活动的相关职员受到了相应的法律处罚。

薛思明被双开。章玫挺知足，他也满意。马婶和强子看望了薛大炮，强子请求薛大炮到重新开业的强强麻辣烫小吃店帮助他打理生意，她们母子感恩薛大炮，是他用自己的前程换来了公正的判决。

薛大炮答应了。

这日清晨，太阳刺痛了他的双目，他用右手挡住了强烈的光芒。当他向前行进在不宽的马路上时，迎面"强强麻辣烫小吃店"八个字让他感慨万分。正在他迈向新生活的刹那间，一辆货拉拉厢式货车奔驰而至……薛大炮仰面倒在马路中央，鲜血在他的脑后蔓延着，像是漫天大雪的日子，腊梅花盛开，把刚入冬的季节染红。

周武因在审讯犯人时言语过重，刺激了犯罪嫌疑人，造成犯罪嫌疑人猝死，给予行政记大过处分。鉴于他办理此案有功，为百姓伸冤，任命他为解放路派出所副所长，主持工作，等处分期结束再转正。他虽然不甘心结案，但是毕竟恶人已死，何全力也算是罪有应得。

除夕夜，站在薛思明墓碑前，他冲着墓碑捣了三拳，一口鲜血从他的口腔喷涌而出。他抱住墓碑，"呜呜，呜呜，呜呜——"像个孩子一样恸哭起来。顷刻，漫天飞雪……

山村警长

一

　　刑警队长王大武被"发配"到小王庄镇派出所任警长，这个派出所离他市区的家有一百五十多公里。分局领导说派车送他，他不干，说，人都走了，茶也凉了，算了，自己坐长途汽车，再体验一次七年前坐长途汽车到县城办案的感觉。

　　王大武不会开车，是一个怪事儿。同事说，刑警队长不会开车，跟海员不会游泳有什么区别？"我当队长什么都会，要你们干吗？"他数落着和他贫嘴的侦查员。要是领导批评他，为什么不学学开车？他说："我满脑子都是破案，经常走神，开车危险，怕把别人撞着，给领导添堵。"

　　那年秋天，冷风嗖嗖，王大武从警的第七天，老所长驾驶着三轮挎斗式摩托车，他坐在挎斗里，他们去郊区办案。找到了证据，所长兴奋。回分局的路上天已经快黑了，所长和大武的肚子叽里咕噜叫了起来，一整天了，他们只顾办案还没有吃饭。

　　"案子就要破了，这可是大案命案，咱要立功了。大武你刚参加工作就要立功，请客，涮羊肉。"两人都挺高兴，还要开车二十多公里，少喝点儿，每人两瓶啤酒。老所长一高兴，又要了两个"小牛二"。大武有些蒙，老所长是海量，当然老所长继续骑挎子，王大武在警校就考取了汽车驾驶证，但是现在他真的喝得有点儿上头了。老所长带着酒意说："行了，回去还是我骑吧，骑挎子和开车不是一股劲儿，你得好好学学，哪有领导骑着，你坐在斗里耀武扬威跟真事儿似的，不知道的还以为你是我的所长呢。"

就在快到分局的时候，为了躲闪一只黑灰色的野猫，老所长驾驶着三轮挎子摩托车直接向路边的一条小河沟冲去。有点儿迷糊的王大武，此时酒劲飞散，他大声"啊啊"叫了几声，就看老所长凭借着本能从驾驶位置上一跃而起，跳了下来。在挎子斗里的王大武也本能地护住脑袋，任凭无人驾驶的摩托车驰骋。

王大武被河边小山包上一棵小树的阻力给颠簸出挎斗，他的脸部被小河沟浑浊的水面粗暴地接纳。瞬间他感觉天旋地转，他猛地从小河里抬起自己的头，之后再次投入水里。

他睁开眼睛的时候，已经在医院的急诊室里。大夫说，膝盖骨骨裂，没有什么大事儿。所长说："还有半年我就退休了，闯了大祸。大武你也别报工伤了，把腿养好，抓紧上班，咱们还要立功。"王大武自然要服从所长的命令。

从那以后，不知道为什么，王大武看到车，无论是摩托车，还是汽车，甚至自行车他都提心吊胆。他在抓捕犯罪嫌疑人的时候有大无畏的英雄气概，被警队称为"神警大武"，可是提到"车"字，他就有一种天然的抵触情绪。他的驾驶证因为常年不去审验，已经报废。

王大武大难不死，真的有了后福，工作两年零五个月，他就被任命为副所长。听说是老所长亲自找了他的徒弟（新任的分局副局长），向他推荐的。不过，王大武在副所长岗位上也是年年立功，业绩突出，他跟老所长学了很多做群众工作的本领和破案的技巧。

二十年间，他遇到烦心的事儿或者疑难案件都要请教老所长。老所长每每给他支招儿，都发挥了极大作用。当了两年多副所长的王大武被调到分局刑警队任副队长，后来又当上一把手。老所长去年病逝了，他难过了好一阵子。这些年，他立功，挨处分，降为副队长，又提拔为队长。马上考察分局副局长人选，因为案子，他又"捅了娄子"没有通过。他的许多队员为他抱打不平，原因是被他处理的犯罪嫌疑人告他刑讯逼供，告他证据不足或者态度蛮横，最可气的是一个犯罪嫌疑人告他故意在嫌犯的饭里下了巴豆，弄得嫌犯拉稀，王大武有嘴说不清。当然，王大武立功多，领导还是信任他的，他就是在破案上一根筋，认准理八匹马也拉不回来。跟他一起干活儿的侦查员信任他，老百姓信服他。

这次市局要求免他的职，调到县局最远的乡镇派出所任警长。分局领导告诉他，这算是网开一面，否则开除都不在话下。他自己明知道犯了错误，仍倔强地说，不后悔，是个有正义感的男人，都会那样做，即使乌纱帽没有了，也要坚持真理。他的大师兄（现在的市局主管领导）气得替死去的师父踹了他一脚。

王大武的妻子胡娜送他到长途汽车站，嘴里嘟囔着："你呀，拧种，自己老婆开车送你不行吗？"

"费那劲，你不得请假吗？孩子谁管？别净给咱爸妈找事儿了，等儿子上了大学，你也申请调过来，咱在山上盖一栋别墅养老，那才好呢。"

"别赌气，半年你就会调回来，领导舍得你？"现在的长途汽车没多少人坐，乘客寥寥无几，更显得凄凉，胡娜掉了几滴眼泪。

"嘿！你哭啥，又不是守边疆去，没准儿星期五就回来了，你又该烦我了。"

"别贫了，要不是你这张嘴，能让你走吗？"

车子启动了，看着胡娜挥舞着手望着他，他心里的感情防线也突破了。娘的，不就一百多公里吗，怎么有了生死离别的感觉？刚四十岁，老了？他心里埋怨着自己，用手背擦拭了一下眼角。

刚进入秋日的广袤大地，在阳光下，让人心中涌起儿时的记忆。王大武在近三个多钟头坐长途汽车的时间里，做了好几个梦。他梦见自己在火车上和一个劫匪搏斗，他像铁道游击队员那样大显身手，可就是没有战胜劫匪。正当他大汗淋漓的时候，被一声训斥叫醒："到站了，还做美梦呢！"此时他腰酸腿痛，瞪着眼想发火，又给憋回去了。司机下车了，他也下了车。他左看右看，忽然，一个上了年纪穿着崭新警服的男子向他挥手，乐乐呵呵疾步走了过来。

"我是林双木，您好，王队。"他一边自我介绍，一边敬礼。

"林所长，我是王大武，不是队长了，今后是你的新兵。"王大武也客气地回应。他心里想，不是说所长才三十五六岁吗，这脸粗糙得好像比自己大十几岁的样子。

"王队，您是市里来的干部，锻炼一下，很快还要回去，说不定要在我们县局当局长。"

"行了，你甭夸我了，跟你再干十几年退休。"王大武话里话外带着沮丧的腔调。

"您别沮丧呀，挫折也是人生的财富，或许是幸事儿。"

王大武扭过脸看了他一眼，心想，这个林所长看面相有几分忠厚的样子，心思够缜密，能猜出自己的沮丧情绪，看来他也不简单。

他们上了警车。一路上，王大武感觉自己真的像是被"发配"了。他联想到过去遇到愁事儿、烦心事儿，就喜欢哼唱几句京剧《大雪飘》，特别是林冲上梁山的那段唱词：大雪飘，扑人面，朔风阵阵透骨寒……

让王大武感动的是派出所的林所长亲自来接自己。不像林冲被发配到沧州看草料场，还要挨杀威棒，高俅还派人算计陷害他，才有了林教头风雪山神庙，陆虞候火烧草料场，林冲怒杀陆谦，雪夜逼上梁山，成就了他梁山一百单八将的英雄气概。王大武笑了，自己不是林冲，自己上的山也不是梁山，是明月山。不过眼前的林所长，不仅姓林，他的外形也有几分像电视剧中扮演林冲的那个演员。

从县城到小王庄镇派出所二十多公里路，林所长亲自开车。这不得不让他又想起二十年前刚入警的时候，老所长骑着三轮挎子摩托车，从市区到郊区，顶着秋风，他坐在挎斗里，还有沙土抽打着脸，不过倒是挺威风的。如今也是派出所长亲自开车，他开的可是一辆崭新的花冠牌轿车。林所长说，这车是市局特别照顾山区偏远派出所给配备的，给所里两辆呢。这车可好了，从县城到所里也就用半个多钟头，过去所里只有一辆老罗马吉普车，没有一个半小时到不了。当然，现在的路也好了，过去是土山路，不敢开快，经常发生连人带车翻下悬崖的事故，现在的柏油公路安全多了，开车时速一百多公里没有问题。

二

汽车行驶在弯曲的柏油路上，两旁的柿子树上挂满了火红的柿子，到处是"柿柿如意"的景象。王大武看着山里的秋日，总有一些想家的感觉，儿子还好吗？爸妈一定想我了，胡娜更想自己了。

"王队，想家吗？"

"刚到，想什么家呀。"王大武回答他，心里却佩服这小子有点儿洞察力，"你不是当地人吧？"

"山东济宁人，大学分配。"林所长回答。

"没回济南干警察，那也是大城市。"

"回不去，能到你们这儿才叫大城市呢。"

"你一直在山里吗？"

"十年了，在县局干了四年，提拔到这里当副所长，去年转正，老所长终于下山和家人团聚了。"

"你爱人呢？"

"在老家，不愿意来，去年离了。"

"哦，是吗！"王大武多少有些惊讶，他突然想到胡娜，要是分离久了，也要离婚吗？"孩子呢？"王大武又问。

"没有。"

"还好没孩子，没有了牵挂，回头让你嫂子在城里给你找一个。"

"我准备扎根这大山里，有合适的女子就在这儿找了。"

王大武用羡慕的目光看了他一眼。对了，所长叫林双木。这是来的时候政治部干部科长告诉大武的。

车子一路向前，向上，七拐八绕。王大武和林所长一路聊了许多家不长里不短的事儿。王大武就是不问案子，林所长也不说。

小王庄镇派出所坐落在海拔四百多米的半山腰上，距离镇政府很近，步行十几分钟就到。明月山海拔八百多米，属于中低山貌，主峰上有个明月寺，据说是有着两千多年历史的古寺，兴于唐朝，极盛于清朝。现在政府大力推进扶贫工作，这里的百姓目前生活还是比较困难。

派出所是一栋小三楼。小三楼的"下半身"是山上的石头垒的，看上去非常牢固，像一座碉堡。它不是方方正正的那种楼，而是椭圆形的，要不是外墙涂上蓝白颜色，还以为是古迹寺院呢。车子刚开进院子，院内七八个民警就开始鼓掌，仪式搞得令王大武有些感动，又觉得冷清。派出所老少民警一共十二位，有所长、教导员，还有一个长期病号，一个内勤女民警报到后就请了假，她在县局犯了点儿小错，顶撞领导，悔改态度还不好，就让她上山了。还有几个民警，他们的家都安在了县城。所里有两个年轻民警，是去年林所长死磨硬泡找县局政治处主任要的警校毕业生，讲好了，三年后回县局。还有一个五十九岁的老警长，这不，王大武来了，他就不再当警长了。林所长说，警长这级别，由派出所党支部推荐，分局政治处任命，没有行政级别，就是一个预备的副所长。王大武不一样，是市局领导让他到县局最远的派出所当警长，这也是他当时赌气和批评他的市局领导嚷嚷的，不行就去县局最远的派出所。市局领导顺着他的话说，那好，成全他。

一根筋的王大武，就因为接到情报线索，有人举报该夜总会涉嫌"黄赌毒"，私自带着刑警队把豪门歌宴夜总会给端了，却没有找到任何证据。他在追捕跳窗逃跑的大堂经理时，给人家来了个"苏秦背剑"。大堂经理把他告到了市人大。

领导批评他，他硬气地说："我知道这个夜总会真正的后台老板是谁，你们不敢惹他，我敢！"

"你敢个屁，没有证据，你还把人家大堂经理给打得八根肋条骨折，右手手腕骨裂，你知道吗？"

"他拒捕，我就是给他一个'背口袋'。他的老板是个公务员，一个区级领导的儿子，我知道，你们不敢动他。"

"行了，没有证据就不能抓人，还把人打伤了。免职，调离岗位，算便宜你了。"

王大武不服，他说他早晚要铲除黑恶势力，早晚把豪门歌宴的黑幕挖出来，把犯罪分子绳之以法。

小王庄镇派出所管辖七个自然村，全镇有三万多人，百分之九十以上是农民，种玉米红薯，种水果蔬菜。这里盛产大柿子，可是山路难行，柿子价格又很便宜，也不好卖，到了十一月份，大柿子烂得满地金黄一片，让人看了心酸。有时候，林双木组织派出所民警自掏腰包买一些老乡家的柿子，但解决不了农民的贫穷问题。这儿年党的政策好，扶贫入户，但还是困难重重。穷惯了的农民，不愿意接受新鲜事物。

林所长刚到所里的时候，碰到了难题。外村嫁过来一个多月的新媳妇袁翠华夜间被不明男子强奸，报了警。那个村子叫董家村，大部分人都姓董。袁翠华丈夫就是这个村应征入伍的青年，那年他在部队刚提拔为副连长，回家相亲。经人介绍，他一眼就相中了邻村的袁翠华，袁翠华看着身穿军装身材健壮的兵哥哥，心里充满了爱恋。在休假的日子里，两人结婚。婚假加上探亲假还没有休完，部队下达紧急命令召回，南方特大洪灾，他们部队执行抗洪抢险任务。作为新提拔的副连长，他义不容辞，带领全连战士冲在最前沿，救了许多百姓的性命。在救助一位残疾男子的时候，他把残疾男子推到了冲锋艇上，自己却不幸被袭来的洪水卷走。袁翠华和他从相识相恋到结婚只有两个多月，就成了烈士家属。

全村的人都为她难过，幸好她怀了身孕，留下了烈士的后人。她强忍着悲痛，不回娘家，坚持守候着闻听儿子牺牲导致脑出血瘫痪在床的婆婆，还要照顾公公的一日三餐。大家都敬佩她，心疼她。村委会也时常帮助她家。

当年的深秋，一个狂风肆虐的午夜，那是袁翠华一辈子的痛。

那年也是林双木刚到这里任副所长，接到报警，他和老所长带着民警赶到现场已经是凌晨了。袁翠华一脸呆滞，没有表情，没有泪水，她就告诉林警官，那个混蛋身上都是烟草味儿，别的她记不清了。那个混蛋捂住她的嘴，导致她几乎窒息。完事他就跑了，她哭出了声，撕心裂肺地嚷嚷起来，她公公从东屋跑出来，看到衣不遮体的儿媳妇惊呆了。村主任来了，报警！

三

县局刑警大队长带着侦查员来了，林双木配合他们破案，县局领导很重视，袁翠华毕竟是烈士家属。也是从那时开始，林双木认识了苦命的袁翠华。

十年了，袁翠华的女儿在村里的小学读书，她婆婆已经去世，她照顾着公公和女儿。她有一个小姑子，早年间嫁到外县，一年能回来一趟看看自己的亲爹就不错了，对她这个嫂子和侄女没有多少感情。当年，为了给当兵的哥哥凑彩礼，把她嫁到又远又穷的地方，她心里一定有怨气。袁翠华每天起早贪黑忙着干农活儿，她也没指望小姑子接走她公公，她觉得侍候公公婆婆就是她的责任。去年国家有了扶贫政策，她家是扶贫对象，林双木主动和镇领导、县局请缨，他愿意承包贫困户袁翠华家。

林双木最大的心愿就是破案，给袁翠华一个交代。可是她现在对抓住那个侮辱她的有烟草味儿的男人没抱多少希望，她想忘掉过去，一心一意照顾公公和女儿，给自己的烈士丈夫一个交代。

"当时你们调查就没有一点儿线索？有怀疑对象也行。"王大武问。

林双木递给王大武一支烟，王大武说戒了。林双木自己点上，咳嗽了几声，说："我们把全村会抽烟的都查了一遍，有几个重点人，提取证物比对，都不是。"

"没有怀疑的人？"

"有那么一两个，没证据，后来仔细调查，他们没有作案时间。"

"哦。"

"你是神探，给破了吧！我从毕业分配到县局就写材料，到了所里才体会到警察的责任，破案就是警察的第一要务。看见袁翠华，我就自责，一个警察不能给受害者伸冤，脸都烧得慌。"

"睡觉吧。"王大武关上了宿舍台灯。

他哪里睡得着，他知道林双木也睡不着。

鸡鸣，狗叫，天蒙蒙亮，山里就是冷。这个季节在城市还穿着衬衣呢，自己的儿子热得穿短袖 T 恤。

走出派出所的院落，王大武吸着大自然的新鲜空气。空气微甜，草木生香，他感觉浑身轻松，满眼是群山和绿色，还有一些落叶，一片金黄，东方那轮橘黄色光芒开始冉冉升起。王大武突然一阵兴奋，他觉得自己到山村是组织的又一次培养，生命的再一次锻造。他想，过几个星期一定让老婆和儿子感受一下大山对人类的馈赠——新鲜的空气、一望无边的山川和满眼的绿色，还有金黄色的果实。

早上点名，林所长给大家介绍了新到任的治安组警长王大武同志，民警们再次热烈鼓掌。

林所长说："大武警长是咱们的老领导了，在市里的分局当刑警队长多年，现在到咱们山里指导咱们办案，一准把咱们所的几起积案给破了。"

大家又是一阵热烈的掌声。

王大武脸有些发烫，赶忙解释："弟兄们不知道，我是来接受教育的，谈不上指导大家，我得向大家学习。"平时能说会道的王大武，面对在山区守卫平安的几位陌生战友，他有些不好意思了。

"王队，别客气，你为什么到我们这里来，我们也是有耳闻的，你是这个！"老警长竖起了大拇指说。

"我一定跟老同事学习，跟扎根这里的大家学习。"也许是来到了浩瀚的山区，王大武觉得自己心胸豁达了，不像在城里，总觉得自己了不起，只要自己认为对的，就坚持到底，谁说也不行；也许是越垒越高的高楼大厦直入云端，把自己举到魔幻的云朵里，忘记了人间还有乡村小道，背后是连绵不断的高山森林。

十多公里的山路，林所长开着崭新的警车，说说笑笑就到了袁翠华家。她公公说她下地了，王大武紧随着林所长向她家的后山上爬。爬了十五分钟山坡，王大武满身大汗，喘着粗气，看见几个蒙着头巾的妇女在苹果树上摘果子。

一个戴着红白格子头巾的女人扭过脸看着他俩，下了梯子，问道："林所长，您有事儿找我？"

"哦，丰收季节，我来帮帮忙，还有王大武警长，他是市局调来的。"他指着王大武介绍说。

王大武觉得林所长见到袁翠华有些腼腆的感觉。

"王警长好！"她伸出了手。

王大武上前握住她的手："袁大妹子，我是大武，你喊我大武哥或者老王都行，不用喊警长。"王大武听到"警长"的称呼心里就不是滋味，他自己笑话自己。

王大武看到眼前的袁翠华，有一种似曾相识的感觉。难怪林双木说起她来带着一股眷恋的感觉，哪个男人见到这样天生带着温柔，眼睛里带着潮湿，似乎有话要对你讲的女子不心动呀？

王大武又跟着林所长一起爬上了梯子，帮她摘苹果。

她说："城里来的干部哪能让您干这样的粗活儿，真的不好意思。"

"妹子，今后我和林所长一样，帮助你家过好日子，这是我的任务。我不是什么城里来的干部，我是一名刑警，到这里来接受大家的教育，为你们的安全尽一名人民警察的责任。"王大武说。

"刑警？"她听到这个词，好像有些惊慌，又好像要向王大武解释什么。

林所长把话题岔开："翠华妹子，王队就是来村里看看你们，熟悉熟悉情况，他想和大家认识认识，今后这片的治安归王警长管。"

四

中午，林所长和王大武在袁翠华家里用餐，林所长交了伙食费。袁翠华就是不要，说："你们帮我们家干了那么多活计，单是摘了一上午苹果，至少也得给你俩一百块工钱，到家里吃顿饭还给钱，这是拿我们当外人了。"

肉片炒扁豆角、鸡蛋炒黄瓜、白菜粉条炖豆腐，还有一盘是用辣椒腌制的各类蔬菜的菜头，其实就是咸菜。主食是大灶台贴出的玉米饼，还有红薯棒子面粥。

林所长说："咱家是过年了。"

袁翠华公公讲："市里来了领导，翠华说一定要像过年一样招待，不能怠慢了城里来的领导。"

她放学回来的小女儿看到桌上的饭菜，高呼："爷爷，妈妈，咱们家过年啦！"

王大武激动得不知道说什么好，他一个劲儿地澄清道："你们太热情了，我不是领导，和林所长一样是你们的家里人。"这样的四菜一粥饭菜就像过年了，他心里有些酸楚，他一定要把这个事告诉儿子，让他好好受受教育。

这顿饭是王大武近几年吃得最香、最饱、最感动的饭菜。他不时地与袁翠华公公和她女儿了解一些情况。林所长在一旁和袁翠华聊天，给王大武"打掩护"。他看到了，王大武在刑侦意识方面绝对是一名优秀的侦查员，他不放过任何一次侦查了解的机会。王大武也觉得林双木有两下子，不当侦查员有些可惜了。

她女儿说，村小学有三个老师。一个是田老师，他还是校长，教数学、美术；一个是刘老师，教语文、体育、思想品德；还有一个是郭老师，教英语和音乐。学校有两个班——大班和小班。一年级到三年级一个班，是小班；四年级到六年级一个班，是大班。三个老师都是男老师，原来有一个女老师，不到一年就走了。他们支教老师签订的是三年期限，现在超过三年的只有校长田老师，他今年三十五岁了，做了十二年村办老师，当校长也八年多了，全村的老老少少早已经认定他就是本村人了，他也和乡亲们亲如一家。

她公公介绍，全村有 117 户人家 512 人，在全镇算是一个中型偏大的村庄。这几年一些姑娘嫁出去了，还有考学出去的、外出打工的、在外地居住的。现在村里户口上的人和实际人口出入很大，要问董主任才行，他清楚全村人员的情况。董主任有一个傻儿子，快三十岁了。董主任一出门就把他用铁链子拴在他家院子里的梧桐树下，还有一只大黄狗看着他。他妈死得早，村主任是近亲结婚，娶的是他表妹，所以生了一个傻儿子，近亲结婚真的不行。

王大武在袁翠华忙碌的时候询问了她公公，村里有没有种植烟草的。她公公告诉他，种植烟草的人不多，抽烟的人挺多，大多数抽烟的都买烟叶或用孩子废旧的书本纸卷着抽，谁家地里种烟草也要问董主任，他知道。

王大武看见了，林双木临走的时候把两张五十元的人民币放在了饭碗底下，一会儿袁翠华收拾碗筷的时候一准能发现。

回所的路上王大武问林所长："你看袁翠华怎么样？我给你说说，我在局里是有名的媒人，一说一个准，结婚后还都生儿子。"

"王队，你真的想把我永远留在这里？"

"你回县里，带上她们娘儿俩。"

"看吧！"林双木带着幸福的口吻回答。

王大武没有再说下去，他有些困意，眼皮在打架。他刚要迷糊，林所长说："王队，你不会开车呀？"王大武的呼噜声响了。林双木看了他一眼，摇摇头。林双木哪里知道他最不愿意回答的问题就是会不会开车，他都解释烦了。

回到所里，林所长说："王队，你困了吧？到宿舍休息，咱这里不像市里一点半上班就得起床，咱们这儿案子少，只要把该做的事情完成就行，有案子加班大家没有二话。"

王大武今天收获特别大。到了宿舍，王大武的困意已经全无，满脑子都是袁翠华，满脑子都是十年前午夜里，一个男人溜进了她家……她窒息了，当时她还怀有身孕。他取出办案笔记本，躺在铁架子床上，开始记录线索，写画着他的破案思路。

他爬起身来，到了所长办公室，说："林所，我要找一下董主任，问问情况。是不是他报的警？"

"是他，我记得清清楚楚，因为是袁翠华的公公找的董主任。"

"哦。"

"我让老警长跟你去，他当时跟着老所长和我一起出的警。"

"好。"

"不行，他也不会开车，让辅警小廖开车。"

"老警长也不会开车呀。"王大武似乎有了知音，抿着嘴，不知道为什么又摇了摇头，满怀信心地说，"你们派出所的警长也不会开车，可能这是传承呀。"

天有些灰色了，王大武心里想是不是要下雨了。

"王队，下不了雨，咱现在上山走的是后山路，抄近道，阳光在前山，有句话叫'阴山背后'，说的就是现在。"老警长解释道。

王大武心想，这里的民警都可以，洞察力这么强。我只是在心里想，他就猜出我脑子里想什么。王大武不知道回答什么好，他"哦"了一声，不说话了。车子向上爬，王大武猜想老警长又要问他，这么年轻，又是刑警队长，怎么不会开车？他想他一定要先反问，老警长，你怎么也不会开车？车里静静的，只有老警长微微的鼾声。小廖开车稳重，生怕颠着他们，不像上午林双木把车开得像一匹野马，他的嘴还不停地问东问西，像个话痨。

到了村子里，依旧阳光明媚。老警长、小廖和董主任十分熟悉，他们进了院子就坐在梧桐树下的凳子上，还嚷嚷着让董主任洗苹果、拿烟叶。他们搓碎烟叶，卷烟抽。

小廖不知道王大武是否吸烟，用报纸卷了一支烟，递过去："您尝尝董主任家里种的烟叶，够劲。"

"戒了。"王大武推开小廖的手说。

小廖赶忙把一个大苹果递给王大武，王大武摇摇头，接过来又放回去。

董主任个头儿不高，黑瘦，浓眉大眼，一张嘴露出了烟熏牙，黑黄色的，让王大武有些恶心。王大武自从戒了烟，闻到烟草味儿就有一种不舒服的感觉。此时看到董主任的一口牙，他讲话时喷出来的唾沫星子味道都是浓浓的烟草味儿，王大武更是受不了。他干咳了几声，要呕吐。

"王队，您不吸烟，闻到我们身上、嘴里的味道一定恶心。对不起，您吃个苹果压压。"董主任说着把那个大苹果又递给了他。

王大武实在是打心眼里佩服，这里的人都是孙悟空，钻到别人肚子里去了，只要你想到，他就知道。"没有，我刚来，水土不服，我也吸烟，不怕烟味儿。"他赶紧解释着接过大苹果，狠狠地咬了一口，脱口而出，"真甜！"

董主任告诉他："现在村里老少有 326 人，128 户，过去就一百来户人家，多出的那几户是孩子结婚分家了，留下的大部分是老的老，小的小，壮劳力都去城里或者外地打工了，还有的挣了钱，在别处买了房，不怎么回来，老宅破旧不堪……"

他们正聊着，一个骨瘦如柴、光着膀子的高个子男青年从屋里跑了出来，他嘴里不停地叫："花、花、花花——"

"文希回屋里去，警察叔叔打你呀！"董主任对光着膀子的男青年说。

"这是？"王大武感觉到了，他就是董主任的傻儿子。

"我的儿子，傻子，您别笑话。"

"让他穿上衣服，别冻着。"王大武关心地说。

"来，叔跟你回屋穿衣服。"老警长站起来，把嘴里叼着的烟头吐在地上。

"快三十的傻小子，他妈死得早，扔给我了。"董主任眼睛可能是被烟熏了，也可能是他看到傻儿子有了感触，他用手背揉了揉眼角。

五

董主任早年当兵，退役回乡，他的表妹比他小两岁，一直等他。两人青梅竹马，后来结婚生了儿子，满心欢喜，可是儿子总是不哭不笑，到医院检查，大夫说是先天性智力残疾，后来才知道是他俩近亲结合造成了孩子残疾。十年前傻儿子母亲去世。五十岁的董主任显得很老。小廖告诉王大武，前几年他还好，近两年特别显老，是让他傻儿子累的。他傻儿子到处乱跑，有的时候还跑到别人家，看见女孩子，他就喊"花、花、花花——"，为此没少挨打。没办法，董主任给他弄了个铁链子，外出时就把他拴在院落的梧桐树下，还让他家的大黄狗看着他。他白天睡大觉，到了晚上特别精神，他爸就给他吃治晕车的药片。董主任说，去县里开会他晕车，买的药，就是让人睡觉用的。

王大武在本上记了好多。董主任明显有些紧张，问老警长："村里发生了什么事儿？需要配合你们说。"

"没事儿，这不，王队接替我当警长，了解些情况，以后他负责你们村的治安，还希望董主任多多支持。"

"好说，好说，王队，您多指导。"董主任客气谦虚的样子，让王大武有些尴尬。

两个多小时过去了，天完全黑了下来。董主任坚持让他们留下来一起吃饭，王大武却坚持回所里。

老警长说："我们回去吃，赶紧给你儿子做饭，他饿了，赶明儿董主任准备好了，我带酒带肉咱们喝两口。"

董主任似乎非常听从老警长的话："好，下次，咱们喝两口。"

王大武在回去的路上，心里总感觉有一种隐隐的痛，这个痛来自自己的

—— *48*

敏感吗？还是对董主任家庭的不幸感到难过呢？十年前董主任傻儿子十八岁，董主任四十岁，他家后院的空地种植了许多烟草。老警长他们没有怀疑过他吗？十年了，真的没有一点儿线索吗？王大武真的茫然了。

一路上小廖开车，老警长继续发出轻微的鼾声。王大武心事重重地微闭着双眼，时不时睁开眼睛看看副驾驶座上的老警长，他希望老警长开口问他，你是不是怀疑董主任。车外的风声和汽车的奔驰声，让他心神不安。自己办案快二十年了，十年前这么一起简单的强奸案就这么难破获吗？林所长、老警长，还有董主任给自己的感觉有些莫名其妙，仅凭他们对自己内心世界的洞察力那么强，怎么会对十年前的袁翠华被强奸案表现出麻木，甚至是故弄玄虚呢？

回到所里，林所长亲自下厨，做打卤面。他说："王队第一天正式投入案件，让大家有了主心骨，今天咱吃面，算是给王队接风。"

王大武的肚子叽里咕噜，他真的很饿。这要是在刑警队哪有什么饥饿感呀？破不了案子，心里堵得慌，哪有脸吃饭呀，有的时候还要挨局长骂。今天不知道为什么，他狼吞虎咽地吃着，让大家感觉他在城里没有吃过这么好吃的捞面。

"慢点儿，王队，咱们林所包饺子更好吃，明天就包饺子，过两天我就下山了，到县局再干半年，退休……"老警长有些眷恋地说。

午夜，王大武失眠了。他站在派出所的院子里，看着星空，藏蓝色的黑，黑里隐藏着一丝亮光，不是星星的亮，不是月亮的亮，更不是白云的亮，那种亮来自外星吗？他在寻找乌云，比藏蓝色的黑还黑的乌云，他想从暗黑色的空中找到侮辱袁翠华的凶手。找到线索，抓到案犯，那样袁翠华就能够释然了吗？

"王队，想家了，还是考虑案子？有线索了？"身后林双木问。

"什么都没想，看着天空，找星星，找宇宙里的亮。"王大武自然地回答，让林双木没有理解，他愣了一下。

"王队，山里的夜冷，到我屋里坐坐。"

派出所只有所长和教导员是一人一个办公室兼宿舍，民警是一个组一个办公室，三四个人一个宿舍。林双木不在办公室休息，他喜欢睡在集体宿舍，所以他办公室里没有床。王大武在市区当队长的时候那可是里外屋的套房，现在办公和宿舍集体化，他多少有些失落和不习惯。他知道这是规矩，是待遇，他没有理由破坏。在这个山区的派出所，人少还好，在分局刑警队，他办公、休息是里外间，民警们十几个人一个办公室，一个集体宿舍，上下铺，打呼噜、咬牙、放屁，还有臭脚丫子，必须适应。

林双木给王大武倒了杯茶，拿出一些瓜子花生，说："不抽烟了，吃点儿花生，嗑瓜子吧，这还是袁翠华给的。她亲手炒的，挺香。"

王大武从兜里掏出办案笔记本，他把关于十年前董家村袁翠华被侮辱案的调查情况和分析线索图交给了林双木。

密密麻麻、整整齐齐的字迹，让林双木这个西北政法大学毕业生肃然起敬。案件分析透彻，嫌疑人有三人，村办小学田校长、董主任父子……缘由……最后锁定董主任儿子董文希。王大武把袁翠华家的整体图画得像速写一样，线条准确，每一间屋子都单独勾勒出具体位置，把袁翠华一个人在西南屋的现场情景画得惟妙惟肖，好像他当时就在现场目睹了一切。她公公找到董主任，董主任同意报案，老所长和林双木、老警长出警，以及袁翠华的哭诉，这个案子图画得就像小人书一样生动。

"王队，他当时还是个孩子，是个傻孩子！"林双木充满疑惑地说道。

"明天去县局，把当年提取证物的资料找到，再给他们三个人做鉴定。"

"好，可他是个傻子，当时还不到十八岁，或许也就十八岁。"

王大武若有所思地回答："估计，袁翠华应该知道了，最起码怀疑过董主任父子。"

林双木连夜向县局领导汇报了十年前袁翠华被强奸案的侦破情况。

上午十点，县局刑警大队侦查员在林所长和王大武的陪同下赶到了董家村。刚一进村子，正赶上袁翠华向警车奔跑过来。林双木开着警车带路，他踩下刹车，王大武第一个跳了下来，扶住了袁翠华。

"林所，王队，董主任死了。"

在董主任家里，他的傻儿子董文希跑到袁翠华面前，"花，花，花花——"地叫，他还靠在她的肩上，闭上眼，似乎是在享受独有的幸福。

经过县局法医鉴定：董主任是昨天夜里吞食过量药物自尽而亡的。

临终前他留下了一页皱皱巴巴的白纸，上面工整地写着《认罪书》：

认罪书

我曾经是一名军人，退役后组织上信任我，村民信任我，我当了村委会主任。可是我现在是罪犯，你们既然把市局的王队长请来调查十年前袁翠华的案子，凭借他的机智和昨天的谈话，我想他已经看出了破绽，有了证据。

王队，我以死谢罪，您就高抬贵手把我傻儿子放到精神病医院，让他自生自灭吧。

袁翠华，对不起你，更对不起烈士兄弟，给你全家跪下谢罪，给全村的父老乡亲谢罪，是我辜负了乡亲们。

我走了，我替儿子给自己宣判了死刑。

六

经过提取证物对比当年的证物，鉴定结果显示，真正的犯罪嫌疑人就是董主任的傻儿子董文希。董主任是替子以死谢罪。

王大武在和袁翠华取证时，她点头同意他的询问。她在三年前就发现了那夜的烟草味儿像是董主任的傻儿子董文希身上的味道。她碍于董主任经常帮助她家，而且他又是一村之长，再者一个不到十八岁的傻子是不会承担刑事犯罪责任的，她就把苦果咽了下去。袁翠华公公报警那天，董主任从她家回来，就把他们的傻儿子有可能强奸了袁翠华的事儿和妻子说了，他还问妻子傻儿子是不是刚回家，他惹祸了，把烈士家属给强奸了，一定枪毙。他妻子吓得突然心脏病发作，翌日就死了。董主任安排了妻子的后事，他不敢声张，捣鼓了一个铁链子，他不在家的时候、晚上睡觉的时候就牢牢地把儿子锁住。县局刑警大队和派出所的警察到村里调查个遍，但没有找过董主任的傻儿子。

可怜天下父母心。王大武晚上和妻子胡娜通了很长时间电话，他告诉胡娜一定看管好儿子。

案子破了，王大武怎么也兴奋不起来，他觉得如果不是他的坚持，不是他来到这个村庄，董主任就不会自尽。如果十年前，老所长他们破了案，犯罪嫌疑人董文希是智力残疾患者，而且他还没有年满十八周岁，是不承担刑事责任的，最多就是他的父母作为监护人承担一些经济责任。现在他父母双亡，此刻的王大武有一种说不出的心痛感觉。他想，他一定把董文希安排好照顾好。

一个多月过去了，王大武在这里每天起得很早。他把这个镇子近几年没有破获的一些案子一一侦破。现在只要他来到有过积案的村子，一些犯罪嫌疑人就主动投案，争取宽大处理。在小王庄镇最远的村子里，一个有前科的村民，听到王大武警长来了，马上跑过去，跪在他面前说，五年前他哥哥家丢的两只羊是他偷走的。他偷羊后警察来了，他害怕就嫁祸给村里的老光棍，结果警察把老光棍抓走了，老光棍也认了罪，被判了刑，蹲了三年大牢，出狱一年多，去年病死了。他天天做噩梦，最近做梦是阴间判官钟馗来了。他起床后听村主任讲，神探王大武来村里了，他说他知道昨天的梦是真的，王大武就是钟馗的化身，他是来讨命的。

老乡们把王大武神探的传奇传到了县局，县局领导亲自接见了他，让他到县局刑警大队带带徒弟。王大武讲，你们这里的林双木所长，应该调到县局刑警大队，自己还是在小王庄镇派出所好好"改造"，当好自己的警长。

县局领导知道，现在还不能随便动他，市局领导有话，让他好好在山里磨磨性子。

下雪了，林所长讲，今年雪下得比去年晚，去年国庆节鹅毛大雪漫天飞舞。那一天他记得很清楚，他去袁翠华家里拉走了两车柿子，是他一个当老板的同学帮的忙，解了她家的燃眉之急——她的公公不小心摔倒在果园里，骨折住院的费用算是解决了。王大武心里明白，他还是想让王大武给他提亲。

周末，林所长让大家回家休息，王大武说下雪路滑，不回家了，和林所长一起值班。深夜，林所长跑到王大武的宿舍，他说，所里就咱俩了，和您唠唠嗑。

"案子破了，袁翠华心里的阴影也许化解了，我帮你提亲。双木兄弟，可否?"王大武故意挑明。

"翠华是善良的女子,破案不破案,她心里一定是隐隐作痛的感觉,哎,让人心痛的女人。"林双木抹了一把眼睛,提及袁翠华,他的话题就多了起来。他告诉王大武,那年案子发生之后,他还陪同县局刑警大队去了一趟她的娘家调查。到了她娘家,他们村里的老少对她都是竖起大拇指的。还说翠华不仅长得漂亮,而且歌唱得好听极了,她四五岁的时候,就在村里唱过样板戏。"我家的表叔数不清,没有大事不登门,虽说是虽说是亲眷又不相认,可他比亲眷还要亲……"说着说着,他情不自禁地哼唱起了《红灯记》。

王大武听他哼唱得有滋有味,说道:"你们这个年纪还会唱样板戏?"

"王队,您比我也大不了几岁,样板戏也挺好听的。"他幸福地说。

屋子里静默了片刻,可能是《红灯记》中那个遥远的年代,让林双木怀念起了故乡的村庄,也可能他思念袁翠华或者他前妻呢。王大武想家了,尤其是在漫天飞雪的日子里,他特别想念妻子胡娜和马上中考的儿子,还好父母有哥嫂一家照顾。

"双木兄弟,睡着了?"

"没有,我告诉你呀,老所长参加了她的婚礼,在她婚礼上,她唱了《十五的月亮》,大家感动得都流泪了,没承想,这成了他们的永别之音。"林双木一边悲伤地讲着,一边大口吐着烟雾。

王大武咳嗽不停,要了一支烟,点上,说:"双木兄弟,我想,咱们要帮助村里的乡亲走出贫穷。给他们卖出去几车柿子、苹果什么的,不能从根本上脱贫。你娶了袁翠华妹子,她家的日子可能会有所改善,但更多的像袁翠华一样贫困的家庭呢?"

"是呀,我也在想。"

王大武把自己这些日子调研的想法和林双木全盘托出。他说,近两年他去南方许多地方查案子,发现那里有好多农家小院,每到周末和节假日都人潮涌动。城市里的人现在富裕了,平时工作压力大,到了休息日喜欢开着私家车旅游,远道一两天没法儿去,到近距离的山区、海边休息一下,放松心情,是特别受上班族欢迎的。

王大武讲，他想在董家村选十户人家搞一个农家院试点，成功了就是最大的说服力，再动员全村、全镇乃至全县的农户开展农家院致富营生。

林双木听得特别入神，他说："王队，您不仅是神探，还是扶贫的专家。您说得好呀，就是咱这里的乡亲太穷，没有本钱。前几年县里、镇里给他们支援了一些小羊羔和兔子让他们养殖，但他们不怎么会饲养，得了病没有钱请兽医，干脆吃了肉。老镇长气得大骂董主任他们，说：'不管你们了，就是穷骨头命，让你们过好日子，不会过。'为此，老镇长在退休前挨了党内严重警告处分。"

"林所，明天我俩就上山找翠华妹子，给她做工作，做通了，我就帮助她筹措本钱。"

"您怎么筹措本钱？"

"我有办法，找认识的哥们儿、有钱人、老板给她投资，不要利息，把利息转化为她家的水果，两三年后还本，如果老板们觉得有利可图，他们可以签订长期合作合同，继续经营，怎么样？"

"行呀，王队，你们市里人就是聪明。"他兴奋地坐起来，他甚至要打开灯，好好看看王大武，"王队，您那么聪明的人，怎么发配到我们这里来了？屈才了。"他点燃一支烟，极其兴奋，像话痨一样没完没了地说。

"为了和你相识。哎，再说一遍，以后喊我王警长，别喊'王队王队'，想想就别扭。"王大武转过身。

"好，我的王大警长。"

七

那一夜，他们聊了很长时间，后来王大武说着说着竟然打起了呼噜。林所长半睡半醒，还是不停地说，翠华不错，人善良，又漂亮，还会唱歌。她讲过，其实她已经原谅傻子了，没承想，董主任他……他这十年没少帮助她家，地里的庄稼他总是偷着给弄，还组织村里党员给她家摘果子。董主任经常讲，翠华是烈士家属，大家就应该帮助她。对了，翠华还说了，不行她照顾傻子。天边泛出了白光，他俩还在梦里交流怎么能让袁翠华一家脱贫致富。

雪停了，派出所值班室的电话响了。

"林所，傻子董文希不见了，他们村让咱赶紧给找找。"值班民警报告。

"啊！"林双木穿上警服，喊醒了王大武。

报警的是董文希的叔叔。原本王大武说好了本周回市里联系精神病医院或者养老院，安置好他。下雪了，王大武想下周再说，现在暂时交给他叔叔照顾，袁翠华还时不时过去送些好吃的给傻子。现在傻子看见袁翠华总是羞羞答答，自从董主任自尽，他再也没有喊过"花、花、花花——"，他沉默得像个哑巴。

"林所，我带辅警小廖去，你在家盯着。"王大武穿上警用棉衣往外走。

"好！小心。"

路滑，他们四十分钟才到了村里。一路上，王大武想，他能去哪里呢？去袁翠华家，或者他明白了，没有脸在村里住，离家出走，再或者他发生了意外……

村头，傻子的叔叔一家人、田校长、袁翠华他们都焦急地向王大武提供近日傻子的情绪变化情况。他好像不是傻子了，好像知道了自己犯的错误，他总是跑到袁翠华家门口，泪流满面地小声喊着："妈、妈、妈妈——"田校长说遇到过多次，还把他送回他叔叔家多次，他还提醒袁翠华，小心傻子。

袁翠华心里明白田校长关心她，一直待自己女儿如同亲生闺女。田校长没有结过婚，十二年前从县城师范学校毕业，主动到山区支教，老校长退休回原籍，镇政府接受了董主任的建议，任命他当了董家村小学校长。他也不负众望，十二年了，兢兢业业，好多次选调他到镇小学任教任职，他都毫不犹豫地拒绝了。还有一次是县教育局想调他去，他没有答应，他说，这里的孩子更需要他。其实他多次让董主任向袁翠华提亲，但她始终没有答应，也许是她坚守着烈士家属的荣誉，也许她在等待更能托付终身的人，这个人或许就是林双木。田校长陷入了单恋的痛苦，但他就是不结婚，也不谈恋爱。他待她女儿如同自己的女儿，他在等待着爱情。

田校长心里明白，林双木也在追求袁翠华。他想，他会捷足先登的，她的女儿是他的学生，他比派出所长更有实际用处。再者，他认为自己未婚，林双木毕竟是二婚，而且距离董家村十多公里，不如他照顾她们家方便。他充满了和林双木竞争的勇气。林双木对这些事情稀里糊涂，甚至不知道还存在一个情敌——田校长。每次到镇政府开会，林双木总是主动和田校长打招呼，有的时候还要关心一下袁翠华女儿的情况。田校长说，林所长真是学雷锋做好事，您就放心吧，她是我的学生，又是烈士的女儿，这也是自己作为孩子老师的责任。

大家找遍了村里的各个角落，没有傻子董文希的踪影。村党支部代理书记田校长，要求赶紧报警。看到王大武下车，他们疾步走到警车旁，大家你一句我一句讲着傻子现在的表现已经不像是个傻子，他怎么能够跑呢？他叔叔说，昨天吃过饭还非得帮助洗碗，收拾屋子，他婶感动得都流泪了，一个劲儿地夸他懂事。夜里是叔叔给他收拾好，看着他躺下睡着了才出屋。清早喊他吃早饭才发现人不见了，于是叔婶开始满村寻找，最后惊动了田校长，实在没有他的影子，才找派出所帮忙。

他们到了半山腰悬崖沟寻找，也没有找到他。

"他不会跳崖自寻短见吧？"他婶说。

"你们去董主任坟墓了吗？"王大武问。

"一早去了，没有。"田校长回答。

"再去。"王大武以命令的口气说。

后山，雪花还在零零散散地纷飞，董家村的坟茔地里一座座白雪覆盖的坟墓，给人带来许多幻觉，如同在另一个世界的废墟，或是在地狱，也许是天堂。地狱和天堂到底是不是眼前的景象，谁又能说得清楚？

在董主任和他妻子的坟包前，一个跪着的雪人，满身白雪，只有眼睛、鼻子、嘴巴裸露出来。王大武跑了过去，他用双手擦拭着他满脸的落雪。

"啊！傻子，文希，文希——"大家都在喊他，他直挺挺地倒在了王大武的怀里。

董主任的傻儿子董文希死了。他是在大雪纷飞的半夜跑出来的，他跪在父母的坟前，嘴里一直喊着"妈妈、爸爸"……或许他的结局是圆满幸福的。王大武满眼含泪，愤怒地说："你们不是说找到这里没有看见他吗？

混蛋，是谁来的？"袁翠华走过来，用红色的围脖轻轻地把傻子身上的雪花掸去……

八

王大武给妻子胡娜打电话，他想请市局刑科所同志对董文希的尸体再进行一次勘验。

经过市局刑科所专家再次对智障的董文希尸体进行勘验，确定他因在天寒时间过长，导致各个器官冻僵而亡。再次提取他的证物与十年前提取的证物对比，还是一致，按此推理，案犯就是他。仅凭这一个定罪证据还是不足。市局还邀请了生殖器官专家，专家经过细致验证说，有一点可以肯定，董文希的性功能几乎是没有的，即便他内心有对异性的渴望，他的生殖器也不能达到他的心愿。法医和专家的鉴定结论是，他的生殖器硬度根本达不到发生性行为的能力，但是他有正常的遗精反应。

王大武突然觉得地动山摇，他恨自己办了将近二十年案子，怎么就疏忽了对董文希生理的核实呢？他极度悔恨。那么强奸袁翠华的案犯一定另有他人，到底是谁？他陷入了重度失眠。他一开始怀疑的对象中有这个嫌疑人吗？他告诫自己必须有铁的证据，自己的神探名声是小事儿，抓不到真正的罪犯、冤枉无辜者才是最大的失职，才是执法者的耻辱。

胡娜劝他不要自责，毕竟十年前提取证物时，董文希的证物和现场袁翠华衣服上的证物是吻合的，这样必须找县局刑警大队技术员了解当年提取证物时的情况。

王大武自己写了份检讨书，检讨自己办案不够缜密细致，导致董主任自尽、他智障的儿子因思念父亲而亡的事实，他是应该承担责任的。林所长觉得是自己逼迫王大武警长，要求他抓紧破案，给袁翠华一个交代。林所长没想到竟然在证物上出了问题。

县局领导十分信任王大武，要求他们派出所继续配合县局刑警大队查找新的线索。当年的县局刑警大队技术员已经退休返回市里。王大武找到他，老技术员讲，当时接报警到了现场，袁翠华整个人已经痴呆，什么话也不讲，还是在场的村主任和她公公介绍了一些情况，后来拍了几张现场的照片，询问她几句，她除了摇头就是点头。

"你们提取受害人衣物上的证物过程呢？"王大武问。

"别提了，当时队长看受害人的情绪低落，怕她想不开出事儿，就没有提取，队长让董主任找一个妇女，把她受侵时穿的内衣内裤送到县局刑警大队就行。还是董主任让他老婆找她要的，具体的你问问现在县局分管副局长，当时他就是大队长。"

王大武临行前，告诉林所长，自从上山，有两个多月没有回城里了，想回家看看。县局刑警大队的侦查员还需要找其他退休民警了解一下当时的案情，就让王大武先回家，明天再返回县局找分管副局长了解情况。

自从上了山，王大武这是第二次回家，再过二十几天就是元旦了。他对儿子讲，只要你快乐就行，至于考重点高中的事儿，尽力了就可以，你要是考警校也挺好。

"爸，我妈要是像您这样通情达理就好了，他非让我考市一中，否则不让我上普通高中，让我休学，找份工作，挣钱养活自己，实在不行就让我当保安。"

"好，我劝劝你妈，没事儿，替我去看看爷爷奶奶。"

"知道了。"

王大武抽空儿联系了他小学同学，现在是经济开发区主要负责人的马主任。他对马主任说，想在董家村搞几个农家院试点，为董家村脱贫致富找一条新路子。马主任非常支持他的创意，他想再联合几个民营企业，搞入户帮扶，先期投资，发展好了，三年后可以收回成本撤资，也可以继续投资经营，他们和结对子的农户达成自愿。马主任特别赞赏王大武提出的用农副产品解决投资者的利息问题，这样一来既解决了农户先期没有资金投资的问题，还解决了他们的农副产品没有销路的大问题，真的是一举两得的最佳设想。

这一夜王大武和胡娜聊了许多袁翠华的事，以及十年前她被侮辱的情况。王大武觉得真的对不起董主任和他儿子，怎么就那么粗心，漏掉了对他儿子进行相关生理上的鉴定。胡娜安慰他，明天抓紧找其他办理此案的民警，需要市局刑科所技术支撑你就说。局长讲了，要全力支持你们县局和派出所，抓住真凶，不能让你这个神探背上思想包袱。对董主任一家的不幸，大家都表示同情。局领导还说，针对此案要举一反三，要对以前所有案件进行一次大起底，狠抓办案程序问题和办案证据有瑕疵不规范问题，确保证据和程序的绝对准确，人命关天呀！

翌日，他们赶回县局，找到了县局副局长，就是原来的刑警大队长。他告诉王大武他们，出现场的第二天，村办小学的一个年轻老师来送的证物（袁翠华当日晚上睡觉穿的衣物，包括一件内裤等），化验鉴定结果保存在刑警大队档案库里。

王大武听到是村办小学年轻老师送来的证物，急忙问："老师是男的还是女的？"

"哦，是男老师。"

"姓什么？"

"大武队长，我真的记不起来了，你查一下档案，有记载，或者问一下当时队里的内勤民警，就是调到你们所的高姐。"

王大武听林双木所长讲过，县局机关民警高姐来所里当内勤，报完到就开了病假条，一直没来，她家在县城。王大武立即给林双木打电话询问她家地址。林所长告诉他今天高姐来所里上班了。

"太好了，我马上回所里。"

九

高姐见到王大武，非常兴奋地说："大武兄弟，咱俩一根筋到一起了，林所够受的。"

王大武和高姐一见面，似曾相识："高姐，您？"

"王大队长，你早把我忘了，那年县城的系列拐卖妇女案件，您是市局专家组成员，帮助我们破案，还和当时县局老局长拍了桌子。那个案子要不是您的坚持，那些妇女还在深山老林受罪呢。"

"哦，记起来了，替我顶撞你们局长的高淑敏大姐。"王大武想起七年前市局安排他协助指导县局破获该县多名妇女被拐卖案件。他乡遇故人，王大武上前握住她的手，高姐来了个更加热烈的拥抱。王大武的眼泪差点儿流出来。

"我刚听说你来我们所当警长了，就马上上班，看看是不是我认识的王队。真的大材小用，你又犯错误了？"

"是的。"王大武不好意思地低下了头。

"都是老战友了，别怀旧了，王大警长赶紧说正事儿吧。"林双木岔开话题。

高淑敏回忆起十年前董家村发生的强奸案。当时她没有出现场，第二天是一个年轻的小学老师来送的袁翠华提供的相关证物，她逐一进行了登记。她记得很清楚，那个年轻的男老师讲，是董主任的爱人找袁翠华取得证物，他正好来县教育局开会顺便送来。

"那个男老师姓田，大家都喊他小田老师。"高淑敏接着说，"我来派出所报到那天，见到他来所里办事了，听说这个小田老师现在是村小学校长了。"

"是不是要传唤田校长？"林双木问王大武。

"先不用，把证据做足，再找他，他现在还是董家村的代理村支书呢，不能再有闪失了。"王大武若有所思地说。

王大武在高淑敏的陪同下，又返回县局针对当年袁翠华受辱案调档侦查。他们对全村成年男性村民进行了普查比对，特别对吸烟的进行了加强比对，确实没有发现嫌疑人线索。当时没有对智障男青年董文希进行核查，他不在侦查范围内。

小王庄镇派出所的讯问室里空气紧张，田校长坐在审讯椅上。他目光呆滞，找王大武要烟卷抽，林双木给他递过去，点着，他狠劲地吸着，一丁点儿烟雾都没有吐出来。

"我记得你是不吸烟的。"王大武说。

"当上村支书就开始吸了，哦，是代理支书。"他低声说道。

"十年前是你到县局送的袁翠华受辱的证物？"

"是的，王警长，我知道你是神探，这个案子瞒不过你，可是我在想怎么才能让你信任我。"

"你讲实话，拿出证据，我当然信你。"

"人已经死了，证据就没有了！"他还是疑虑重重，似乎在逃避什么，狠劲地吸着烟，再狠劲地咽到肚子里，似乎想把自己活活地毒死。

"你说的已经死了的人，是谁？"

"董主任。"他的声音明显大了起来，"我只和你一个人讲。"他擦拭了一下眼角滚动出来的几滴泪。

王大武看了看林双木和高淑敏，林双木冲王大武点点头，冲着高淑敏和另外一个记录民警撇了一下嘴，离开了。

田校长开始讲述十年前的事儿。田校长全名田建军，和袁翠华是小王庄镇另一个村的同乡，还是小学同学。他到镇里读初中，袁翠华家里穷，又是女孩子，就辍学在家务农。田建军后来又考上了县师范中专学校，毕业后在本村小学教了半年书，后来县教育局正式分配他到董家村小学任教。毕业回村，他第一个遇到的人就是梦中情人袁翠华。其实袁翠华对田建军也是有好感的，学生时代，袁翠华是班长，田建军是学习委员，两个人都是班里的好学生。此时，见到多年没有见到的她，他不知不觉被落落大方、美丽贤惠的袁翠华再次吸引。他心里有她，她也一样。他知道她家困难，她父亲瘫痪在床，母亲和她大哥操劳家务，还有两个弟弟读书，她无奈地选择了回家帮助母亲和大哥干农活儿。大哥早已到了说亲的年龄，就是因为家里穷一直打着光棍，正好董家村董老大当兵的儿子提亲，并且给了丰厚的彩礼。已经到董家村小学任教的田建军知道袁翠华嫁到了这里，他飞奔到董老大家，看了一眼青梅竹马的袁翠华和威武的军人，他祝福了他们。他的魂像一张白纸被撕碎，飘落在空中化作纷飞的大雪。他喝醉了，回到宿舍，在黑灯瞎火里一个人失声痛哭。

田建军把原本想娶翠华积攒的彩礼钱，全部匿名寄给了袁翠华两个读书的弟弟。从此，他把自己所有的情感都给了农村小学的教育事业。

没承想，袁翠华成了烈士家属。田建军很是心痛，同时又唤起了对她的再一次渴望，他知道要等待，他知道烈士的妻子更要等待。

在袁翠华痛不欲生的时候，那夜，董主任去她家送慰问金，他看到美丽的袁翠华正在脱衣服，他男性的野蛮占有欲膨胀至极。他忘记了一切，关上灯，冲了过去，捂住她的嘴，他兽性发作。她极力反抗，她昏厥了。

田建军和董主任承诺每天晚上给他儿子补习文化，就是教他认字。董文希虽然患的是先天性智障，主要还是他父母近亲结婚引发的，但是有的时候他并不是完全痴傻，也懂得人情世故。田建军教他认字，现在认识好多字，包括他自己的名字——董文希，这三个字和他家的地址他都认识了，而且也能歪歪扭扭地写出来。他感激田建军，他见面就毕恭毕敬喊"田老师好"。田老师原本想让他到学校上课，他到班里上了不到一节课就闹得鸡飞狗跳。田建军无奈，还是坚持晚上让他到宿舍里补习识字，有的时候天早他就自己回家，有的时候天晚或者刮风下雨，田建军就送他回家。那夜，正好狂风大作，田建军送董文希回家，走到袁翠华家门口的时候，正撞上董主任慌慌张张地从袁翠华家院子里跑出来……

经过痛苦的抉择，最终他俩达成协议，董主任推荐田建军担任村小学校长，择机帮他说媒，让他俩成为真正的夫妻。他给董主任出主意，尽量不报警，如果她家公公不依不饶非要报警，就让他傻儿子承担强奸罪，他是智障残疾人，不会承担任何刑事责任。董主任知道委屈了儿子，但是为了傻儿子今后有爹娘伺候，他只能按照田建军的计策去做。

其实董主任一再和田建军解释，他是一时冲动。他捂住她嘴的时候，以为她没有气了，害怕她死了，慌里慌张就完事儿了，跑了出来。他感觉没有发生实质性行为，就是看到异性的美。他痛恨不已，他当着田建军的面把自己的脸抽得红肿。

"田老师，我真的没弄成。"他百般解释。

"那也叫强奸未遂，一样坐牢。坐牢是轻的，判你死刑都没准儿，她可是烈士家属呀！"田建军告诫他。

董主任彻底崩溃了，他必须听从田建军的所有指令，才能保全自己的名声，傻儿子日后在村里生存才能有个依靠。

田建军让董主任回家，给傻子吃治晕车的药，再把傻儿子的精液弄到他老婆取回家的袁翠华的衣物上。第二天田建军去县教育局开会，顺便给县公安局刑警大队送去。

……

十年了，他们以为这个案子已经成为"旧案、死案"，没承想王大武警长调来了，把此案掀了个底朝天。

王大武安排高淑敏和一名民警带着辅警小廖又到了董家村，找到袁翠华了解情况。袁翠华承认自己和田建军是同村的老乡，而且在少女时代对他产生过好感。后来认识了军人丈夫，她更喜欢开朗热情、有担当的军人丈夫，可是从认识到结婚仅仅两个多月，他就光荣牺牲了，她非常难过痛心。还好，她怀有他的骨肉，她现在只想一心一意培养好他们的女儿，告慰他在天之灵。至于田建军，董主任提起过好多次，她都拒绝了。她也知道他对她和女儿是真心好，可内心就是放不下对英雄丈夫的怀念。

董主任也确实是隔三岔五找袁翠华给田老师说亲，她每次都婉言谢绝，在她心里，那夜的无名案犯对她的侮辱是她一生的阴影。无论田建军多么关心她照顾他们一家人，她都把感激的情怀埋藏在心底，全心全意地代替丈夫孝敬公婆，养育女儿。田建军也是非她不娶，一直独身守候着这份青少年时代的恋情。

"全部说出来了，大武神探，我轻松了。我知道我犯了包庇罪，还有和犯罪嫌疑人董主任共同犯罪的事实，嫁祸智障的董文希，你们依法处置我吧。"他又向王大武要了一支烟，大武自己也点了一支。

他们沉默着，吐着烟雾，王大武总是欲言又止……

十

董主任自尽前还是依照田建军制订的计划，把侮辱袁翠华的罪责嫁祸给自己智障的傻儿子。他保全自己的名声，其实也是为了确保傻儿子今后的生存。他知道儿子是智障残疾人，受法律保护，是不承担刑事责任的，保全自己就能保护傻儿子的未来，镇政府就可以出资把傻儿子安置了。他的处心积虑也许是为了亲骨肉董文希吧。人在做，天在看，事实就是事实。

过了元旦，山里又飘起了雪花。市经济开发区的马主任带着五位民营企业家来董家村考察开发农家院旅游项目。在王大武的大力推动下，董家村有十一户人家自愿成为首批开发农家院的带头人。袁翠华一家是第一个报名的，她家的担保人就是王大武警长，林所长和其他民警两个人一组承包到户。王大武一人承包了三户。签合同大会和破土动工修建装饰农家院的时候，市局领导也亲自到场为王大武鼓劲。

"你不仅是神探，也是农民脱贫致富的引路人。"市局领导夸赞他。

"领导，感谢您呀！像大武这样优秀的警长您一定给我们贫困地区多派些。"县领导激动地讲。

市局领导悄悄对王大武讲，豪门歌宴夜总会因涉嫌聚众赌博，已经被端掉了，市纪委介入，案子在进一步侦办中。

除夕夜，王大武把父母妻子儿子接到了小王庄镇董家村，他自掏腰包到翠华农家院消费，过一个团圆年，让家人感受一下农家院的幸福快乐。

林双木今年也没有回老家，王大武特意邀请他和家人一起过一个团圆的年三十，他也想借此机会把林双木和袁翠华的事儿给挑明了。

"王警长，林所长，真的感谢你们，不仅查出了侮辱我的真凶，还为我家改造了那么好的农家院，今年开春一定会有好的收成，孩子她爹在天之灵也会感谢你们——我们的好警察。"袁翠华一边擦拭着激动的泪水，一边端起了酒杯，一饮而尽。大家看着春晚，欢声笑语，团团圆圆。

林双木喝醉了，他醉得忘我，竟然自己当起了自己的媒人："翠华，你看林双木这个人怎么样？他比你大一岁，离异没有孩子，在镇上派出所当所长，能照顾家，多好。"

"翠华妹妹，我看挺好，这个林双木酒壮尿人胆，自己表白了。"大家说笑着，"干脆，'五一'就在这个农家院举办婚礼。"

"我不同意，我想田校长，我想让田校长当我爸爸。"袁翠华的女儿哭着说完，就趴在了爷爷的怀里。瞬间，欢乐的气氛静止了，春晚小品还在搞笑，可是大家的心情不知道是悲是喜。

胡娜打了圆场："来，咱们敬一敬长辈，爸妈，还有小翠华的爷爷，祝你们健康长寿，年年有今天！"

大家继续说说笑笑。

林双木跌跌撞撞抓住王大武的手说："哥，弟弟没有脸了，弟弟走了……"

王大武让小廖开车先把林双木送回所里，他说安顿好家人也回所里。

这一年就这样度过了。

流年似水，春夏秋冬，恍惚中三年过去了。在王大武一再坚持下，他始终没有离开小王庄镇派出所。去年他担任了所长，兼任治安组警长，这里的老百姓也认准了王警长是一心为民的好警长。袁翠华的农家院扩建成了三层小楼，她这几年还帮扶村里的五个困难户一起脱贫。她现在是全县的脱贫模范带头人，成了五个农家院庄园园主了，她女儿也顺利考入了县里的中学。

林双木去年主动报名，带队去支援边疆贫困地区。临行前他告诉王大武，他的前妻同意和他复婚，还答应等他支边回来，就调到县城和他团聚。他还说，替他照顾好袁翠华一家。

临近国庆节，镇领导告诉王大武所长，田建军刑满释放了，袁翠华和女儿去市西郊监狱接的他。他们像一家人一样拥抱在一起。

王大武被任命为县局副局长，胡娜也调到了县局工作，他们的儿子考上了中国人民解放军陆军指挥学院。经过县政府请示市局同意，王大武同志保留小王庄镇派出所名誉警长职务。镇领导说，他这个警长是全镇各个村的守护神，守护着小王庄镇的平安。村民们讲，只要王警长在，镇上各个村的治安稳定，大家就有安全感。

王大武不负众望，他每月至少到小王庄镇的村子调研走访一次，顺便看看这里的山水人家。

村民们见到他，还是招呼他"王警长"，他现在发自内心地喜欢"王警长"这个称呼，他觉得这个称呼特别接地气，大家叫得亲切，他听着心里也十分踏实。

警
情

1

铁辉已步入不惑之年，正赶上市局警务改革。在市局机关工作不满二十年、不具备基层所队三年以上经历的中青年干部，分三年陆续充实到一线岗位锻炼。

市局红头文件，改革需要，严格执行。符合条件先报名的从优待警，晋升一级警务职级，同时上调一级工资和警衔。符合条件不报名的人，组织决定走留，该下沉的干部即使今年不走，明后年也得分批交流到派出所岗位……

铁辉进行了几天几夜的思想斗争。去就去呗，还落个主动，得点儿实惠。再者，这辈子当警察，净拿笔杆子了，却没怎么摸过枪杆子。还是上大学军训的时候，举着五四式手枪打了十几发子弹，没承想一发也没有打中靶子。教官照顾他，手把手教他射击要领。那天实弹演练，瞄准，三点一线，射击。好家伙，"砰砰砰砰砰"五发子弹连射，差一点儿伤了报靶子的人，射击教官吓得不轻："你还是拿笔杆子吧，拿枪杆子打不准坏人，再把好人伤着了。"从那之后他对射击失去了信心，再也没有摸过真枪。

铁辉是市局机关第一个报名自愿去派出所当普通社区民警的，而且他是年龄最大的一个。他自己占了两个第一，市局领导夸奖他一番。其实他已经习惯了机关工作模式，他还是舍不得每天沏好一杯茶，在电脑前为领导写讲话稿、调研报告、理论文章。要是给领导写的论文在刊物上发表了，再获一个奖，领导要夸他好几天，甚至给他一些物质奖励。他还可以抽空儿写写诗歌小说类的文学作品，刊发在报纸杂志上，得了稿费给母亲买些鸡蛋牛奶送去，省得花工资卡里的钱，还要找媳妇申请，弄不好还要吵一架。她就会嚷嚷："就你孝顺，你弟你妹呢？为什么他们不给你妈买呢？"铁辉的工资卡一直在妻子手里，连密码他都不知道。

"铁辉同志负责帮扶雷淑敏。"所长最后一个宣布他帮扶的对象。

铁辉第一天到派出所报到，就参加了早点名会，而且就这么简单，给了他帮扶困难户的任务。他想怎么也得和弟兄们相互认识一下，开个小欢迎会呀，即便是口头上欢迎一下也行呀，算是给自己这个市局机关下沉干部一点儿颜面。"一把手"所长是老熟人了。五年前所长在市局刑侦局当副支队长的时候他俩就认识，铁辉给他写过英雄事迹材料，在公安报足足占了一个版面。

铁辉寻思着，兴许所长专门开欢迎会给大家介绍自己，或者晚上喝两口给他接风。管他呢，爱咋咋地吧，在市局的时候铁辉要是下基层来搞调研算是领导，所长见到立正敬礼是必须的。就算现在到基层当民警了，好赖也是市局机关干部下沉，就这么当普通民警使唤了，铁辉心里和面子上多少有点儿失落感。

"所长，雷淑敏又来了。"值班民警进了会议室。

"老铁，雷淑敏是你的，你先去，我一会儿到。"所长发话了。

刚来上班，铁辉实在太不习惯。过去在市局机关宣传处、秘书处、老干部处、《民警报》编辑部都干过，就是没在派出所和老百姓打过交道。铁辉中文系硕士毕业，当时可是市局政治部领导从师范大学引进的笔杆子，是拿着高学历毕业证走进警营的铁警官。

公安局不缺破案专家，从公安大学、刑事警察学院，以及各地警校警院毕业的都是科班出身的破案专家，但是就缺能写会算的笔杆子警察。所以近二十年，铁辉是对公文写作有贡献的警营文化人。他还荣立过个人二等功一次、三等功三次，连续好几年被评为优秀公务员。带着这些荣誉到派出所，做一名自愿下沉的民警，他认为自己是有功之臣。公安业务警种多，行行出状元。铁辉认为自己在公安文字领域是状元，现在到了一线，凭自己的脑子，不久的将来一定还是状元。

铁辉走进接待厅，看到一个满脸皱纹、打扮寒酸，甚至有一些龌龊的妇女。铁辉看这个妇女眉宇之间透露着一种"鬼精"的感觉。铁辉估摸着，她怎么也比自己大个十五六岁。铁辉笑脸迎上去。

"雷大姐，您好！"

"你是谁？我找'老公'。"

"雷大姐，您坐，我是新来的，我叫铁辉，您'老公'是谁？"

"你瞎咧咧什么，我找'老公'弓所！"她瞪起了眼睛，提高了嗓门。

"哦，想起来了，我们所长叫弓长章，您习惯喊老弓了。"铁辉听明白了，这个雷大姐把弓所长简称"老弓"，他连忙解释道，"雷大姐，对不起，弓所长现在在开会，今后我分管您那片工作，有事儿呀，您直接找我就行。您叫我铁辉，老铁，都行。"

这个雷淑敏听到铁辉油腔滑调地应付她，立即大发雷霆："什么老铁，老公，你算哪根葱！"

"不是，你怎么骂人呢？"

"骂你？我还要揍你呢！"说着雷淑敏瞪大了眼睛，把脸凑到了铁辉脸上，一股大蒜味道，铁辉捂住了鼻子。

铁辉心里真是火冒三丈，脸红脖子粗地说道："我警告你，你离我远点儿，否则，你可是袭警，后果自负！"

"你抓我，你抓我，袭警？你是哪里来的假警察？"

雷淑敏没完没了地闹腾，出出入入的民警置若罔闻，好像跟他们没关系，弄得铁辉不知道怎么办好。

雷淑敏不依不饶，提高嗓门，说要到市局告铁辉，说铁辉给她造谣和弓所长"有一腿"，非说弓所长是她"老公"。紧接着她又躺在地上打滚，她说，她没法儿去见死去的老毕，她的贞洁被玷污，她还怎么见人啊！她撒起了泼，耍起了无赖。铁辉傻眼了，他哪里见过这阵势呀！他蒙了，站在原地不知所措。

正当铁辉为难的时候，辅警小马跑过来，他连抱带拖愣是把雷淑敏弄到椅子上，嘴里劝说"大姑别着急，大姑别着急"，好像铁辉犯了大错。他还不停地给雷淑敏扑打着胸脯，乍一看，还以为这个小伙子就是她儿子。

弓所长出来了，他们两个人倒好，一见面先是拥抱一下。紧接着雷淑敏就一把鼻涕一把泪地诉说，这个姓铁的如何如何说她和弓所长是两口子，要是传出去她可怎么做人。还说她女儿马上就要毕业了，到现在没有找到实习单位。她疾病缠身，不敢看医生，没有工作就没有医保，现在医院看病贵得要命，一个小感冒没有一千块钱别想走出医院，挂一个专家号就需要五十块钱，这还是最便宜的，大专家要几百块钱挂一个号。她对着弓所长嘤嘤低语："真的看不起病。"

雷淑敏正在唠叨着自己的难处，突然接到红旗石化集团职工医院报警，有患者围攻外科主任办公室。弓所长借此机会支走了铁辉，让他带着辅警先行处置，他还得安抚雷淑敏。

傻傻地站在原地的铁辉被小马拽了一下胳膊，才醒过味来，赶忙"哦"了一声，跟着小马跑了出去，身后传来雷淑敏的喊闹："姓铁的，我跟你没完，我要到市局告你！"

铁辉自言自语道："真是个难缠的主儿，怎么让我这个初来乍到的承包她呢？老弓什么意思？"

2

在出警的路上，小马简单讲述了雷淑敏的事儿。两年多了，她几乎天天来派出所里找弓所要这要那，还要求给她解决低保问题，她丈夫应该评为烈士，或者算是因公殉职之类的。现在好了，市局有要求，对确实特别困难的居民，要求每一名民警落实帮扶对象，作为民警年终绩效考核的依据之一。铁辉正赶上新政策实施。

红旗石化集团职工医院现场，一个患者堵在外科主任办公室门口，要求外科主任重新给他做痔疮手术。一个星期了伤口不愈合，他疼得实在是太难受。小马上前客气地和患者介绍铁辉，说这是市局派下来的警官，有事儿好好说，不能影响主任给别的患者做手术，以及医院的办公秩序。小马挺有经验，他这么一说，再加上铁辉特有的机关领导干部形象，笔挺的藏蓝色制服，戴着大檐帽，肩扛一级警督警衔，威严四射，那位患者看着铁辉无言自威的高大身躯，捂着屁股跟着铁辉去了保卫科协商解决。铁辉以新调到派出所的市局警官口气，答应他让外科主任亲自复查，如果病情属实，铁辉一定亲自和主任谈话，让他重新做手术而且免费。

铁辉这回真灵，患者信服得五体投地，伸出大拇指称赞铁辉是爱民护民的好警官。

"他有糖尿病，伤口就是愈合得慢。"医院保卫干部告诉铁辉。

"过一阵子他伤口不痛了，也就不闹了。"小马从中斡旋着。

"哦，对！"铁辉顺着小马的话，肯定地说。

这个警出得顺利，问题解决得妥当。小马拍马屁地说："铁警官，您水平就是高，几句话就把他镇住了，别说，您往这儿一站，真有大领导的范儿，一看就不俗！"

铁辉摆了摆手，想说几句谦虚的话。不知道为什么，刚才雷淑敏威胁他的样子在脑海里闪现，铁辉沉下了脸："别拿我开涮了。"他没头没脸扔出这么一句话。

小马摸不准铁辉的脾气，偷偷吐了一下舌头，心里觉得有点儿委屈，这个市局下来的领导不知道好赖，刚才在所里大厅白帮他解围了，看他的样子也许瞧不起我这个辅警，假警察呗！小马一阵心酸。他依旧乖乖跟在铁辉屁股后头，上车，坐下。

回所的路上，铁辉有些后悔，觉得刚才对小马说话有点儿不合适，不应把头一天上班的不顺心撒在小马身上。其实他挺佩服小马这位辅警同志，他觉得自己太笨了，还不如一个年轻的辅警，自尊心受到严重的伤害。他是生自己的气，不是针对小马。他开着车，从反光镜里认真地看了一眼小马，这个个子不高、白白胖胖、一脸憨相的小伙子挺机灵，嘴也甜。

"小马，你来所里几年了？"铁辉用缓和的口气试图挽回刚才自己情绪化的表现。

"哦，两年了，铁警官。"

"处对象了吗？"

"没有，我们干辅警的没人瞧得上。"他的话里显然带着情绪。

"谁说的，你要是找清华北大毕业的女朋友或者白富美困难，找个普通女孩儿没问题。"

"铁叔，不，铁警官，我这样喊你行吗？"小马小心翼翼地跟这位市局下沉的警官讲话。

铁辉也听出了小马的谨慎，不像刚见面时那么热情了，他知道是自己刚才的态度给了他压力。铁辉想弥补对小马的不友好，诚恳地说："行，小马，今后你就喊我铁叔，多亲切，什么铁警官，生分！"

小马似乎觉得铁辉有意亲近他，赶忙回应铁辉刚刚的话："铁叔，您别开玩笑了，还清华北大、白富美，就是普通女孩儿，没钱没正式工作谁看得上？去年我大姨给我介绍一个东北姑娘，听说我是辅警，扭头就走。唉，还是算了吧，一个人挺好！"小马失落地低下头。

铁辉觉得自己刚才说的话太随便，是不是又伤他自尊心了？于是铁辉说："没事儿，小马，铁叔有合适的给你介绍。"

小马不情愿地答应着"哦"。其实小马心里还是有些不太喜欢这个从市局调来有些摆官架子的铁警官。

铁辉和小马回到所里，雷淑敏已经走了，弓所长去分局开会了。铁辉顺便和小马了解一些雷淑敏的事儿。小马刚开个头儿，没说几句话，铁辉就又带着小马他们出了三次警。一个小区的居民报警，地下室一群小青年搞音乐合奏，把下夜班睡觉的女儿吵醒，这帮小青年不服管，还要揍报警的居民。菜市场一个妇女报警，她的手机被小偷偷走了，查了一阵子监控，那个妇女又赶忙道歉，手机掉在菜兜子里了。还有一个交通事故，到了现场，把情况弄清楚，交警和保险公司的人也到了。

这一上午，铁辉忙得找不到东西南北，骨头架子都散了。他在机关再忙也就是材料文字的多少，不想写了还可以偷个懒，去趟卫生间，到其他办公室借着找材料什么的溜达溜达，找女民警聊聊天。没承想派出所接警频繁，容不得你想自由地做点儿什么，偷点儿懒，要不然机关的干部不愿意下沉呢。还总是和老百姓打交道，搞不好让人再告一状。还好，有小马这个前锋，铁辉省了不少口舌。他真的开始佩服辅警小马了，与其说小马配合他处置警情，倒不如说他在给小马做学徒，铁辉认为小马够得上一名民警的能力和素质了，但是表面上他还要摆出市局机关下沉警官的姿态。

小马悄悄地告诉铁辉，弓所长一定又自掏腰包给雷淑敏买鸡蛋或者压榨油了。雷淑敏自己不舍得买压榨油，弓所长告诉她吃压榨油好，健康。雷淑敏总是回答："是健康，钱还贵呢！"

雷淑敏和女儿一起生活。前年，她男人刚退休一个月，就得了急病死了，她们母女唯一的经济来源断了。雷淑敏开始到派出所、街道等相关部门提出一些"无理"的要求。她的主要诉求是，老毕的死与建设红旗化纤总厂的时候中毒有关，还有退休前他没白没黑拼命工作活活给累死了，所以她要求给老毕评为烈士，最起码是因公殉职。对她这个要求，街道、民政部门、工会、妇联，甚至公安局、市里接待她的领导都讲过，评烈士、因公殉职是有一定条件的，老毕不在条件范围内，但是企业和政府可以按照相关政策照顾没有工作能力、相对困难的家庭。雷淑敏不听那一套，就是坚持她的要求。每到关键节点，派出所都围着她转，一旦没看住她就跑到上级政府部门或者乘火车到首都闹腾。

3

雷淑敏的确是一个可怜的妇女。她出生在山东一个贫穷的村庄。二十岁那年，她从老家到了本市的"大化纤"建设工地，嫁给了红旗化纤总厂的工人老毕。在上世纪七十年代国家建设这个石油化纤基地的时候，人们简称叫它"大化纤"，现在这个央企改了名称叫红旗石化集团总公司。

雷淑敏没有文化，小的时候放羊，长大了点儿继续放羊，加上照看弟弟妹妹。再长大一点儿，又开始帮助家里种地。据说雷淑敏种地是一把好手，不比庄稼汉差。到了该说婆家的年龄，她家的门坎子都被踢破了，看上雷淑敏的小伙子排成了队。村里的一个小学教员也对她有意思，但那个教员年纪比雷淑敏大七八岁。其实雷淑敏也有点儿喜欢那个教员，白白净净的，是县城教育局派来的，听说他早晚要回县里教书。她是在父亲不愿意让三妹上学，教员到家里家访，说服父亲让三妹继续读书的时候认识了教员。后来教员总到家里来给三妹补习功课，他说三妹脑子好使，好好学习，将来到县里上中学，很有可能考上大学。雷淑敏每次见到教员心里就像长了"小草"一样，教员去雷淑敏家更勤了，还总是喜欢和雷淑敏单独聊天。正当此时，村支书来了，雷淑敏稀里糊涂响应号召——解决"大化纤"工人光棍太多的问题，来到了红旗化纤总厂，给工人老毕当了老婆，也算是农转非，由农民身份变成了城镇居民。在当时，城镇户籍可是一个"高贵"身份的象征，何况来到了一个直辖市里，雷淑敏全家都觉得这是做梦也想不到的天赐良缘。雷淑敏朦胧的初恋就这样成了过时黄花。

雷淑敏嫁给"大化纤"工人老毕后，不管怎样，当时在城市生活比农村强百倍。雷淑敏特别知足，起早贪黑伺候老毕。结婚十七八年了，他们就是没有孩子。后来她和老毕商量，老家二姐丫头多，过继一个算了。正好赶上雷淑敏的父亲病重，她回老家伺候父亲，临行前她和老毕商量带二姐的一个闺女回来，以后给二人养老送终。老毕有些犹豫，但是雷淑敏上车前他还是同意了。

雷淑敏这一去就是一年多，两口子只能书信联系。这期间雷淑敏父亲去世，她经常写信告诉老毕，家里的事情太多，妹妹弟弟都各忙各的，母亲岁数也大了，一个人忙乎不过来，就三妹没有结婚，可是她在县城当小学老师，离家太远，又刚上班，不能总往回跑，希望老毕在家里自己照顾好自己，等老家的事儿处理好了马上回去。那个时候正赶上老毕在厂子里参加新长征突击队的"大会战"，不能请假，就是老岳父去世，他也只是寄了一些钱过去。

一年多后，雷淑敏带着一个女婴从老家风风火火地回来了。她告诉老毕在火车站捡了这个可怜的弃婴。老毕将信将疑，他总觉得雷淑敏有难言之隐。好不容易算是有了女儿，胳膊腿倒是齐全，就是天生的唇裂。一个女孩子唇裂，长大了可怎么办？老毕挺苦恼，雷淑敏倒没有感觉不好，唇裂就唇裂，长大了做手术照样漂亮，总比没有孩子好，老了有一个贴心小棉袄伺候总是幸福的。

铁辉头一天上班，除了出警，就是找同事们了解雷淑敏的事情。铁辉最大的优点，也是最大的缺点，就是一个字"拧"，他不把事情搞清楚，是决不罢休的。他想，雷淑敏不分青红皂白要到市局告自己的状，总得有一个迎战的心理准备吧，不然自己冤枉死了。

所里一位五十九岁即将退休的老民警告诉铁辉，别看弓所长年纪不算大（他比铁辉小两岁），但是办事地道。就拿雷淑敏来说吧，她三天两头往所里跑，今天家里没电了，明天闺女要交学费了，后天家里该换煤气了。原来分管的片警都烦她，都嫌她脏，更嫌她家里脏，她又长年累月在外边捡废品，大家背地里都喊她"赖大姐"。弓所长想来想去，干脆自己帮扶她。

弓所长说过，我们就拿雷淑敏当咱们派出所大家庭的成员，也可以说是哥儿几个的老大姐，或者年轻同志的老姨，叫什么不重要，反正就是家里的亲戚。弓所长还下了命令，今后谁也不准喊雷淑敏"赖大姐"，否则处分！铁辉心里想，看来我也得自己掏腰包给她买东西，否则她真的会到市局告我。

弓所长的一席话说得大家心服口服。他是这样说的，也是这样做的。每逢过节过年他都要去慰问探望她们母女，带一些鸡鸭鱼肉还有米面油等生活必需品。雷淑敏的身体不太好，他就联系医院找大夫给她看病，还告诉大夫说是他老家的大表姐。日子长了，雷淑敏就把弓长章当成了自家人。要是几天不见面，她就想这个警察小兄弟，所以隔三岔五就来一个亲密的拥抱，也体现了警民鱼水情。

铁辉还了解到，雷淑敏两口子一直在为女儿的唇裂求医问药，最后大夫告诉他们，最好的办法就是等孩子长大了，做手术，整容，但费用昂贵。要想把这个唇裂手术做得相对完美，起码五万块钱，如果到美容机构整容就得十几万块人民币，要是再到韩国日本整容那就是天价了。雷淑敏夫妇听得身上直起鸡皮疙瘩。

凭老毕那点儿工资，三口人吃饭没有问题，但要给女儿做手术整容就是倾家荡产也凑不出那么多钱。为了给女儿毕红孩做唇裂手术，雷淑敏开始捡废品。她没有文化，原来在老毕单位做家属工，看过洗澡堂子，看过自行车棚，在工厂食堂里打扫卫生……即便做这些勤杂活儿，她也知足。她说，比在老家种地轻松多了，不用风吹日晒，俺知足。可是家属工的工资，一个月下来就几十块钱，还不够给老家父亲住院时欠的钱还账呢。后来她发现企业周围倒的垃圾里净是宝贝，有不少拾荒的人在捡废品卖。雷淑敏仔细算了一下，捡废品比干家属工挣钱多，虽然累点儿，但是自由。于是她也加入了捡废品的行列。老毕嫌丢人，不让雷淑敏干捡废品的营生，可是老毕拗不过雷淑敏。雷淑敏下定决心，等女儿二十来岁，捡废品挣了钱，一定把女儿的唇裂医治好，有条件了再整容，让闺女像大明星一样漂亮。

老毕想，如果闺女大了些，懂事了，问起她的嘴唇和别人的嘴唇为什么不一样，该怎么和她解释呢？于是老毕在给孩子求医问药的同时，还了解了唇裂造成的原因。唇裂通常是因为出现水分的过量流失而引起的，可能是局部出现了感染性炎症。在怀孕期间受到外在环境的影响，或者是在怀孕的时候，孕妇营养缺乏，受到感染、药物、物理损伤和抽烟喝酒等因素影响，孩子就会出现畸形。

老毕想好了，等女儿大一些，就说那时候家里贫困潦倒，雷淑敏在怀孕的时候又回农村伺候生病的姥爷，劳累过度，营养不良，才给孩子造成了唇裂，长大了做手术，再整容，一样美丽。想好了对策，老毕心里也舒服了许多。这样一来，也让孩子长大了好好报答孝敬妈妈——雷淑敏。

老毕对未来充满了希望，加上雷淑敏每天捡废品，一个月下来挣的钱真的是干家属工工资的三倍以上，他也就支持雷淑敏了，甚至在休息日的时候，跟雷淑敏一起去捡废品。夫妻两下决心通过不懈的劳动，一定挣钱给闺女把唇裂手术做好。

4

弓长章所长开会回来时已经是夕阳落山。他找到铁辉，告诉铁辉今天就开始值班。现在市局警务改革，的确要求派出所由三天一个轮值改成四天一个轮值，可是这个派出所警力少，警情多，目前还是坚持三天一个轮值。分局领导也答应了，抓紧把警力配齐。

值完班倒休更是困难，能给大家倒休半天补补觉就不错了。弓所长在这个所快五个年头了，几乎没有休息过，去年他父亲生病住院，他请了一天假，半夜发生了一起重大命案，还是把他叫回来了。基层民警就是这样夜以继日地辛苦忙碌着，铁辉第一天就深刻体会到了战友们的辛劳，他也深刻感觉到警务改革警力下沉是多么重要。

第一天值班，白天东奔西跑，忙得腰酸腿疼，本想能睡一个安稳觉，哪承想，到了凌晨四点多钟，刚迷糊了个把钟头，就做了一个怪梦，挺有意思，他也不敢讲出来，只能自己在心里偷偷地恶心一下自己。梦里雷淑敏和铁辉两个冤家结婚了，还是铁辉自己死乞白赖地追求雷淑敏。真他娘的天方夜谭，铁辉在被窝里狠狠地骂了自己一句。

警情又来了，铁辉算了算，从吃完晚饭到现在，警情就没断。

小两口儿吵架，把双方父母喊来，亲家之间动起了手，最后女方要把男方三口人赶走，原因是结婚的新房是女方家长买的，是婚前财产，男方就是不走，说日子不过了，房子得一人一半。男方母亲说，她儿子是个大处男，不能白让女方占了便宜。女方爸爸气得疯了一样，抽了男方爸爸一个大嘴巴子。男方爸爸躺在地上昏死过去，120救护车来了。铁辉让他们先看病，完事儿去派出所解决问题。

一个独居大爷报警称隔壁夫妻搞得动静太大，导致他失眠，思念去世的老伴儿，要么让隔壁夫妻静音，或者搬走，别在他隔壁住，要么派出所帮助他娶一个后老伴儿，一起闹腾呗。反正派出所得管这个事儿，因为公安局有承诺，有困难找警察。铁辉真想给自己一巴掌，这都是什么警情呀。

一个醉汉在大街上裸奔，说深夜没人看见，不违法，凭什么抓人。小马在路上就踹了他一脚："你犯的是流氓罪，没人也不行，那是国家道路。"这一脚真管用，醉汉似乎酒醒了，一直求饶，没有了刚才的嚣张。

一位男青年站在他们厂子领导楼下骂大街，他没有喝酒，是抑郁症犯了，认为领导让他下岗是错误的，他让领导收回成命，让他继续在原岗位上班。后来铁辉询问他原岗位是干什么的，那个厂子的保卫干部告诉铁辉，他是顶替他爸爸进工厂的。他身体不好，在单位看澡堂子，后来谈了一个对象，对象散了，他失恋了，精神受到了打击。他利用工作之便，经常偷看女同志洗澡，被发现了，保卫干部批评教育他多次，他硬说没有看女人洗澡，他是在找自己的女朋友。就因为这个，单位领导让他先停职，之后再安排别的工作。他受不了，精神病犯了……铁辉无语了，他只好和小马把这位抑郁症患者带回所里教育。实在不行等天亮了，弓所长来了，他准有办法。

铁辉就像丢了魂一般，一会儿一趟，一会儿一趟地出警。铁辉算了算，在派出所的二十四小时里，一共出警二十八次。他又问了问内勤民警，今天共接处警情八十六起，到目前为止，这是今年警情最多的一天。他们偷偷地议论，今天打破了纪录，超过八十起警情了，记得去年最多的一天是八十起，这都是铁辉这位市局机关干部下沉带来的警情。还不错，早点名结束，弓所长照顾铁辉是新来的，又忙乎了一宿，让他倒休一天，回家睡觉。铁辉回到家里，脸都没洗，脱下警服就呼呼大睡起来。

　　刚过清明，春寒料峭。这个轮班警情少，铁辉在派出所睡了个囫囵觉。他早早起来，在派出所附近准备跑上几圈，这是他多年的习惯。市局机关大院有跑道，他每天很早到市局，先跑上几圈，然后洗一个澡，再吃早餐，这也是他能够保持健壮身体的动力。

　　一身运动装束的铁辉刚出派出所大门，一股牛肉拉面的香味就飘入他的鼻腔。派出所左侧有两家拉面馆，兰州拉面和北区拉面。右边是一个洗衣店，听说免费给全所洗警服，一开始不包括辅警的制服，还是弓所长找人家老板，给了少许钱，每月给辅警加洗一套制服。弓所长又在派出所建了一个小洗衣房，买一台洗衣机，除了一套制式服装在洗衣店洗，让辅警们其他制服都在这里自己洗。

　　派出所对面更是热闹非凡，有如家酒店，还有烟酒小超市、奶品店、蔬菜鲜果店、小五金店、小早餐店、小药店。其中有一家规模大一点儿的药店，昨天还报警了，顾客和卖药的服务员吵架，小马一个人就给调解了。他回来告诉铁辉，一个女顾客跟卖药的男员工讲，她前几个月在这儿买的避孕药，是假药，吃了不管用，怀上了，她要求药店赔偿她打胎的费用。男员工能同意赔偿吗？于是相互大骂起来，最后报了警。小马听完两个人的陈述，计上心来，把买避孕药的女顾客叫到一边，低声问道，你老公知道你怀孕了吗？那女的听完，扭头就跑，连头都不敢回……后来铁辉才知道卖药的男员工是小马的初中同学。

　　清晨是附近居民上下班、孩子上学的高峰时间段。有一些推小车卖早点的，比如老李头煎饼果子、正宗西安肉夹馍、鸡蛋大饼、鸡蛋灌饼、胖子烧饼。卖烧饼的河南夫妇一点儿都不胖，也许是喻示他们的烧饼个头儿肥大，烧饼胖胖的。派出所被这种摩肩接踵的生活圈包围着，或者说派出所民警每天的辛苦，就是为了守护这里攘来熙往、一派繁荣的生活。

派出所周围的居民小区是那年大地震后建设的，还是红砖五层楼房呢。居住的大都是原来"大化纤"的职工，也有一些外地人买了这里的二手房。雷淑敏母女就住在离派出所不远的一栋楼的二楼，还是当年老毕厂子里分配的公家产权住房。现在公产住房也陆续都卖给了职工。职工们按照工龄长短，象征性交一两万块钱，过个户就算是个人的产权房子了。可是老毕去世后，家里没有多少钱，全凭雷淑敏捡废品生活。她即便有些存款，也不敢动，那是给女儿做唇裂手术整容的钱。

5

两年前，老毕死了，为了增加收入，雷淑敏把公产房给租出去了。她们母女住在小区门口一间小屋子里，这间小屋子是过去给小区盖的门卫室，但是一直也没有安排过门卫值班员。其实雷淑敏是强行占有居住，企业保卫部门找过雷淑敏。她说，老毕累死了，我们没有生活来源，就靠房租吃饭，没地儿住，所以在这里住，要不"大化纤"再给分配一套住房。她还说："你们领导的房子标准是什么三加一、二加一的住房，给我们孤女寡母的也来一个一加一呗。"她住也就住了，谁又能拿她怎么样呢？其实也就她自己住在这里，她女儿嫌脏嫌小，大部分时间住校，只是放假的时候住上几天，之后就住到同学家里。

还有一个要命的事儿，就是这几个老旧小区一直没有安装视频监控。近些年企业效益一般，拿不出钱来搞这些公共事业视频监控的投入，政府也是无能为力，只在街道路口安装了几个交通视频监控，所以派出所特别需要"消息员"。铁辉有时候想，没有视频监控录像作证据，要是碰上大案子可怎么办呢？

铁辉到派出所十来天了，愣是没挤出时间和弓所长去雷淑敏现在居住的"家里"看看。每天平均警情四十多个，最多一天八十多个，这些日子最少一天也得二十多个。

铁辉最喜欢的就是参加上级的视频会议，一来可以看到熟悉的领导讲话，领导也有可能从视频里看到他；二来可以不用出警，因为弓所长让铁辉写全所学习贯彻市局领导讲话精神的情况报告。即便铁辉当班也得别人替他出警，替他出警的民警也乐此不疲，大家对开会呀写文章呀头疼，可对于铁辉是小菜一碟。铁辉也愿意参加市局组织的教育整顿学习的培训，这样的事弓所长也乐意让铁辉出马，铁辉愿意回到市局和大家讲讲派出所妙不可言的警情。另外，铁辉和市局机关各部门同志熟悉，好办事。在基层，铁辉天天紧张忙碌着，很充实。

这一段时间，雷淑敏消停了许多，她只到派出所来过一次，主要是拉废品。

自从弓所长知道雷淑敏以捡废品和收废品为营生，他就号召全所的民警、辅警和工勤人员，每天把能够回收的废品集中到派出所一楼楼梯间的小仓库里，差不多满了，就让雷淑敏骑着小三轮车拉走。

弓所长的举动得到全所的赞同，甚至有的同志把家里的废旧物件都带来放进小仓库。从那时起雷淑敏到派出所的频率更高了，她不是来找碴儿告状的，而是来拉废品的。有的时候她过意不去，如果是夏天就给大家买几个西瓜，或买一兜子冰棍解暑。

这几日，听说弓所长倒是给雷淑敏打了个电话。她说，这几天活儿多，没时间来所里"告铁辉的状"，等废品攒多了，再去。弓所长也没有多想，他跟铁辉说，改天带铁辉认认雷淑敏现在的"家门"，缓和缓和关系。

这天下午，铁辉出警回来，刚坐在办公室椅子上喝几口凉茶，值班民警就大声告诉他，雷淑敏的女儿来了，说是找铁叔叔。铁辉到了接待大厅，一个亭亭玉立、戴着口罩的女孩儿焦急地站在门口。

"你是毕红孩吧？"

"铁叔叔您好！"话还没说完，姑娘就泪水涟涟。

"闺女，别哭，跟叔叔说啥事。"铁辉看到一双充满哀愁的大眼睛，心里涌出一股心疼的感觉。

"我妈病了，高烧快四十度了，她还不肯去医院，急死我了，听我妈说您是我家的片警，就冒昧找您了。"

"好，我跟你回家看看。"铁辉不假思索地说。他请示了值班副所长，跟着毕红孩直奔她家。因为小马上午请假说家里有事儿，铁辉只好自个儿和毕红孩去了。

走进雷淑敏住的"家"，铁辉震惊了，这是一个八平方米左右的门卫室。屋里黑乎乎的，毕红孩赶忙开了灯。门卫室冲着进大门处有一扇大窗户，雷淑敏常年挂着窗帘，门口和满屋子堆的都是废品，编织袋里装着各种瓶瓶罐罐，废旧报刊一摞一摞倚在墙上东倒西歪，拆散的废旧纸盒还没来得及整理，零散一地，还有一些废铜烂铁，反正像是进入了一个废品仓库一样，满屋弥漫着一种废旧物品发霉的味道，甚至像是春运期间，拥挤的长途汽车上散发的那种行李夹杂着汗臭的气味。

当场，铁辉的鼻子一酸，泪珠滚滚，他不知道说什么好，疾步走到一张老式铁管双人床边，双手紧紧握住雷淑敏干枯满是老茧的双手。

"姐，为什么病了不吱一声？"

"铁警官，您来了……这几天不舒服，这些废品也没来得及卖掉，你看都没有坐的地方。"

到了她"家"，雷淑敏没有刚见面的时候那种专横跋扈的样子，她显得挺有老大姐味儿。

"走，雷大姐，咱们去医院。"

两个人就像久别重逢的亲人。铁辉真的没有想到，在这样庞大的现代化大都市里，还有如此贫困的百姓，此时此刻他产生了一种愧疚的心痛。

两年前雷淑敏就检查出患有贫血症和心脏病，因为她没有医保，只是在街道参加了社会医疗保险，一年交不到一百块钱那种，只能报销百分之三十的社区医疗保险，所以她一直扛着不去看病吃药。

过去老毕在世的时候，老毕多开一些药，两个人吃。老毕死了，她就很少吃药了，每天高强度劳作，吃的是粗茶淡饭，缺少营养，累垮了。

铁辉强行和毕红孩打车把雷淑敏送到了医院。医院大夫讲再扛下去，就有生命危险。雷淑敏住院了，铁辉给交了住院费，毕红孩当场摘下了口罩，双手捂着脸边哭边说："铁叔叔，我妈病好了，取钱还您，我不做手术了。"

"好孩子，等你上班了，再还给我。"铁辉哽咽地说。

毕红孩放下了双手，铁辉看到了一张美丽的脸庞。毕红孩目前在本市一所高职院校读大专三年级，还有四个月就毕业了。这个姑娘除了唇裂造成的不雅，真的好似一朵含苞待放的牡丹花，她的长相楚楚动人，不得不让男子怜香惜玉，也许这就是世事无常，造化弄人。

铁辉刚忙乎完雷淑敏住院的事情，值班副所长就让他马上回所里，有重大刑事警情。

铁辉分管片区的一栋楼三楼一户人家的妙龄少女被害。初步鉴定是凶手用厨房菜刀砍伤致死，之后凶手打开厨房的水龙头，造成满屋流淌鲜红的血水，血水一直从门缝流到一楼楼道，这才有居民发现并报警。经过分析，凶手打开水龙头放水就是为了破坏现场，毁掉现场的痕迹，看来凶手是一个有反侦查经验的人。

6

铁辉还真的没见过杀人惨案现场，他有些惊慌。弓所长带着办案民警和市局、分局刑侦部门的领导、技术员勘查现场，提取相关证物，又向死者亲属询问一些基本情况。铁辉对他管片的人员还是有些生疏，正赶上小马回来，帮助他补充说明了相关人口情况，小马又一次给他解了围。

死者是一名高中三年级在校生，女性，独生子女，叫贞贞。她父母是红旗石化集团的职工。女孩儿没有被性侵等情况，其父母一开始也没有发现丢失贵重物品。也许他们太悲痛了，后来查看才发现少了一本集邮册，里面有一套第一版的生肖邮票，最值钱的是几枚庚申年"黑金猴"邮票。这一线索引起了局领导高度重视，立即成立了"4·19"专案组，铁辉自然成为专案组成员。铁辉带着小马按照弓所长的要求，分工走访调查相关学校老师和邻居。弓所长和分局刑警队调查其他重要线索。

这一天，铁辉忙得忘记了向弓所长汇报雷淑敏住院的事儿，还是小马提醒铁辉，让他赶紧给弓所长发一条短信，告诉弓所长刚才没在派出所，是去了雷淑敏家，并给她送到医院，以免弓所长误会。铁辉心想小马这小子心眼儿挺好的，关键时刻总能帮助他化险为夷。

翌日，铁辉他们傍晚九点多回到了所里，一丁点儿线索也没找到，分局领导来了，都急了，拍着桌子要求限期破案。弓所长和刑警队的同志们压力特别大。铁辉初来乍到还好，只要把被害人家庭情况摸清，走访一些邻居、学校老师，取好证就可以交差了。

弓所长询问了雷淑敏的病情，还塞给铁辉一千块钱，说是给雷淑敏交一点儿住院费。他还说，麻烦铁辉和小马多跑几趟医院，他还得和上级侦查员调查"4·19"凶杀案，否则他这个所长就要当到头儿了。

铁辉下决心跟着弓所长他们办案。他想，刚到派出所就遇上了命案，他一定要协助弓所长他们破案，再者命案是在他管片发生的，他理应负责到底。他想借此命案的侦破机会，也让市局领导看看，他铁辉不光会耍笔杆子，也能破案，破获的还是命案！想到这里，他有点儿沾沾自喜，警力下沉是完全正确的警务改革，让他有了命案现场的见识，否则都对不起这身警服。他第一个报名到派出所来当民警，是他警营生涯中最为正确的抉择。

铁辉到派出所的日子里，感受到了真正警察的光荣岁月。他工作热情十分高涨。他快速出警的反应、现场化解矛盾纠纷的能力、公正执法的水平大幅提高，就连小马都从喊他"铁叔"转变成喊他"铁师父"了。铁辉谦虚地对小马讲，都是跟弓所长，还有小马同志学的。小马不好意思地说："铁师父，您是大才子，硕士研究生，我是个三流的大专生，您说谁是先生？"两人都开心地笑了。两人越来越和睦，越来越默契。

这日值班，铁辉不顾一夜频繁出警的劳累，天一亮他就叫醒刚睡着的小马一起去医院，完成弓所长交给的任务，之后好跟着弓所长他们查办"4·19"凶杀案。

其实小马对去医院也是乐此不疲，小马在心里一直惦记着毕红孩。一年前他和弓所长送雷淑敏回家，看到了漂亮的毕红孩后，他就对毕红孩产生了一种怪怪的感觉，也许就是暗恋吧。这种暗恋一直延续到如今，变成了一种苦恋的感觉。

小马刚过完本命年生日。他比毕红孩大四岁，年龄合适，就是怕人家毕红孩嫌弃他是一个辅警，家境也一般。小马想，她这个时候困难多，又有唇裂残疾，现在追求她机会大，如果她找到好工作，再治好了唇裂，到那时候再追求她，恐怕就难上加难了。

　　小马还告诉铁辉，过去雷淑敏是全所最难缠的帮扶户，她几乎每天都到街道和派出所闹上一阵子，搅和得大家没法儿办公。她基本上都是快中午的时候来闹腾，其实她就是蹭一顿午饭，因为上午和下午她的精力主要放在捡废品上，之后把废品送回家整理，还得送到物资回收站，她哪有时间做午饭呢？再说她也为了省钱，公家饭不吃白不吃，这是过去她小声对小马讲的。雷淑敏还跟小马讲过，咱们都是一类人，你一个辅警跟我的行当差不多，别把自己当真的警察！咱们要互相帮助，别跟着他们"欺负我"。雷淑敏的一席话，搞得小马心灰意冷。后来铁辉知道了这个情况，没少做小马的思想工作。他鼓励小马说："你虽然是一名辅警，但是比我这个机关大学生警察解决问题还快还准，还能得到当事人的认可。你的工作水平不比我差，在处置能力上真的比一些民警还强。如果你努力考公务员，或者好好干，很有可能当上正式警察。你现在叫辅警，其实就是预备警官。"铁辉这么一做工作，小马的思想转变极大，他的热情高涨起来，浑身像有使不完的力气。警情少的时候，铁辉还给他补习文化知识和法律常识，短短的二十多天，两个人现在如同亲人一般。

　　小马思想通了，雷淑敏再跟他说那些"落后"的话语，小马会当场开导她，要相信派出所，相信街道的领导，更要相信组织。雷淑敏说："你小子让姓铁的灌什么迷魂汤了，大道理一套一套的。我不管，我就知道吃饱了不饿，挣钱给红孩看病。"

　　小马跟铁辉成了无话不讲的"铁杆搭档"。他告诉铁辉，雷淑敏这个人别看大字不识几个，但是心眼挺多，"鬼精"。要是赶上节日或者重要会议，雷淑敏就到市里的部门再闹一阵子，她专门到人多的地方起哄架秧子，她在人群中喊闹，就手还能捡到一些矿泉水瓶子，她是一举两得。

　　后来还是弓所长想出了办法，既帮助她多捡点儿废品，又让她到派出所来有一个充分的理由，省得她总跑到政府部门闹腾，这也是街道书记交给弓所长的任务。于是弓所长召集全所人员，把能够回收的废品集中起来，让雷淑敏隔三岔五拉一趟，也算是扶贫了。

　　这一举措真灵，慢慢地，雷淑敏感觉到弓所长他们是真心待她，尤其是弓所长拿她当家里人。渐渐地，雷淑敏也融入了派出所集体里。一年多了，她给派出所提供了不少消息，比如一些外来人口租住派出所管辖房子的情况，她都能第一时间告诉弓所长。记得去年年底，在雷淑敏的帮助下，弓所长他们成功地端掉一伙借着传销搞诈骗的犯罪嫌疑人。一对外地夫妇刚租住这片小区的房子，雷淑敏就火眼金睛看出这一对男女不像好人，报告给了弓所长，结果他俩正是公安机关通缉多年的拐卖妇女儿童的人贩子……市局领导表扬了派出所和弓所长。弓所长和上级领导讲："这要感谢雷淑敏大姐警惕性高！"

两年多来，通过弓所长和民警们的真诚努力，雷淑敏和弓所长他们已经化干戈为玉帛。那天她在派出所闹腾铁辉，是因为铁辉第一天上班，她不认识，加上那些日子雷淑敏心情不好，毕红孩即将毕业，找工作是个大难题，又遇上铁辉讲话跟她有些玩笑的成分，她接受不了，才在地上打滚，还要到市局告状。

不过，那日和铁辉闹腾之后，没几天她为了毕红孩工作的事儿又找到市局领导，还真的告了铁辉一状。弓所长知道后，还找领导解释，铁辉刚上班就自愿挑起重任，做雷淑敏的帮扶工作。其实弓所长让铁辉负责帮扶雷淑敏，是出于好心，现在的雷淑敏可不是两年前的她了，她现在和所里的关系好极了。跟领导汇报完，他又说服了雷淑敏，不应该告铁辉的状，铁辉同志刚到派出所上班，不了解情况。雷淑敏也能服软，她跟弓所长讲，她就是以告铁辉的状为由，才能见到市局领导，她的主要目的还是解决她闺女的就业问题。她还讲，铁辉是市局下来的干部，用他做筹码，市局领导也许为了息事宁人，就把红孩的工作给解决了。这么说来，雷淑敏的确是一个"鬼精"的人，可是苦了铁辉，刚下基层就被告了一状。

7

铁辉和小马到了医院，雷淑敏正在输液，毕红孩说这几天没有上课，请假陪她母亲。雷淑敏感谢了铁辉他们。铁辉把近几日派出所任务重弓所长没有时间来看她的情况进行了解释。雷淑敏满含深情地告诉铁辉，昨天晚上弓所长的爱人来看过她，带了好多营养品，还硬是塞给她两千块钱。雷淑敏说得热泪盈眶，还给铁辉道歉，说不应该到市局告铁辉的状。

小马也借机会和毕红孩聊了一些派出所近期案件情况。小马就是一个机灵鬼，他既能让毕红孩体会他工作的重要性和神秘性，也告诉她辅警也是警察序列的一部分，干好了还有可能"转正"，未来有可能成为一名真正的警官，好好复习功课可以考公务员，辅警考试有优惠政策。毕红孩眼睛直勾勾地看着他，像是看到了自己的希望。小马这个小伙子尺度把握得特别好，套出了对方一些话，还能确保不泄密，而且还示意对方，他小马是一只"潜力股"，今后有可能成就大事。经过近两年的不懈努力，小马在毕红孩心里最起码是不让人讨厌的那种男孩儿，而且还特别聪明有担当，特别会来事儿。在小马的心里毕红孩就是他唯一的挚爱，是他对女性产生爱恋的起端，甚至他对她有一种无法割裂的情感。小马有时候也问自己为什么，是她那双迷人的眼睛，还是她那浑身散发出的女性特有的体香？说一千道一万，小马已经坠入爱河，不能自拔。

他在和毕红孩聊天的时候，毕红孩透露一个秘密，她的一个男同学在追求她，还要送她礼物，毕业之后还要向她求爱。毕红孩说得不是很明确，但是话里话外就是现在有人在追求她。同时，在毕红孩的讲述中，小马还发现了"4·19"案件的重大线索。

走出医院，小马就和铁辉讲，毕红孩和被害女孩儿的堂哥胖子是同班同学，胖子在追求毕红孩，就在昨天晚上胖子还给毕红孩打电话讲他堂妹被仇家杀害了。电话里他还哭了，毕红孩安慰他几句，胖子说想见她，要送给她一个很重要的礼物，被毕红孩以母亲住院为由婉言拒绝了。

铁辉一边开车，一边听小马讲述，若有所思地说道："弓所他们现在查得怎么样了？也不知道有没有线索，你刚才讲被害女孩儿的堂哥胖子要给毕红孩礼物……"铁辉自言自语猜想着什么，不经意说了这么几句话。小马还在唠叨个不停，突然铁辉想到什么似的，一个紧急刹车，说道："回医院！"

铁辉让小马陪一会儿雷淑敏，他把毕红孩叫到楼道询问被害女孩儿堂哥胖子的情况。

原来老毕生前唯一的爱好就是集邮。他临终前把毕生积攒的邮票给了雷淑敏，还告诉雷淑敏，要是给毕红孩做唇裂手术的钱实在不够就卖掉邮票。讲到这里毕红孩眼睛湿润了。毕红孩曾经和胖子说过，她父亲有一套第一版的生肖邮票，这版生肖邮票一共十二枚，他父亲的集邮册里只有十一枚，就差庚申年"黑金猴"那一枚，那枚最值钱。如果第一版的生肖邮票齐全了，卖个好价钱，手术费整容费也就够了，省得母亲天天捡废品，家不像个家的样子，老房子也不用出租了，收拾收拾住在自己家里多么舒心呀。其实毕红孩的要求不高，就是把唇裂医治好，守着母亲在自己的小屋里快乐生活。

经过商量，铁辉让毕红孩打电话，约胖子来医院，看看他要送给毕红孩什么礼物。之后他又把这一重要线索报告给弓所长，弓所长让铁辉注意保护好毕红孩，他马上向领导汇报，并组织警力。

讯问室里，被害女孩儿的堂哥胖子惊恐万分，铁辉也参加了讯问。他不是杀人犯，因为现场提取的证物"发丝""烟头"不是他的。

其实胖子一点儿都不胖，是一个很帅气的小伙子，高高的个头儿，壮实的身体，一看就是在健身房训练过。开始他很害怕，说话也吞吞吐吐，毕竟他才二十岁左右的年纪，还没有走上社会，遇事儿混沌，有一种恐惧心理。他小名叫胖子，是因为他一出生就九斤多重，家里就叫他小胖子，一直到现在，大家喊他的乳名胖子，只不过把"小"字去掉了。胖子交代，案发上午，他虽然去了堂妹贞贞家里，索要（胖子也提出了花钱购买）"黑金猴"邮票未果，还和贞贞大吵了一架。胖子说他和贞贞已经挑明了，为了追求毕红孩，让贞贞帮帮他，因为贞贞有好几枚庚申年"黑金猴"邮票，可是贞贞就是不同意，给钱也不行，胖子气急败坏，之后他摔门走了。他想回来找姑姑、姑父要一枚。

目前他不具备杀人的条件，证据更是不足，而且胖子还交代，庚申年"黑金猴"邮票没有搞到手，他要送给毕红孩的礼物是一条金项链，毕红孩的生日是"五一"。弓所长耐心和胖子进行了交流，同时把胖子的父母找来，说明了让胖子配合公安机关破案的一些情况，同时单独和胖子父母谈话，说不要给孩子压力，好好帮助孩子摆脱朦胧的爱情，正面对待生活……

经过一番工作，胖子很是后悔，他真不该找贞贞索要那枚邮票。这更能证明胖子不是凶手，凶手另有他人。

弓所长向上级领导作了汇报，并作了检讨。上级领导批评弓长章他们有些急功近利，又语重心长说了铁辉几句，在做群众工作时一定要注意方法，不能再犯嘴比脑子快的老毛病，要多向弓长章所长他们学习。

铁辉像是被人泼了一盆冷水，他暗自惭愧，破案哪是那么容易的事情，证人证言证物缺一不可，急功近利的是自己，不是弓所长他们。铁辉寻思是不是雷淑敏或弓长章告了自己一状。要是雷淑敏告的状也正常，要是弓长章打的小报告就不够意思了。

"4·19"贞贞被害案的线索又中断了，铁辉很是懊恼，怎么就不能把案子破了呢？贞贞，一个花季女孩儿，实在太可惜了，又是在自己管片发生的命案，自己有责任早日缉拿凶手归案。

他回到家里没有心思吃饭，爱人问他，他说累了，把自己锁在卧室里，仔细分析胖子说的每一句话，试图从中找到新的线索。他总感觉胖子还有隐藏的话没有讲，可是弓所长说了，不能给胖子太大压力。胖子虽然在案发当天去了贞贞家，也不能草率地认为他就是凶手，现在通过调查证明他的确不具备作案条件，那么到底谁是凶手？那一本集邮册去了哪里？他越想越觉得应该单独找胖子再聊一聊，可是弓所长一定不同意。

铁辉想，明天就是五一劳动节了，应该去医院看看雷淑敏大姐，就手找毕红孩，让她再约胖子，和胖子好好谈谈，或者请胖子吃一顿饭，这样交流更随和一些，同时告诉胖子也是为了给他堂妹贞贞报仇，他会多提供一些线索吗？铁辉想好了，实在不行，明天让小马配合他一起找毕红孩，再约胖子了解情况，小马灵透，准能有更好的办法和主意。铁辉有信心破获这起案件，抓住犯罪嫌疑人。

8

五一劳动节，细雨绵绵。一大清早，还没等铁辉找小马一起去医院看雷淑敏，毕红孩就急匆匆地跑到派出所，嘴里不停地喊："铁叔叔，弓叔叔，

弓叔叔，铁叔叔，救救我妈妈，救救我妈妈！"

雷淑敏从医院偷偷跑回家里，准备给毕红孩做一碗手擀打卤面，庆祝女儿的二十周岁生日，同时把一个十万块钱的存折，以及老毕一生积攒的邮票全都给毕红孩，不承想在家里被害。铁辉接到毕红孩的求救，马上打电话报告给弓所长，和值班民警一起第一时间到了现场，拉好了警戒线。弓所长和刑警队的侦查员、技术员进行了现场勘查，法医初步鉴定，雷淑敏是被凶手用双手活活掐死的。

市局、分局领导亲临现场，法医经过分析认为，凶手有可能与被害人相识，两个人有厮打痕迹，因为外边下雨，小屋里又挂着窗帘，过往的行人没有听到，更没有看到里面的情况。

"4·19"命案线索中断。"5·01"案件毫无线索。铁辉感到愧疚和不安。雷淑敏被害让铁辉非常痛心。雷淑敏在住院的时候和他说的心里话，言犹在耳。

雷淑敏自打住院，真的被铁辉他们感动了。她还偷偷告诉铁辉，毕红孩不是她和老毕的亲生闺女。

雷淑敏走后，那个教员知道雷淑敏去大城市嫁给了工人阶级老大哥。他万念俱灰，也不怎么去雷淑敏家了。雷淑敏的走，让他感觉到自己在村庄的小学校里陷入了一种失魂落魄的状态。不久他调回县城小学当教员，后来他和县领导的女儿结婚了，再后来还当上了县教育局副局长。

雷淑敏的三妹也顺利考上了县里的高中，还上了省里的师范大学，毕业后在县城小学教书，这一切都是那个当了教育局副局长的教员帮助解决的……三妹的外形举止和大姐雷淑敏极其相像，三妹比雷淑敏更加有气质，更加漂亮。那个教员和三妹坠入了不现实的爱河。三妹怀孕了，她非得生下这个孩子，那个教员不敢离婚。父亲气得住进了医院，雷淑敏在家里的一年多，先是伺候父亲，之后就是处理三妹的事儿。三妹生下了女儿，父亲听到信儿，次日去世，三妹疯了。雷淑敏只好带着三妹的女儿回来，她嫌丢人，只能骗老毕说，本来说好了找二姐过继一个孩子，可是临走二姐又舍不得了，就这么巧，在火车站附近垃圾箱旁她捡了一个女孩儿，也许这就是天意。

雷淑敏从老家回来，谎称捡孩子的时候，孩子是用一个红色小棉被裹着的。老毕顺嘴给起了名字，就叫红孩吧。其实老毕是怀疑的，怀疑雷淑敏在村里有相好，不然哪会那么巧，回老家一年多，捡一个刚出生的孩子。但是老毕也不敢问，他觉得自己对不住雷淑敏。

快二十年了，老毕临终时还是带着疑惑开玩笑地问雷淑敏："红孩真的是你捡的？"雷淑敏气得冲着老毕的脸啐了一口唾沫，然后雷淑敏一五一十地把三妹和那个"陈世美教员"的事儿告诉了老毕。老毕满脸幸福地合上了眼睛。

雷淑敏生前还告诉铁辉一件绝密的事情，她从老家来到"大化纤"建设工地，嫁给了老毕，新婚之夜才知道老毕"那个事儿"不行。

老毕曾经是一名解放军工程兵，在一次抢险中，他被一块从山上滚下来的石头砸在腰上，后来部队集体转业到了"大化纤"基地搞建设，老毕又当上了工人。

老毕为人忠厚，积极勤奋，多次被评为优秀共产党员。他也是结婚当天晚上才知道自己是一个"废品"男人，他多次劝说雷淑敏再找一个男人，如果在厂里不好意思找对象，就回老家找。老毕还告诉雷淑敏，离婚以后就说是老毕家暴，日子没法儿过了。老毕说别提他"那个"不行，否则没有了男人的尊严。

后来老毕还央求雷淑敏，如果真的离婚，就把毕红孩留给他。老毕保证对红孩像亲生闺女一样疼爱，供孩子上学，给孩子做唇裂手术，等攒够钱再带孩子去韩国做整容手术，实在不行就把多年积攒的邮票全都卖掉，一定给毕红孩美丽的人生。毕竟这个孩子跟了他的"毕"姓，这一辈子就是他的亲骨肉了。老毕还说，等红孩做好了整容手术，找一个体面的工作，嫁给一个帅气的男孩儿，他再抱上一个健康的孙伙计，他死了也能瞑目。

老毕和雷淑敏唠叨了多次，千万别把毕红孩带走，老毕说他怕一个人孤独。

雷淑敏对着老毕的脸，直接啐了好几口唾沫，每一次老毕都是喜极而泣，泪如泉滴，他幸福地紧紧拥抱着雷淑敏，生怕雷淑敏消失了。

雷淑敏苦笑着和铁辉说了一句："铁兄弟，我五十九周岁了，到现在还是一个老姑娘呢，你信吗？"

铁辉使劲地点着头，泪水流进了嘴里，涩涩的，苦苦的，夹杂着一丁点儿甜。

不管阴间的老毕信不信，铁辉相信雷淑敏这位不寻常的老大姐是纯洁的，他更加怜悯心痛这个还是老姑娘之身的女人。

雷淑敏还告诉铁辉，毕红孩什么都不知道，现在千万别告诉孩子她是自己的亲外甥女，她的亲生母亲是她的三姨，她的亲生父亲就是那个没有责任心的"教员"。她还说有一天她没了，请求铁辉给毕红孩的唇裂医治好，如果经济允许再做一个整容手术，等红孩结婚有了自己的小孩儿，再告诉她的身世，一个人连自己的身世都不清楚太悲哀了。

"大姐，你放心，你得看着红孩工作结婚，给你生大外孙子、大外孙女，你得圆了毕大哥的梦呀！"

"铁警官，我知道，我的日子不长了，我该找老毕去了，到了那个世界，他的病好了，我的病好了，他的'那个'也一定行了，我也就不是老姑娘啦。"

铁辉拥抱着雷淑敏，一句话也没有说，他就这样拥抱着她，就像刚到派出所弓所长和她拥抱的时候一样。雷淑敏还说，她出院一定找市局领导，告诉领导铁辉也是好警官，是自己污蔑铁警官，瞎告状，其实告铁警官的状，就是借题发挥找市局领导给毕红孩安排一份好工作，出此不道德的计策，实在是对不住铁辉大兄弟。

铁辉摇摇头说："没事儿，大姐，我们是不打不成交。"

铁辉想到这些，眼睛模糊了。如今阴阳两界，到底是谁杀害了雷淑敏大姐？又是为了什么？铁辉非常疑惑，非常气愤，他一定要抓住凶手，让雷淑敏大姐九泉之下安心。

铁辉思来想去，觉得还得找被害女孩儿贞贞的堂哥胖子了解情况，只能从胖子嘴里寻找新线索。他不顾是否违纪，只要能给贞贞、雷淑敏大姐一个交代，就是背上一个处分也是值得的。铁辉联系了胖子，他和胖子像朋友，或者说更像胖子的老师一样耐心交流。在和胖子交流的时候，他了解到了一个重大线索。

9

原来辅警小马和胖子都在追求毕红孩。胖子说，小马威胁过他，让他远离毕红孩。后来小马又接近胖子，原因就是胖子和贞贞是堂兄妹关系。小马听胖子说贞贞有几枚庚申年"黑金猴"邮票。小马通过胖子认识了贞贞，并且找她谈过，要高价购买一枚庚申年"黑金猴"邮票，也被贞贞拒绝了。

听到这里，铁辉恍然大悟，他突然意识到，今天小马当班，一直到九点钟，都没见小马影子。铁辉又联想到贞贞被害当天，小马请假说家里有事儿。铁辉感到事情不妙，但是这一次，在胖子面前他表现得若无其事，和胖子聊了一些毕红孩的情况和家境，希望他学业有成，和毕红孩先建立好朋友的关系，即便成不了恋人，做好朋友也挺好，天下何处无芳草。铁辉还鼓励胖子振作起来，一起把杀害贞贞的凶手抓住。

小马到底干了什么？铁辉有些疑惑，一个机灵聪明、有着无限前途的青年人就为了博得自己恋人的欢心，不顾别人的感受，为了一枚小小的邮票而杀人？铁辉想不通，铁辉内心过不去和小马朝夕相处这道感情的坎儿。

铁辉给小马拨通了电话，小马说他生病了，今天请假，铁辉的直觉告诉自己"小马有问题"。铁辉立即向弓所长报告了胖子讲的重大线索，弓所长他们也掌握了一些有关辅警小马的嫌疑线索。铁辉说出了自己的想法，弓所长让他注意安全，一定小心。

就在铁辉给小马拨通电话的时候，铁辉已经到了小马家门前。放下电话不久，铁辉看到小马化装成一名快递小哥儿的模样走出了他家小区。就在小马打开共享单车的刹那间，铁辉上前把他摁倒在地。小马猛然回头，快速掏出一把水果刀刺进了铁辉的腹部，铁辉顾不上疼痛，把手铐紧紧铐在了小马的右手腕上。疯狂的小马嘴里喊着"铁叔，你放了我"，左手的刀子又刺进了铁辉的左腿，鲜血染红了小马穿的黄色快递工作服。伴着正义的警笛声，警车开了过来，弓所长他们来了。

讯问室里，小马脸色煞白，任凭弓所长如何讯问，他都低头不语。弓所长把两个透明的小塑料袋放在他眼前，一袋装有一个烟头，另一袋里装着一缕发丝。弓所长又把半盒小马经常抽的 A 牌香烟放在他面前，抽出一根，说道："抽吧，这是你常抽的 A 牌香烟，我也喜欢抽这个牌子。你在派出所也没白干，把现场用水冲洗，但是你怎么把烟头扔在了卧室的柜子里呢？还有床上的一缕头发……"

辅警小马眼睛迷离地看着弓所长，他张开了嘴："铁叔没事儿吧？我对不起铁叔，对不起他。"

"铁叔没事儿，铁叔让我告诉你好好坦白，争取宽大。"

"哪还有宽大呀！我是死罪，我对不起红孩，更对不起雷大婶。"小马沮丧地回答，他的脑袋耷拉下来，他没脸看弓所长，更没脸见铁辉警官，看得出他追悔莫及。

"那你就对得起贞贞？一个刚十八岁的花季女孩儿！"弓所长情绪激动了。

小马坐在讯问椅上，双手双脚被冰冷的铁器牢牢地铐住。紧张的空气弥漫在黑压压的讯问室里。冷静了片刻，小马开始回答弓所长的问话。

小马听毕红孩讲，她家有一套第一版的生肖邮票，就差庚申年"黑金猴"那一枚了，如果齐全了就能卖一个好价钱，就有了手术费和整容费。她还告诉小马，班里追求她的男生胖子讲，他堂妹有几枚庚申年"黑金猴"邮票。毕红孩还讲，谁给她这枚庚申年"黑金猴"邮票，做了唇裂手术，整了容就嫁给谁。于是两个情窦初开的大男孩儿，为了爱情开始了较量，导致一场悲剧。

小马还承认雷淑敏也是他杀死的。"五一"那天小马约了毕红孩，告诉她买到了庚申年"黑金猴"邮票，两个人约定到雷淑敏住的门卫室找出那一套第一版的生肖邮票。他们正在翻腾的时候，雷淑敏冒雨回来了。在争吵的过程中雷淑敏打了毕红孩一记耳光。小马看到心爱的红孩挨打，上前就和雷淑敏厮打起来。本来雷淑敏身体就虚弱，小马正值壮年，他失手掐死了雷淑敏。毕红孩看着自己的母亲和恋人厮打，嗓子像被鱼刺卡住一样，一句话也说不出来，她瘫坐在一堆废品上。小马看到雷淑敏不再挣扎，才松了手，又摸了摸雷淑敏的静脉，他害怕了，拽起惊呆的毕红孩冒雨就往外跑。

在奔跑的瞬间，毕红孩似乎被雨水浇醒了，她抽出小马紧紧拉着她的手，折返回去，嘴里不停地喊："妈妈，等着我，我去找铁叔叔救你，你一定等着我！"当毕红孩跑回"家"里时，她发现雷淑敏已经咽气身亡。她不知不觉间慌乱地跑到派出所向铁辉、弓所长他们求救……

毕红孩经过思想斗争，走进了派出所。她承认是她和小马无意间害死了母亲。看到小马为了她，买到了那枚价值不菲的庚申年"黑金猴"邮票，她被小马的"真情"感动了，所以她不愿意指证小马害死了她的母亲，可是她又感到罪孽深重，对不住"五一"那天冒着雨拖着病体回家给她做手擀打卤面的妈妈。

铁辉的伤不是很重，就是流血过多，加上一个月的劳累，有些贫血。缝合好伤口，输了两天液，他就嚷嚷着出院。他一出院就到看守所探视小马，告诉他毕红孩的真正身世。

小马哭了，他哭得没有一点儿声音。他一直低着头，不敢面对铁辉，他没有脸面见相识一个来月，却对他亲如家人的铁叔。

"4·19""5·01"命案成功破获了，可铁辉怎么也高兴不起来。就为了一枚小小的庚申年"黑金猴"邮票，断送了三名青年的生命和青春，还导致可怜的雷淑敏老大姐不幸遇难。

辅警小马被判处死刑，剥夺政治权利终身，立即执行。毕红孩犯有包庇罪，但是她能主动自首，供出犯罪事实，判处有期徒刑一年零七个月。

那一夜，铁辉失眠了。他真的特别难过，一个人在值班室蜷缩着身体躺在床上，望着明晃晃的月亮，默不作声地流淌着眼泪。他感到长夜漫漫，自己犹如掉进黑洞。他有一种无能为力疲惫不堪的感觉，同时也深深体会到派出所民警担负平安建设的重大责任！

铁辉通过了市局组干部门的考核，晋升为四级高级警长，相当于副处级干部。

铁辉荣立个人二等功，庆功会上铁辉在发言的时候讲道："……老百姓就图一个安稳的日子，不管是大事小事，只要是百姓求助，就是我们最大的警情。"铁辉把个人荣立二等功的奖金，全部交了雷淑敏欠的住院费。

寒冬腊月，漫天飞雪。快过年了，毕红孩刑期已满，今后她如何面对生活？她知道了自己的身世又会怎样？听居委会大姐讲，她的同学胖子去探过监。

铁辉又想起了雷淑敏，一个活了一辈子的老姑娘……

唤醒者

捞尸

这一年的冬日，十米河不仅没有结冰，而且河面上一直飘移着一层雾一样的蒸汽，市公安局刑事侦查处副处长万侠带领着河道打捞队的同志和我们一大队的侦查员，奋战了两天两夜，终于打捞出了几块尸骨。

……

经过刑科所和医学院专家鉴定，确认是梁晓红的部分尸骨。葛辉处长拍了桌子："该杀的秦玉凤，该死的秦为民，把他娘的梁孝顺也抓起来……"

我们一大队的民警也是个个摩拳擦掌……"1·02"案件终于水落石出，参战的民警们早已怒发冲冠，压抑不住满腔怒火了。

万侠副处长和葛辉处长交换了意见，葛处长冷静了一下说道："同志们，刚才我有点儿激动，我们还是按照法律程序办案，何况梁孝顺夫妇是受害者的父母，同时梁孝顺是市政协委员，即便有违法证据，也要走相关手续。"

哦，一年多了，此时，我似乎也想像葛处长那样大声地骂一句，他娘的。又似乎想撕心裂肺地大哭一场，为了内心深处那份特有的怜香惜玉之情，还有触碰到的人之初性本善的那份惋惜之义。

梁晓红，一个十八岁的花季少女，连一个完整的尸首都不存在了，留下的只有她相片里羞涩的甜甜的微笑。

……

我叫伍歌

我叫伍歌，十七岁那年，考上了刑侦学院，读了四年大学，毕业后，担任过解放军侦察连排长、副连长，共计八年。昨天报到，成为一名公安分局刑警大队侦查员。大学毕业时，好多同学，包括我的老师都不理解我，好容易大学毕业了，怎么去当兵了呢？只有我自己心里明白，这是我儿时的梦想。好在父亲很支持我，因为很小的时候，父亲就陪着我下军棋，至今家里还保存着儿时的军棋。后来，我也与我的儿子下军棋。

八年的军旅生涯给了我坚定的信仰，转业后我开始了警营生涯。

我被分配到分局刑警大队，刚到大队办公室报到，副大队长贾海波是我的大学同班同学，他开玩笑地说道："哥们儿，你要是不当那几年兵，这副大队长肯定是你的，不过，现在你可是我的兵了。"

我笑着回答道："你上大学的时候就是官迷，现在管着我，正好实现了你的愿望。"

我俩正说笑着，毛大队长进来了，他看着我，脸上没有多少新鲜感觉的表情，很严肃的样子。他大声地说道："你就是伍歌同志吧，听贾队副念叨过你，侦查系的，还是一个优秀的痕检人才，毕业后响应祖国号召当兵去了，现在归队，挺好，欢迎你。"

我给毛大队长敬了礼，他使劲地握住了我的手，我感受到了刑警队员特有的一股钢铁般的力量。我又和陆续上班的教导员，以及大队的其他战友打了招呼，见了面。

"行了，不用过多介绍了，还有值班倒休的弟兄们没在，有个一两天，你就都认识了。咱们队里每个人都有个特别的爱称，就是人人都要有个外号，也是便于我们化装的工作，不能让犯罪嫌疑人了解我们太多，这个常识你在大学的书本里应该学到过，但是，喊外号时间久了，有的竟然连他们真的名字都忘记了。"毛大队长说。

他还自嘲地说道："我的外号最难听，毛血旺，很辣的，咱们教导员的外号还是很文雅的，娘儿们精。"

在场的战友们一阵怪笑，教导员脸红了一阵子。毛大队长不以为然地接着说道："小伍，你的外号就叫五阿哥吧，皇太子的称呼，霸气（其实那年还没有上演电视剧《还珠格格》，1998年之后我这个外号算是在全国叫响了）。"

教导员没有在意大家的笑声，他平和地说："行了，这些事情小伍慢慢了解，昨天政办室苗主任通知我了，让伍歌同志先去河西派出所报到，实习半年，之后再归队。"

"啊，刚来就要把人挖走，咱这位苗大主任也太狠了吧！"老同学贾队副第一个站起来发出不满意的声音。

"别废话，让苗主任听到了，你小子就完了，五阿哥，下午就报到去，河西派出所的所长于胖子是我的好哥们儿，警校同学，咱们队里如果有大的案子，需要你回来，我招呼你，他一准放行。贾正经，你现在就把咱们五阿哥给送过去。"毛大队长部署工作了。

得，就这样我到了河西派出所。河西派出所所长于胖子并不胖，高高的个子，不胖不瘦，浓眉大眼，魁梧的身板，和我想象的于胖子简直是天壤之别。

贾队副路上提前就告诉了我："你见到了于智慧所长不要惊讶啊，于所长是一个标准的帅哥警官，为什么叫他于胖子呢？这都是咱们毛大队长嫉妒人家。他们俩是初中、高中、警校的同学，在上警校的时候他俩同时追警花叶晓艺，咱们毛大队长在长相、身材、学习等方面，都比不上人家于所长，所以他编造了一些有损于所长的事，告诉警花叶晓艺，于智慧小时候是个大胖子，还是个结巴，将来影响第二代，等等。别说，叶晓艺真信了，就这样叶大警花成了毛大队长的老婆。于所长也只能暗自悲伤恸哭了。不过咱们毛大队长还算是个正人君子吧，之前他和于所长说了，俩人为了爱情可以不择手段，但是不能影响好哥们儿的感情。"

贾队副还告诉我，叶晓艺同志，现在是市局五处处办室的副主任。

于所长的确是一个美男子，没有什么可挑剔的，但是他讲话确实有些口吃，不过不是特别明显，比正常的口吃患者少几个啰唆的"不"字。中午在河西派出所里的小食堂用了餐，我吃得特别香甜，感觉又回到了军营，又和战友们生活战斗在一起了。

我主动向于所长请示，今天就安排我值班，我没结婚，家里距离派出所也比较远，回家也没什么事。

于所长爽快地答应了，说道："伍，伍歌同志军人出身，就，就是觉悟高，高，老高，小伍交给你了。"

老高，是副所长，今年五十五岁，是武警消防部队的转业干部，与我也算是战友。

下午，我们送走了贾队副，于所长带着内勤去街道开会。高副所长带着我熟悉所里的民警和联防队员的情况，其实所里就十二名正式民警，有一名社会招录的大学生，还被借调到市局政治部帮忙了，现在就十一名正式民警，还有十一名联防队员（就是从辖区企业借调的职工，也就是现在辅警的职能，当时没有制式服装，每人左臂上戴一个写有"联防队"字样的红袖标）。高副所长还给我介绍了管辖的街道、相关居委会，以及一些企业、商业街等。

河西派出所，坐落在市区最西边的郊区，其实管辖的就是城乡接合部，过一条马路，还有一条十米河，就是西郊区了。听还有一年多就退休的民警老汪讲，过去这里就是西郊区的一个乡，改革开放后划给了市区，把耕地都盖了厂房，这里的居民过去就是菜农，人数也不多，现在这些农民没有了土地，也都农转非成了城市人，他们大部分在加工自行车零件厂工作，还有一些在服装厂、皮鞋厂、玻璃厂之类的民营企业打工。还有一些农民通过招工进了国营单位的长青农场，但长青农场现在也不景气了，据说要被皮鞋厂的总经理刘大麻子收购，进行房地产开发。

派出所也不大，在十米河对面的路边上，听说是长青农场过去的一个运输车队的办公地点，后来就成了新成立的河西派出所。

派出所是一个独立的院子，一栋两层高的小楼，一层有一个会议室，还有五间办公室、一个卫生间，会议室变成了派出所的前台，作为接待群众来访、办理相关业务的窗口。派出所人也不多，开全所会议以及其他会议都在于所长办公室里。二层更小，只有五间办公室、一个卫生间。前院很小，停放着两辆绿色三轮摩托车，也就是俗称的"三轮挎子"。

后院挺大，还有一排平房，据说是派出所成立之后长青农场新给盖的，有派出所的小食堂、民警的小图书室、小健身房，以及仓库。围墙的西南角，还有一块种菜的自留地，是民警老汪的责任田，种植一些应季的蔬菜，丰收了就摘下来，放到小食堂给所里同事们吃。

后院平时还放着一辆绿色老掉牙的吉普车，别小瞧这辆吉普车，它过去可是分局罗副局长的专车，后来罗副局长换新车了，于所长软磨硬泡把它抢过来了。因为我们所距离分局较远，冬天去分局办事，骑"三轮挎子"太凉了，市局领导也照顾我们，就这样吉普车归我们所了。于所长爱惜这辆车像对自己的孩子一样，不是刮风下雨他是舍不得我们使用的。

我们所里的民警不多，事却不少，一天下来，平均也有五十来个警情。没什么大事，马路对面的村里丢只鸡呀鸭呀狗呀，村民就说跑到这里的街道来了，让民警协助找找。还有丢手机的、迷路的、走失的、求助问询的，以及把门钥匙落在屋里的，还有一个可笑的报警，一户老光棍，因为邻居家小两口儿恩爱的声音太吵，他受不了刺激，扒人家门缝看，让小两口儿当流氓给报警了……

高副所长说："像咱们这样的派出所，这些鸡毛蒜皮的小警情特别多，搞得你别想睡个囫囵觉。"

快午夜了，当班的老汪、小赵，我，高副所长四人真的很困了，三名联防队员在椅子上呼呼大睡起来。

高副所长说："小伍，你和小赵回宿舍休息一会儿吧，我和老汪在前台值班，待会儿你俩再替换我们。"

我倒在床上就进入了梦乡，梦里我见到了军营里暗恋过的女干部，还有几个下围棋的战友，也就一刻钟的时间，联防队员大刘把我和小赵叫醒了："快，快，高所让你俩过去。"

我都蒙圈了……

她叫高萍

她叫高萍，特别漂亮的女孩儿，我理想中的女子。

我和小赵跑到了前台，看到高副所长正在安慰一个上了年纪的老奶奶，并把老奶奶搀扶到椅子上，和老奶奶在一起的还有一对中年男女，以及一个特别端庄、特别漂亮的大姑娘——她。

原来这是一家四口人，到派出所来报案，老奶奶焦急地重复道："我可怜的外孙女果果不见了，果果不见了。"

高副所长安慰老奶奶几句，马上部署道："老汪和小伍与高科长夫妇到我办公室，先了解情况，小赵和大刘你们几个在前台照顾好老奶奶，姑娘你看好你外婆，另外你们在前台继续值守，有报案的通知我。"

到了高副所长办公室，我刚要开口询问报案原因，高副所长就进来了，他打断我的话，给我介绍道："小伍，你不认识，这是长青农场保卫科的高卫东科长，这是他的爱人农场党办黎俊英主任。"

"什么情况，老高？"他问。

原来他们是老相识了，还是本家的姓氏，都姓高。

高卫东满脸悲伤的样子："我女儿高果去年高考落榜后，就闷闷不乐，从一个整天欢蹦乱跳的姑娘，变得寡言少语。我和她妈妈让她复读一年再参加高考。开始还好，她答应了去复读，可不到半年，她说什么也不上学了。"高卫东开始抽泣，说不出话了。

"不上就不上吧，不行就上班，或者上个技校也行，我和她爸，找了我们农场的场长，可是这个孩子，高不成，低不就，在农场幼儿园看孩子没耐心，调到后勤行政仓库当保管员吧，她又说，那是老大爷干的活儿，这一年多了，气死我们了。"高科长的爱人说。

高副所长摆了摆手说道："咱不说这些了，先说果果怎么不见了。"

高卫东抬起了头，似乎是在自言自语："死就死吧，不争气的东西，这不，一大早就和她妈妈俊英顶开了嘴，我打了她一巴掌，她扭头就跑出去了，到现在还没有回家，活不见人，死不见尸。"

高副所长安慰他们："哦，不就是果果没有回家吗，是晚了点儿，你们问亲属和她同学了吗？"

"都问了个遍，就差问外星人了。"高卫东甩出一句话。

黎俊英拽住高副所长的手急切地说："她高叔，你给想想办法，我们怕果果和坏人跑了。"

"和坏人跑了""就差问外星人了"这两句话，我真的想问问他们夫妇，但是，第一天上班，看到高副所长和高卫东夫妇这么熟悉，我没敢插嘴多问，以免尴尬。

高副所长让我和老汪把高果的基本情况查清，之后报分局，让各派出所协查走失人员的情况，如果发现高果的行迹，立即通知我们派出所去领人。

我赶紧查阅了户籍登记台账：高果，女，1969年12月14日生人，身高一米六八，高中毕业。我特意偷偷地看了看高果姐姐的基本情况：高萍，女，1966年1月9日生人，身高一米七，美院毕业，在市文化馆工作，美术老师。老汪走过来了，我赶忙合上了人口基础情况登记台账簿，生怕他看出来什么。

老汪告诉我怎么填写走失人口登记，又告诉我怎么向分局报备。我俩办完高副所长交办的任务，已经临近凌晨三点了，这个时候，于所长也从家里赶来了。

在于所长办公室里，我看到了果果的外婆跪在于所长面前泣不成声地说道："小于所长呀，你一定要把我的果果找回来，姥姥谢谢你了，姥姥给你磕头了。"于所长也很激动，他也跪在了地上，双手搀扶着老人，说道："姥姥您别急，我们一定，一定把果果找回来，果果没事的，果果没事的，她也是我的侄女呀！"

现场的一切让我感动，没想到于所长和辖区的百姓这么熟悉亲切。

我看到果果的姐姐心就有点儿跳，脸就有些发烫，她身材修长，单眼皮，白净的脸上带着忧伤，像是《红楼梦》里的林黛玉，我禁不住瞄了好几眼，我在想果果也一定很漂亮吧。即将步入而立之年的我，还这么小男人，怪不得母亲总说我，不成家就长不大。

天大亮了，所里的同事们都到齐了，早会上，于所长表扬了我，第一天值班，就干了一个通宵。他布置完工作，让我回家休息一天，明天再上班。

高副所长，老汪，还有小赵他们继续忙活工作。除了三名值班的联防队员回家休息，其他值班同志就这样夜以继日地工作着。我到了警营，在派出所工作的第一天，就感受到了人民警察维护社会平安的重大责任，同时发自肺腑地被我们奋战在公安一线的好战友的敬业精神所感动。真的是，不辞生死寻常事，多少功名笑看中。

于所长带着内勤民警，开着吉普车到分局汇报工作去了。老汪告诉我："于所长可能去联系果果走失的事了，高科长和他可是莫逆之交啊！"老汪还说，"你先回家休息吧，这是于所的命令，我们可没有你的待遇，你是上边派到这儿实习的，和我们不一样，快回家歇着吧！"

回到家里，我倒头就睡，妈妈给我做的鸡汤面和一个大鸡腿我都顾不上吃了。梦里，我帮助她找到了妹妹高果，第一次见到高果，她长得和军营里的女兵一样漂亮，她也给了我最甜美的微笑。

梦里还有好多好多的美事，跟真事儿一样。

傍晚七点多，父亲也下班了，母亲才把我喊醒，我狼吞虎咽地吃着妈妈给我做的香喷喷的饭菜，与父亲交流派出所的辛苦工作。

突然，我新买的 BP 机响了，是所里发来的，我立即给所里回了电话，是老汪接的："于所让你马上回来，有任务，你们刑警大队的人也到现场了。""好，我马上回所里。"我一边放下电话，一边穿好警服，简单急切地告诉父母所里有任务。我快速下楼，在马路边上，招手打了一辆黄大发出租车，直接回了所里。一路上，我对司机师傅不停地说："快，快快。"司机师傅看我身着警服，也不敢怠慢。"放心，警察同志，我开车是急速地快，超水平地稳，看得出来，您是执行紧急任务，我今天就免费拉您。"出租车司机热情地说。

对于出租司机师傅的话，我没有往心里去，他的车速的确急速地快，我的脑海也在急速地想象：是不是找到果果了？还是有什么意外，或是有其他案件？如果不是大案件，分局刑警大队来干什么呀？我一阵一阵地胡思乱想着，莫非——她——我又联想到了——她……

果果

下了车，我头也不回地冲向所里，甚至忘记付给出租车司机师傅费用了，只听司机师傅高声说道："警察同志，小心点儿，注意安全，有事记得呼我呀。"至今想起这件事，总觉得挺对不住那位司机师傅，当时打的费用怎么也得五十块钱左右。

到了所里的小会议室，已经挤满了人，分局刑警大队毛大队长和贾队副正在和于所长他们研究工作。我向他们点了点头，坐在老汪身边，老汪悄悄告诉我："高果可能跳河自尽了，我们打捞了一天，没有结果，正商量怎么办呢。果果到底是溺水身亡，还是另有他因呢？"

我当时脑袋"嗡"的就是一炸，果果怎么会跳河自尽呢？

"哥儿几个，今天就这样了，夜间天气太凉了，河边不安全，也不宜打捞，今天咱们就在所里就乎一宿。明天，天一亮，我们继续打捞，另外再请一下有关河道专业的同志协助打捞。"说话的是我们刑警大队的毛大队长。

于所长招呼大家到所里的小食堂吃点儿夜宵再休息。毛大队长走到我面前说道："不错啊，我的小五阿哥，刚到所里一天，于所就表扬了你，是给我面子吧。"他又扭过脸冲着于所长示意感谢。于所长也不客气："小，小，小伍干得好，跟，跟，跟你没关系。"

我只是苦笑一下，毛大队长和于所长他们去吃夜宵了。我赶忙走到贾队副跟前，拽住他，急切地询问根源。贾队副一副没有同情心的样子："叫你五阿哥，你当真是皇太子了，你是高果什么人？刚才开会时，我看你小子就心神不定的，你认识果果呀？"

"你这个人，对老百姓怎么没有革命情感呢？我是看她爸爸妈妈，还有她外婆焦急的样子，心疼呀！"我也不知道为什么我的解释里故意躲着"她"。

"是不是还有高萍老师焦急的样子？行啊，伍歌，我听说到所里上班第一天，你就开始寻找心上人了，不过你也二十九周岁了吧，也该谈一次恋爱了，你小子怎么没在部队骗个女兵回来，我记得我比你大一个月吧，好了，等我结完婚，再给你介绍个老婆！"贾队副不正经地调侃着我。

"我饿了，忙活一天了，我先填饱肚子再向你汇报，我的皇太子！"说完，他头也不回地径直向小食堂走去。

还是老汪把今天白天的经过和我讲了一遍："小伍，你刚走不久，高科长就带着一个六十多岁的男性老者来了，他说昨天上午看到一个高个子姑娘，在十米河边上溜达，看上去忧心忡忡，老者在河边钓鱼，也没多想。后来，老者又看到姑娘坐在一块石头上，好像是溜达累了，坐下来歇会儿。再后来，鱼上钩了，老者忙着抓鱼，就再也没有看到姑娘。"

老汪拿出一根烟和火柴，准备点着，我一把夺过香烟，急切地追问："你先别抽烟了，钓鱼的老头儿，到底看没看到果果投河自尽？"

老汪先是一愣，而后冷笑了一声，说道："你小子，刚到所里上班一天，刚碰上这么一个简单的案子，就像你们家的事一样，你要是对老百姓的事这么发自内心的关心，我还真得高看你一眼。别急，我接着说给你听。高科长讲完，高副所长又问了问钓鱼的老同志情况，他就立即向于所长做了汇报。于所长在分局也正在向罗副局长汇报此事，就这样罗副局长命令刑警大队毛大队长带着弟兄们来了。一是来了解具体案情，二是组织力量打捞果果的尸体，这闺女如果真的跳河了，恐怕已经没了……"说到这里，老汪有些伤感，我的心不知不觉"揪"了一下，预感事情不妙，和我今天大白天做的梦是反的。

老汪接着讲道："高副所长向于所长汇报之后，第一时间带着我们几个人和高科长，以及钓鱼的老同志到了十米河，顺着钓鱼的老同志讲的事发地查看，什么也没有发现。你不知道，这十米河呀，长十多米，宽两米多，过去是一条通往郊区减河的河道，水质特别好，我有空儿也去钓会儿鱼。后来十米河成了这些工厂排污水的河沟了，臭烘烘的，我也不去钓鱼了，钓鱼的人也少了许多，偶尔还有，这个老同志不就是一个吗？"

我正在和老汪询问情况，毛大队长、于所长和贾队副吃过饭出来了，我看了看墙上的挂表，已经是深夜十一点五分了，毛大队长对着于所长说道："于所，我们皇太子五阿哥就暂时交给你了，过完年我就把他带走。"

于所长笑着又有些口吃地说："那，那，那可，可说，说，不，不，不准，唉，我说你怎么什么，都，都，都和我争呢！"

毛大队长拍了拍于所长的肩膀，学着他口吃的样子说道："老同学，老，老，老同学，你遇见我算你倒霉，好了，贾队副，你留下，明天，天一亮，你们就开始寻找果果，我处理完队里的事情就赶过来。明天见，老同学。"

上车前，毛大队长深情地回过头补充了一句话："小伍，自己小心点儿，注意安全。"吉普车开远了，我又感受到了在军营里首长的关爱。

老汪还告诉我，高卫东夫妇，还有高萍和她外婆一直守在十米河附近，他们认为果果还活着，果果从小就学过游泳，她是不会被淹死的，大家怎么劝都无济于事，只好由着他们一家人了。

　　听到这里，我决定和于所长请示一下，我要到十米河去看看。于所长拗不过我的请求，让老汪和我一起去。老汪骑着绿色警用三轮摩托车，我坐在车斗里，驶出派出所。其实十米河就在派出所马路对面，为了抓紧时间，有利于工作，我们才驾驶三轮摩托车赶到现场。

　　夜色深沉，来到十米河岸边，有一种说不出的阴森的冷的感觉。夜风带着冬日的刺骨袭击着我的身体，冷得我直发抖。这是不多见的感觉，或者说是我此时的一种心境。

　　老汪打开警用手电筒，自言自语道："说不定，高卫东一家人回去了，这么冷，别再把老太太弄病了。"

　　我俩顺着河道查找，我坚信即使高萍外婆和她父母回家了，高萍也会一直守到天亮的。

　　当我们走到一座桥的附近时，发现桥底下有人影在动。我们疾步走过去，对方好像并不以为然，看到我们只是点点头，表示感谢。桥下两个人，一老一少，正是高萍和她外婆。高萍低语道："我姥姥年纪大了，爸妈让我陪着姥姥在这儿避避风，他们顺着河边再找找果果，果果水性好，也许藏在河边草丛里，和我们怄气呢。"

　　看到高萍憔悴的面庞，我的心忍不住隐隐作痛，我眼前又闪过了林黛玉的影子。我把警服外套脱了下来，给她外婆披上，顺嘴安慰她们，别着急，也许果果去外地玩了，那个钓鱼的老同志也没肯定果果投河了。我真的不希望，在十米河里打捞出果果的尸首。

　　果果的外婆早已欲哭无泪，嘴里不停地唠叨着："果果呀，我的果果，好孩子回家吧！回家吧！我不让你爸爸打你了！不让你妈妈骂你！"老人是在悲哀地不由自主地低语。

　　我和老汪也遇见了高卫东夫妇，和他们一起顺着河边，用木棍在河边的杂草里查找。

　　蟋蟀声，青蛙声，它们在挣扎，发出最后的呐喊。天开始泛亮了，老汪忽然用手电筒在我的脸部晃悠了几下，我立即跑了过去，老汪有些紧张地对我说："你赶紧回所里，向于所长报告，人找到了，让他们赶紧来，稳住他们一家四口人的情绪，别再出什么意外。"之后，老汪又大声嚷嚷道，"小伍，你回去叫于所他们过来，带点儿衣服来，天有点儿冷，我看你把高萍和姥姥也带到所里等着吧。"我知道他是故意这样说的，以免引起他们的怀疑。

我的脚步有些发沉，走过去拉住高萍外婆的手，我的劝说无用，我只好一个人赶紧回所里报告老汪交代的重大情况。

于所长立即部署了警力，做好了分工。贾队副是学法医学的，他带好了与法医鉴定相关的便捷器械用品，和队里的技术员一起奔向现场。我跟在于所长身后，一起奔向十米河。到了现场，按于所长的要求，我和小赵负责看守好高科长一家四口人，于所长和贾队副带领几名民警和联防队员打捞果果的尸体，并做好现场保护，等待分局的毛大队长他们到现场，实施勘验，调查取证。

我们井然有序地忙活着，因为是清晨六点左右，现场没有多少围观的群众，远处有几个像是晨练的人驻足观望，看到这么多警察在这里，他们也不敢贸然向前。

我与高萍进行了简单沟通。她是一个明事理、冷静的姑娘，她抱住了外婆，看得出来，她把自己的泪水往肚子里咽。高卫东夫妇好像早已有了准备，夫妇俩，手牵着手，咬着牙，等待最终宣告的悲剧。

一切顺利，我让小赵和两名联防队员继续看着高卫东一家四口，我移步向前，想看看果果的样子，看是否能帮助贾队副他们干些什么，毕竟我也是学痕检的科班出身，在部队也是侦察连的副连长。

当我临近现场的时候，看到一床崭新的绿色军用棉被盖在一具尸体上，贾队副和技术员正在附近拍照，做一些证据的提取。当我要向前再迈步的时候，老汪挡住了我的路说："小伍，你的任务是看守好他们家属，别再往前走了，回去！"平时蔫了吧唧的老汪和我瞪起了眼珠子，他的严厉表情比于所长还厉害，我只好服从命令，退了回去。

分局罗副局长带着毛大队长他们到了，战友们忙着各自的工作，农场的领导也都到了，他们安慰着高卫东一家四口，并把他们劝说到派出所里，商量下一步工作。

整个案件结束了，结论是，高果投河自尽身亡，没有他杀的嫌疑，证据确凿，唯一的疑点，就是高果怀孕三个月了。

我是很惊讶的，听老汪说，高卫东夫妇和高萍好像是知道的，高果的自杀，他们无异议，在死亡证上签了字。

我更加疑惑了，老汪却对我说："小老弟，别较真，事出有因，哪家没有烦心的事呀，他高卫东心里最清楚。"

我还是对果果的死疑惑不解……

老汪

事后，老汪还对我讲："小伍，那天我没让你过去看尸首，是为了你好，你还没有结婚，这个自尽的女娃也未出嫁，阴阳两天地呀，你看到她的脸不好，若是生前溺水，尸首男俯卧、女仰卧。"

我疑惑地问道："淹死的人，为什么女性面朝上，而男性面朝下呢?"

"这不是我说的，是咱们法医界的老祖宗宋慈在《洗冤集录》里记载的，我可不是迷信呀，不过我不让你和高果的尸首见面，是有点儿迷信的说法，但也是有科学依据的，现实嘛，就是矛盾的。但是，我真的是为你好。"老汪带着一种长辈的爱意说得我心里暖暖的。

老汪还给我讲："为什么白天大家打捞了一天，都没有结果，而我在夜里找到了高果的尸首呢?我告诉你小伍，我就知道你小子一来，听说高萍一家人还在现场，你是一定要去的，说好听点儿你有事业心和同情心，其实，你小子是有点儿怜香惜玉，是为了高萍吧?其实你就是不嚷嚷去现场，今天晚上我也会去现场的，你找于所长请示，省得我再去费口舌了，于所长心里也明白，今夜我是要去的，打捞尸体也是有学问的，人不能太多，最好不是亲人打捞，那样太残忍了。要顺着风向查找，风高月夜尸体会慢慢漂浮上来的，而且这样的小河，尸体会往河边漂，如果高果是昨天下午投河的，今夜应该漂浮上来了。唉，挺可惜的，养了这么大的闺女说没就没了。不过这种事，在我的警营生涯中也遇到了不少。"老汪有理有据，又满含深情和惋惜地述说着。

老汪同志的一席话，我很是感动，这一天的接触，我对老汪的业务能力、为人处世非常敬佩。我心里暗暗认定了，老汪就是我到警营的第一个师父。

后来我仔细翻阅了相关资料，的确像老汪讲的，这是中国古代哲学"阴阳"的说法。在李时珍的《本草纲目·人部》里也有记载："男生而覆，女生而仰，溺水亦然，阴阳禀赋，一定不移，常理也。"

我想，男女溺水而亡的不同，其实是有科学道理的，男人与女人的身体结构不同，在溺水时的表现自然也会不同，这和牛顿的三大定律也相关联吧，后来我还专门自学了这方面知识。

我带着三个疑问，追问过贾队副，毕竟我俩是大学同学。就在打捞高果尸首后的第二天，我特意到分局找到了贾队副，我说："贾正经，我问你三个问题，你要老老实实回答我，别跟我摆什么臭领导的架子。"贾队副笑着说："我就知道，你小子不会安分守己的，说吧！"

我直接问他："第一个问题，高果怀孕是怎么回事？是谁把她肚子搞大的？第二个问题，高果的母亲黎俊英曾经说过，果果别让坏人拐跑了，坏人是谁？第三个问题，就是报案的当天晚上，高卫东曾经说，就差问外星人了，这个外星人又是谁？"就这三个问题，老同学告诉我不算泄密吧，我非常认真地等待贾队副的答案。

贾队副若有所思地看着我，很不情愿地说道："你小子当了几年兵，变得更加缜密了，可惜了，你要是不当这几年的兵，在刑警大队也该八年多了，你也许是大队长了，按照在部队的级别，正科级就是正营级了，少校了！你可亏大发了！"

"别耍滑头，回答我。"我逼问他。

抹不开老同学这份情感的贾队副，思索了片刻，挺神秘地告诉我："老同学，第一个问题，高卫东夫妇讲，就因为高果怀孕这件事情他们大吵了好几天，高果非要把孩子生下来，气得高卫东动手打了高果。黎俊英也气得晕过去好几次，到医院抢救了好几次。她姐姐高萍怎么劝她都不行，才把她外婆从舅舅家接过来，让她外婆劝劝高果打胎，因为从小高果就寄养在外婆家，她听她外婆的。至于孩子是谁的，黎俊英只是说，是高果的同学，果果没有了，追究人家男孩子又有什么用呢？别再节外生枝了，他们也不要求再追究对方了，给死去的高果留一点儿面子吧。"贾队副戛然而止，他慢吞吞地拿出香烟，我一把从他手里抢了一支，点上，狠命地吸着烟，大口地吐出烟雾，似乎要把满腔的疑惑释放出来。

"那坏人又是谁？外星人又是谁？"我似乎把疑惑的气都撒在了贾海波这个贾正经的身上。

贾队副倒是很理解我此时此刻的心境，慢条斯理地说道："坏人？可能就是指让高果怀孕的男人吧。外星人呢？据说，皮鞋厂的总经理刘大麻子的外号就叫外星人。就这些，我说完了，满不满意就这样了，你也赶紧回家吧，好不容易休息一天，别跟我这起腻了，请回吧，我还有正经的事需要处理。"贾队副下了逐客令，我对他的回答的确很不满意，而且对发生的一切更加疑惑。走出分局刑警大队，我心神不定，觉得有些说不出的累心的感觉。

在派出所工作了近三个月，分局政治处苗主任就给于所长打了电话，按照分局党委的指示，以及分局罗副局长的要求，让我马上回分局报到，实习期结束。

于所长向我传达了分局政办室苗主任的命令，我真的有点儿意想不到，就说："于所长，不是实习半年吗？这还没过元旦呢，就结束实习了？"

"行了，你是咱们分局的宝贝疙瘩，当过兵，上过刑事侦查学院，人才，骨干，有文凭，还有头脑，我们这个小庙啊，哪能留得下你呀，我的五阿哥。我和高副所长、老汪，还有大家也都舍不得你走，今后回到分局，你就是上级领导了，常回所里来看看我们，这几个月你也没怎么休息，回家休息两天，元旦之前到分局政办室找苗主任报到。"

说实话，我在派出所的工作才摸出点儿头绪，对辖区地形刚刚熟悉点儿，对管辖的街道、居委会和一些居民刚有些初步了解，我真的喜欢派出所这些琐碎的小事，能给千家万户的老百姓带来安全和幸福，心里挺自豪的。在这个时候让我归队，真的有些恋恋不舍，尤其是于所长、高副所长、老汪、小赵这些好战友好兄长的关照关爱，让我倍感亲切。

临行的前两天，我死活不休假，坚持在所里值班备勤，和同志们一起处理警情。于所长他们非常感动，在所里的小食堂宴请了我。我们吃了一顿大餐，于所长亲自下厨炒了几个拿手菜，不值班的同志们还喝了酒。

大家的祝福，让我真的醉了。

晚上老汪也没有回家，和我一起在宿舍里，吹嘘其好汉不提当年勇的往事："我当年在警校也是一个响当当的优等生，以优异的成绩被分到了市局五处，在大案队，第二年我就是探长了。那时候小罗，就是咱们现在的罗副局长，还是我的小学弟，比我小三届。就是那个案子，人质被杀，责任我扛了，这不，就被发配到了偏远的派出所，这一干，真他娘的快，都三十一年啦，没换地儿，也不错，为老百姓干点儿小事情，心里也挺舒坦的，真的挺舒坦的。"老汪借着酒劲，和我吐露出许多心中的真情实感。

"小伍，我告诉你，咱当警察是干什么的，你知道吗？就是警察逮小偷，懂吗？"他继续嚷嚷地说，"逮小偷是广义词，就是让老百姓有安全感，让大家走在街上安全，让老百姓睡觉踏实，做的都是好梦。"

老汪点了一支香烟，继续说道："小伍，你小子好样的，前几天，一个甘肃籍的农民工来所里找你，你正好下片检查小企业安全去了，他说找伍歌同志告个别，他要跟着民工队到其他地区打工了，感谢遇到你这么好的警察大哥，拿他当兄弟，拿他当人看，保护了他，还冲着你的办公桌鞠了一个躬。到底是咋回事，你说说。"老汪问我。

我也借着酒劲吹嘘："哦，甘肃籍的那个小兄弟啊，别提了，那天傍晚有雷阵雨，乌云漫天，雷声不断，我到咱们片儿的变电站检查，正好碰上这小子，在变电站下的一个小帐篷里，蜷缩着身体，看着一些施工用的工具和一辆吊车。他说老板让他在这儿看着工具，别让贼偷了。当时我就急了，我说他不要命了，后来我一想，他一个十八九岁的孩子，懂什么呀，于是，我联系了附近农场的空地，帮助他把工具搬过去了，小帐篷也给搭好了，我还给他从所里打了我的那份饭菜送过去，我吃的泡面。老汪，我可没有占公家的便宜呀，当时他挺激动，还喊了我哥，我给他留了所里地址，让他有困难找我，后来我也联系了他们的老板，说明了情况。就这些，不值一提。"我又开始谦虚了。

"别说，那天深夜大雨，劈天盖地的雷声，真的把变电站附近的几棵大树都劈裂了，幸好甘肃籍的兄弟搬走了，不然，后果可怕呀。"我又补充了几句。

老汪向我伸出大拇指："好样的，小伍。百姓是谁，就是咱的爹妈，咱最亲近的亲人。我们共产党员的宗旨是为人民服务，就是为了人民的幸福，用生命换都值得啊！"老汪听到我的讲述，很是激动，他自己也讲到了高潮，禁不住热泪盈眶，我也激动得泪水涟涟。这一夜，我们很真诚，掏心掏肺地畅谈了我们的理想信仰——警察精神！

老汪的一席酒后真言，在我今后的从警生涯中一直记忆犹新。

老汪还与我讲了关于高果投河自尽的相关事情，还讲了外星人就是刘大麻子，枣核形的脑袋，三角眼，一脸的麻子坑，中等个子，一笑露出被烟熏的大黄牙，色眯眯的，活像一个外星人。他的儿子刘小麻子，倒是一表人才，高挑儿的个子，白净的脸，没有一颗麻子，可能因为他爸爸的外号是大麻子，儿子外号自然是小麻子了。

据说，刘小麻子，学名叫刘小宏，是高果的同班同学。刘小麻子那年也没有考上大学，高中毕业，就在他爸的皮鞋厂做了销售部经理。不过这个刘小麻子的心眼挺坏的，传说，刘小麻子一直追求高果，高卫东夫妇就是不同意。还有传闻，就是刘大麻子对高果也特别关心，一直想让高果给他当秘书，月薪五千块钱，高果高兴地答应了，可是高卫东拒绝了。

刘小麻子和他爸刘大麻子的关系一直不怎么好，听说，是因为刘小麻子的妈妈是让刘大麻子在外边拈花惹草养小三气死的。他妈妈被气得患上了精神分裂症，前几年就在十米河投河自尽了。

"刘大麻子一家，真他妈的不是东西，仰仗着有俩破钱，乱了辈分！"说到此处，老汪禁不住骂大街了。

还有一件让我惊讶不已的大事，老汪借着酒劲，含含糊糊地和我说道："高萍和你的老同学贾海波就要结婚了，他告诉你了吗？"

当时，我就酒醒了，也失眠了，心尖上感觉隐隐作痛。

然而，师父老汪还是迷迷糊糊地说了一句让我费解的话："我可什么也没有说啊。"之后他便呼呼大睡起来。

高果投河自尽的案件，绝对不是这么简单。虽然我一直存有疑惑，但是，我坚信我的预感和猜测是有依据的。高果虽然是投河自尽，但是，高果这个案子里一定还有不可告人的隐情。我想老汪应该知道些隐情，只不过他不愿意深究，因为毕竟高果的投河自尽是事实，而且高卫东全家是认可的，家属不愿意节外生枝，我们又能怎样呢？

在河西派出所工作的日子里，我一直留意关于"高果投河自尽案件"的相关证人证言的发现和收集，但是一直没有新的进展。

现在上级让我归队，回到分局刑警大队办案，正好我也有机会进一步深挖此案。

汪启封，大家背后都喊他"汪倔驴"，我警营生涯的第一个师父，一年半之后，光荣地退休了。

后来，每遇有重大案件，在我解不开谜的时候，以及我陷入困境不能自拔的时候，我都要求教警营里的启蒙师父——老汪……

万侠

那年的最后一天，也就是 12 月 31 日，清晨，我骑着父亲新给我买的斯普瑞克自行车，到分局报到。

我把自行车停到了指定位置，向着分局办公楼走去，迎面正好碰上从轿车里下来的罗副局长，我赶忙上前敬了礼，罗副局长还了礼，这就是我们官兵一致的相互尊重。

罗副局长和蔼地说道："伍歌，听说你在河西派出所表现得很好，军人素质就是高嘛。"我心里暗暗自喜，我和罗副局长总共见过两次面，首长还能记着我的名字，我觉得挺幸福的。

"小伍，从部队到地方还习惯吧，军营警营一家嘛，我年轻的时候最大的梦想就是当一名解放军战士，一名保卫毛主席的好战士，后来考上公安干校，一样保卫毛主席，保卫人民，一晃再有两三年就退休了，今后看你们的了。"罗副局长几句温暖的话语，给了我这个警营新兵很大的鼓舞和鞭策。罗副局长还问我是否结婚了，当知道我还没有找女朋友时，他说要给我介绍女朋友。到了三楼楼道，罗副局长指了指前面，说道："苗主任办公室在311房间，你先去报到，好好干，伍歌同志，有事联系我。"

按照罗副局长给我指的门牌号，我走到了311房间门前，用手轻轻地敲了门，并且喊了声："报告！""进来。"房间里传来了洪亮的声音，我轻轻地推开了房门。

"小伍同志，一听到喊'报告'的声音，我就知道是你来了，只有咱们人民解放军的队伍里，才能听得到战友之间亲切的声音。"苗主任笑着迎了过来，并且握住了我的手。

这几个月来，我真真切切地感觉到，自己好像还在军营里生活工作着，好像自己也从来没有离开过军营里的首长和战友们。苗洪发主任，五十岁左右，五年前转业，在分局任职政办室主任，高个子，大眼睛，特别爱笑，普通话夹杂着山东口音，说起话来和蔼可亲，让人感觉特别好接触，这些情况也是师父老汪告诉我的。

苗主任把我让到了他办公桌对面的椅子上，还给我倒了杯白开水，然后认真地对我说道："伍歌同志，你来分局工作有三个多月了，表现得不错，尤其是在河西派出所实习期间，加班加点，都不怎么休息，很少回家呀。"

我不好意思地摇了摇头，表示我自己没有领导和同志们说的那么好。

停顿了片刻，苗主任有些严厉地说："还听说，你家里人给你介绍了对象，说好了时间地点，你因为路上抓了一个小偷，把人家姑娘给'蹲'了不说，事后，人家姑娘对你有意见，你就直接把人家甩了，是不是有这事？"

我赶忙站了起来，解释道："苗主任，没有直接甩了她，是她要求我调动工作，嫌弃咱们警察值班太勤，总也不回家，我才一气之下，算球。"

"行呀小子，还会讲我们山东的地方话。"苗主任又露出了笑容，继续说道，"对象的事先不说了，有机会我给你介绍一个好的，就是嘛，还没有怎么着呢，就要求你调动工作，是不行，要是成了，今后还不拖你的后腿。另外，我还听说，有的时候你还回到你们刑警大队，帮助分析案情，整理案卷，用你上学学到的痕检专业知识，到现场提取证据，对破获案件帮助很大，同志们和相关领导是看得见的，很认可你。"

苗主任和我的谈话，让我非常激动，更感动于这些日子里觉组织和战友们对我无微不至的关怀。

最后，苗主任正式向我宣布："伍歌同志，根据市局党委的决定，你调到市局五处工作（市局刑事侦查处），明天是元旦，你和家里人过一个团圆的新年，后天一大早报到上班，先去市局政治部，找王凯利副主任，之后再回队里所里收拾物品，做好交接工作。"

当时，我先是感到突然，同时感到幸福降临得这么快。苗主任又语重心长地叮嘱了我一番，最后祝福了我，要努力工作，希望早日听到我的好消息。告别了苗主任，我急忙回到分局刑警大队。

我们刑警大队虽然也在分局的大院里，但我们是一座相对独立的四层高的楼房，共有一百二十多名民警，还有武警的一个中队，武警中队主要是守卫拘留所外部安全并执行分局整个院落的保卫执勤巡逻的任务。我们刑警大队为了方便提讯犯罪嫌疑人，与拘留所只隔了一道围墙和铁丝网。

到了队里，在毛大队长的办公室，正碰上他们在研究案情。看到我的到来，大家都很热情，战友们和我握手，打招呼，似乎他们都知道我调到市局五处工作，只有少数几个民警感到惊讶，认为我才来了这么短的日子，就能调到市局工作了，一定有原因。

毛大队长说道："你小子是不是上边有人啊？这才上班几天啊，就上调了，老子在这儿都快二十年了，还没戏，也好，我们大队出了人才，今后你小子可要照顾咱们大队啊，有好事别忘了大家。对了，万副处长是我的老领导，回头我跟他说一声。另外，你嫂子也在五处工作，让你嫂子赶紧给你找一个女朋友，结婚。"

大家一阵接一阵地大笑，又一句接一句地充满善意地挖苦我，或者用羡慕的或勉励的语言为我祝贺，我心里清楚大家还是为了我能调到市局而高兴。教导员握住我的手，很真诚地说道："伍歌同志，祝贺你的进步，别忘了常回队里来看看大家。虽然我们相处的时间短暂，但是，天下刑警一家人，何况我们在一起生活战斗了一百多天。"大家你一句我一句，说得我的眼睛红红的，像是在军营转业那天的茶话会上，首长和战友们对我的鼓励和肯定，让我泣不成声。

令我疑惑不解的是，我的老同学贾海波，悄悄地走出了毛大队长的办公室，既没有祝福我，也没有挖苦我的玩笑话语，其实我一直等待他讽刺我挖苦我，那个样子才是我们同窗时代真实感情的流露，可惜呀，真的很可惜，他什么都没有说，默不作声地走了。

在送我走出分局大门口的时候，教导员还问了我："贾队副过些日子就要结婚了，通知你了吗？唉，刚才在毛大队长办公室的时候这小子哪去了？没见他说你几句，这可不像他的性格，可能要当新郎官，稳重了，稳重了。"他自问自答，似乎也看出了点儿端倪。

我没有多说什么话，只是感谢毛大队长和教导员、战友们对我的包容、鼓励。

我和家人过了一个团圆的阳历年，元月 2 日，我就骑着自行车到市局报到。

市局政治部王副主任热情地接待了我，并让政治部人事处的干部给我开了转调单，还对我说："伍歌同志，五处万侠副处长在市局开会，我和他打过招呼了，会后他就来把你接走，今后你就是他们五处的侦查员了。"

面对这样高级别的首长，我只是点头答应，服从命令，没敢多说话，这也是在军营里养成的好习惯，也是师父老汪嘱咐过我的，在大领导面前少说话，多动脑子分析问题，有理有据了，也就是有"根"了再讲，否则不知道哪句话说得不合领导胃口，那就会给自己前进道路上埋下一颗地雷。

在日后的刑警生涯中，由于自己年轻气盛，没有遵照老汪师父的谆谆教导行事，在案件的分析判断上过于尖锐，自我感觉良好，跟领导掰扯较劲，真的给自己埋下了几颗小地雷，不过在师父老汪的精心策划下，也都成功地排爆了，当然，这是后来发生的一些事情。

在等待万侠副处长接我的时间里，王副主任给我介绍了万侠副处长的英雄事迹。

在一次抓捕抢劫犯的时候，被犯罪嫌疑人用自制火枪打中左腿的万侠同志，不顾生死，硬是拖着伤口把犯罪嫌疑人摁倒在地。虽然他现在走路还有点儿跛脚，但是一点儿也不影响他抓犯罪分子。还有一次在解救人质的时候，他主动和两名劫匪谈判："我是刑警大队长，我替换人质，比这个妇女有价值。"就这样他用自己换了人质，又机智勇敢地说服了两名罪犯，敦促两名持有炸药的罪犯放下思想包袱。老万用真情劝说了两名罪犯，如果停止犯罪，也算是主动自首，那俩小子愣是被老万说服了，自愿接受从轻处理，投降了。

王副主任正讲得带劲，这时候有人敲门，来人正是市局刑事侦查处万侠副处长。

一个和我差不多高矮、中等个子、有些跛足、干瘦的老头儿走了过来，他站在我的面前，不知道为什么，竟然有一股亲切的暖流涌遍全身。他上身穿着深蓝色的厚棉衣，下身是绿色警裤，灰白的头发，还有点儿乱，拎着一个人造革发旧的黑色皮包，一双三接头的黑色皮鞋，鞋面上沾满了灰尘。我心里想，他太不像副处长了，倒是有点儿像那个时代走街串巷的理发师，或像是"磨剪子嘞，戗菜刀"的师傅，但是我内心还是非常敬仰崇拜这位万侠同志。

王副主任把我引荐给了万侠副处长，我敬了礼，主动和万侠副处长握了手，万副处长说道："放心，王主任，一定带好这个新兵。"我们都笑了。

我和万侠副处长推着自行车走出了市局大门，出门骑上自行车左拐右拐地行进着。路上万副处长简单地和我聊了聊家常，也就十几分钟的时间，就到了市公安局刑事侦查处（由于我们算是隐蔽单位，大门口不像市局，还挂着单位名称的牌匾），这是一处只有门牌号没有单位名称的院落。

哦，我们五处距离市局这么近，我心里在想。"伍歌，咱们到家了。"万副处长边下车边说，我感觉万副处长就像个孩子一样，推着自行车一溜烟地向院子里的自行车存放处跑，我紧随其后跟着跑。

停放好了自行车，他就冲着二楼喊道："耿主任，耿主任，下来，下来，伍歌同志来了。"二楼是开放式的楼道，一个胖脸庞戴着眼镜的四十来岁的男子冲着楼下说道："来了，来了，万处。"他也是一溜烟地跑下来了。

耿主任面带笑容，气喘吁吁地说道："万处，谢谢您，替我把人带回来了，葛处说了，把伍歌同志就分配到您分管的一大队，您看行吗?"

"我知道，就交给牛奇大队长吧。"没等耿主任把话说完，万副处长交代完我的分配岗位，就急急火火向着葛处长的办公室走去。

这是一个挺大的院子，由三栋两层高的塔式青砖瓦楼房组成，楼梯和二楼的地面均是木制的，楼道在外边，也就是二楼是开放式的楼道，在上楼梯和在二楼的地面上行走时，颤悠悠的。

耿主任很是客气，一丁点儿架子都没有，谈笑风生，他还给我介绍说，咱们五处的办公地点，是有历史积淀的，这个院子是八国联军侵略咱们时建造的，设计师是一个德国人，解放前这个院子是国民党政府的矿务局，咱们解放军占领了这座城市后，当时是市公安局的所在地，后来政府又调整了现在的市局大楼，这个德国人设计的院子就给了咱们五处。

另外，耿主任还告诉我，过去处领导在主楼也就是一号楼的二楼办公，后来为了照顾万副处长的腿伤，葛辉处长下令处领导都到一楼办公，政办室、处办室，还有后勤科就都上楼了。说着说着，我们到了二号楼，进了楼道，耿主任扯开嗓子就喊了起来："牛奇，牛奇，出来，出来一下。"离楼道口最近的一扇红漆木门打开了，一个高大威猛的壮汉走了出来，"牛奇，这是伍歌，万处让交给你……"

牛奇

没错儿，这位壮汉就是市公安局刑事侦查处一大队大队长牛奇，十年前部队副连职侦察参谋转业干部，不惑之年，是分局刑警大队毛大队长的前任，刚转业的时候牛奇在河西派出所担任过治安警长。

耿主任把我交给了牛奇大队长，说道："人给你了，别总找我要人了，哪个大队不缺人呀，我得赶紧去葛处那儿汇报教育整顿的情况了，政委不在家，一大摊子的事都搁到我身上了，忙呀，其实，我们政办室也缺人啊。"

"您忙，未来的耿大政委。"牛大队长同耿主任开着玩笑，看得出来，他们是很好的哥们儿加战友的关系。

我们五处当时的编制是，处长、政委、副处长各一名，处办室、政办室、后勤科以及十一个大队，全处有三百多名民警，就这样，还是缺编。正赶上我们五处的林政委到公安大学参加后备干部培训班学习，不在家，所以耿主任忙呀！

我所分配的一大队是大案队，是青年人最渴望的，我很是自豪。其他大队都有专业职责，其实都很重要。到了牛奇大队长的办公室，他对我说："今天，咱们队的同志都下去忙着找线索调查取证了，我是特意留下来等你的。毛大队给我打了好几次电话，把你夸得特完美，不过这小子很少这么夸一个人，他给我当队副也几年了，在他嘴里落个好字很不容易呀，你要好好珍惜。"

我心里真的很甜美，很幸运，很感动。牛大队长指着隔壁房间说道："你就跟候探长一组吧，他们组管辖三个片区，其中就有你待过的分局那片，你在派出所实习过，情况应该也熟悉，好好干，咱们都是当兵的出身，不能给咱们军队抹黑。"

的确，我到了公安机关才发现，很多同志都是转业干部和退役战士，这更让我感到军营的亲切。

我到了一组的集体办公室，这里是一间将近五十平方米的大屋子，木制窗户特别高大，有一种古代建筑的豪华感觉。我们组一共八位民警，我来之后就有九位民警了。

大队内勤小李，去年警校毕业分配来的，知道我是刑侦学院毕业的，又在部队当过副连长，很佩服我。他帮我收拾好办公桌椅，向我介绍了组里的基本情况："近期大案要案呈上升趋势，咱们处里领导压力很大，咱们组又是负责重大案件，整天不着家，都破不了案子，急呀，连大队教导员都分片包案了，这不两起绑架案还没破呢。昨天夜里，就是新年的第一天，又有一起绑架案，这不恶心人吗，大家都没有过好这个年！"

小李正在跟我讲述着，进来了三名同志，他们身着便装，满脸冻得通红，第一个进门的是一位四十来岁个子不高油头粉面的男子，冷眼一看像是抗日战争时期的汉奸小队长，后面的两名同志一老一少，身材和牛大队长一样高大魁梧。

小李忙给我介绍："伍歌，这就是咱们五处大名鼎鼎的候玉田，候大探长，简称候探。"

"去，去，小毛孩子，滚一边去，别逗我开心了，还大名鼎鼎的候探，我刚被万处骂个狗血喷头。"

这个被称为"候探"的领导，看了我一眼，从兜里掏出了香烟，说道：

"来一根。"他的眼球特别黑，白眼球发红，看出来是熬夜熬的。他盯着我不眨眼地看，不知道他脑子里在想什么，看得我的脑子直发麻。我马上回答道："候探长，您好，我不会吸烟。"

"不会吸烟可不行，到时候熬夜，你一准顶不住。老冯刚来的时候也不会吸烟，你看现在，成了一个大烟鬼，破案靠的就是这股烟提气呢，要不然，大领导骂你一通，小领导再数落你一顿，受害人的家属再啐几口唾沫星子给你，回到家里，老婆再抱怨你，没完没了地抱怨你。哥们儿，你说，咱还活吗？"候探长一句接一句说着。

我对面的老冯，吐着烟圈看着我，似乎案件的答案在我的脸上。那个年轻点儿的侦查员大孟，也吐着烟雾看着我，我真的有些蒙圈了。

万副处长和牛大队长推门进来了，一进门万副处长就说："候子，你小子又在抱怨谁，谁骂你了！"

候探长赶紧站起来，满脸堆笑，递给万副处长一根香烟，并且点着了，皮笑肉不笑地说："万处，我没有说您，哪敢呢，师父！"

"那你就是说葛处长了。"万副处长吸着候探长递给的香烟，坐了下来，开玩笑地说。

"更不敢了，不敢，要是传到葛大爷的耳朵里，我这副大队长就更没日子当了。您说，我这副大队长免了又提，提了又免，真的不好受呀！我的万侠老英雄，行行好吧，恢复我的副大队长职务，我请您吃涮羊肉，要不老婆那儿不好意思说。"

"还瞎贫嘴，你瞧瞧你的眼睛都冒血丝了，真的像猴子的屁股了，又一夜没睡觉吧？等破了绑架案，我给你们放几天假，好好补补觉，之后考虑考虑你的副大队长的事。"万副处长情谊深长地说。

接着万副处长又说道："今天也是一大早，我和葛处长就被市局领导叫过去了，对近期三起绑架案做了详细汇报，就手把伍歌同志接来了，给你们大队补充战斗力。好了，咱们还是抓紧研究一下明天抓捕绑架犯罪嫌疑人的方案吧，说不准下午市局童副局长还要来听取汇报，小伍你也参加。"万副处长把我们召集起来，开始分析案情，制订初步方案。

牛奇大队长先介绍了案件："昨天，我带班，夜间十一点十七分，本市和平区彩虹公寓业主梁孝顺，外号'梁大头鱼'的民营企业家向市局110报案称，有一名男子今天上午十点打电话到他家，告知他，绑架了其独生女儿梁晓红，要求他后天把三十万块钱装在红色的手提袋里，然后送到市第一中心医院后门的垃圾箱内，否则撕票。接到市局指挥中心的指令后，立即请示咱们处里的值班领导耿主任，让他立即向您和葛处长汇报情况。我带领候探、老冯他们五个人马上赶赴报案人的住所，见到了他们。"

牛大队长又点了一支香烟，接着介绍："午夜之后的十二点十分，我们到了彩虹公寓门前。彩虹公寓坐落在市政府左侧的中心花园旁边，小区由五座十七层高的精美楼宇组成，是典型的欧洲花园式公寓，公寓大门上方的彩虹雕塑更是彰显了小区的富丽堂皇。候探下了车，和公寓大门保安说找小区8号楼3单元801的业主梁先生，我们是梁总公司的，来向梁总汇报工作。两名男性保安员与业主梁孝顺通话联系，我部署了任务：候探和老冯先找梁孝顺夫妇询问，我和小涂与小区保安员扯着闲话，大孟在车上待命。我又给分局毛大队长、河西派出所于所长打了电话，让他们了解一下梁孝顺在他的服装厂有没有仇人，让他们做好外围调查，同时要求他们严格保密，千万别走漏了风声，包括知道案情的民警也是越少越好，否则对被绑架的孩子不利。"

牛队看了一眼候探，他俩的眼神很默契，我知道昨夜牛大队长也没有休息，一来是等我，二来他一定是思考案情，彻夜难眠。

候探领会了牛大队长的眼神指令，他开始了介绍："据梁孝顺讲，前天他喝酒，喝大了，起得晚些。昨天上午十点，家里电话响了，一个陌生男子，本地口音。男子说，你是孝顺服装集团总公司的梁孝顺吗？梁孝顺哪知道是谁，没好气地问道，你是谁？对方很强硬地回答，你女儿是叫梁晓红吗？她在我手上，按照我的要求马上给我买一部手机，一定要买最好的，摩托罗拉，现在去买，顺便把电话卡也买了，中午十二点给我送到第一中心医院后门的垃圾箱内，之后，你马上离开，如果你敢报警，我就掐死你闺女，说完那边电话就断了。我紧接着追问梁孝顺，那你为什么没有马上报警？梁孝顺讲，我不敢报警，他要是急了，撕票，那就坏了。之后我和孩子她妈一商量，先不报警，我们两人到国美电器商城，买了一部摩托罗拉的大砖头式手机，一万多块钱，包括电话卡，按照那个陌生男子的要求于今天中午十二点整，把手机放在垃圾箱的盖上。我俩害怕他有同伙盯着，匆匆忙忙走了。下午两点他真的打了我的手机，这下，我确定女儿在他手里，要不然他怎么知道我的手机号码和家里电话呢，他们也是考验我是不是报警了。"

候探狠命地又吸了一口香烟，继续讲："梁孝顺今年五十二岁，十五年前从自行车厂下岗，倒卖冷冻排骨，倒腾海鲜，后来凭着他岳父是裁缝，干起了服装厂，而且公司在五年前上市，他也成了名副其实的民营企业家，现在是市里缴税大户，三年前他还当选了市政协委员。"

接下来老冯又介绍："梁孝顺的老婆马红丽比梁孝顺小三岁，她家是裁缝世家。他爷爷曾经在日本的服装厂当过裁缝，后来还参加了地下党，偷偷地为八路军送过大量的过冬棉衣，解放后在市里国营衬衣服装厂当了厂长。马红丽的父亲也是从小与父亲学做衣服，后来也成了著名的服装设计师。可是马红丽喜欢穿时髦的服装，不喜欢当裁缝，技校毕业后在无线电厂当了一名工人。三十多岁的时候嫁给了梁孝顺，随着梁孝顺经营的服装行业规模越来越大，她成了全职太太，其实梁孝顺也是冲着马红丽的父亲娶的她，这样一来，老岳父为了闺女，一直在帮助梁孝顺开发设计新产品，也使得他这几年发了大财。"

牛队似乎是迷糊了一小会儿，他打了个小盹，突然惊醒了，他抢话似的讲："与保安员聊了聊，保安员真的以为我们是梁孝顺的员工，我们还给保安员两盒香烟，这俩小子还挺高兴，我们也是为了查看有没有人盯我们的梢，之后，我也上楼见到了梁孝顺夫妇。我先是安慰了他们夫妇几句，梁孝顺见到我倒是有些尴尬，或者说有些惊奇。我在派出所工作的时候，和他们夫妇有过节。见到我，他心里多少有点儿怵。他沮丧地刚要开口，他老婆马红丽带着无泪的哭声说，牛奇大队长您好，这么晚了，还打扰牛大队长，实在是给您添大麻烦了，我的独生女儿被人绑架了，你们可要救救她。语音刚落，她就瘫倒在地上。梁孝顺立即上前搀扶。我问他，梁总，我们也算是老相识了，希望你们积极配合，赶紧把情况讲明，讲细节，时间紧急，孩子生命要紧。梁孝顺有些紧张，也有点儿感动，说道，好，好，牛奇兄弟，老朋友了，老朋友，我一定把真实情况告诉你们。他说，下午两点那个男子又打来了电话，告诉我们，放心，你女儿很好，很配合，我还给你女儿买了她喜欢吃的德芙黑巧克力！我赶忙说了'谢谢'，他又说，你今明两天准备三十万元现金，后天还在老地方，还是中午十二点，把钱放在一个红色的大手提袋里，放进垃圾箱内，之后你走人，下午五点以前我们保准你女儿回家。再提醒你，报警就杀了你闺女，钱到手就放了你闺女。梁孝顺继续讲，我们俩商量到快深夜十一点，也不敢去公安局报案。后来，再三考虑，还是用孩子妈妈的手机报了警，之后，你们就来了。对了，我们俩下午到银行取了十万元现金，和银行也说好了明天再取二十万元现金，我们说公司紧急用现金。牛队，我看不行就给他们钱，不给钱，他们万一把我的女儿掐死怎么办？牛大队长，我们给点儿钱不要紧，一定要保证我们女儿的生命安全啊，谢谢了！谢谢了！说着说着'梁大头鱼'站了起来，给我们几位鞠了一个躬。马红丽干脆跪在地上哀求，我又说了一些安慰的话。马红丽也用哀求的口吻对我讲，牛大队长您大人不记小人过，过去是老梁不好，有得罪的地方您多多包涵。家里出了这么大的事儿，我唯一的掌上明珠让坏人给绑架了，你们一定要救救她，她才十八岁呀！你要多少钱，我都给你们，办案所有的费用都包在我们身上。梁孝顺还吹牛说，这不，我们俩害怕他撕票，和亲朋好友也不敢说，更不敢名正言顺地报警，下午市领导还召见了我，说为了促进我市经济发展，让我大力开发新产品，眼光不能只停留在服装行业上，要多种经营，全市这么多大事需要我去思考和调研，平时我哪有时间照顾家里，所以出了女儿被绑架的大事儿。梁孝顺眼泪唰唰地往下流。"

牛队兴奋劲上来了，他站了起来，打起了手势："在我们调查期间，我们还了解到，马红丽仗着有钱，总是和一些政府干部、企业家的夫人打麻将，说是沟通感情，其实就是变相输钱，行贿。另外，他们两口子现在也总吵架，马红丽一直怀疑梁孝顺和小秘书有染，所以孩子也不怎么管。梁孝顺还给他女儿梁晓红办了一张明星大酒店的金卡，让他闺女在那儿补习功课，准备高考，怕孩子回家，听到他们夫妇吵架，影响学习。梁晓红目前在市一中读高三，今年夏天就高考了，听说，这孩子也不好好学习，要不是梁孝顺赞助学校一百万修缮教学楼，她是考不上市一中的。"

其实牛奇大队长心里也很难受，他自己的女儿也在上高中，哪个孩子不是父母的心头肉呀，无辜的是孩子，毕竟孩子是花季少年，才十八周岁。

"临走前我答应他们马上向市局领导汇报，制订营救孩子的方案，让他们千万不要擅自行动，先答应对方所谓的不合理要求。如果绑匪再来电话，一定要第一时间通知我们。如果他们在暗处发现了我们，询问晚上我们几个来你家干什么，你就说是你公司的员工，汇报工作来了。我们跟你们小区门口保安员也是这么说的。"牛奇讲述得细致入微，和他的外形真的不匹配。牛奇，他总是给我问号……

贾海波

走出小区，东方有些发亮了，牛奇看了看手表，已经是凌晨四点多了。

牛奇他们回到了处里，葛处长和万副处长正坐在会议室等着他们。两位领导听了汇报，了解了情况。万副处长又带着候探他们去河西派出所找于所长了解情况去了。牛奇大队长和同志们又详细地写了份报告。之后，葛处长和万副处长分别又去市局，向童副局长汇报近期三起绑架案件的情况。

万副处长扭过脸看了我一眼，若有所思地说道："小伍，你在河西所工作过，你对梁孝顺女儿被绑架有什么见解？"

其实，大家在介绍和讨论案情的时候，我就在想，此时万副处长点将了，我就脱口而出："万处，牛队，各位领导，那我就说一下我在所里了解的情况。'梁大头鱼'的外号是从小他奶奶给他起的，听他母亲讲，梁孝顺出生的时候九斤八两，光脑袋就足足有三斤半，他又是长子长孙，他奶奶喜欢得不得了，就取了个'大头鱼'的小名，后来参加工作，单位同事就把梁姓加上，便有了现在'梁大头鱼'的外号。其实梁孝顺长大后，脑袋也不大了，而且一表人才，中等身材，不胖不瘦，浓眉大眼，皮肤白皙，就是说话一着急有点儿结巴，现在偶尔戴上老花镜像个文化人，否则，自认为大家闺秀的美女马红丽也不会嫁给他。梁孝顺和刘大麻子是同母异父的兄弟，刘大麻子三岁那年他妈妈嫁给了梁家村的村主任，后来又生了梁孝顺。

"刘大麻子，就是刘宏达，还姓他死去的爸爸的刘姓。他们俩从小就在一起玩，听说谁也不服谁，刘大麻子仗着比梁孝顺大三岁，又是跟母亲嫁过来的，总觉得梁姓家族对他不好，所以他把气撒在了梁孝顺身上，他总欺负梁孝顺，不过长大了，尤其做生意了，他俩倒是像亲兄弟了，一个是孝顺服装厂，一个是宏达皮鞋厂，全市的服装、皮鞋让他们哥儿俩垄断了一半以上，我了解的基本就这些，与此案不知道是否有关联。"

万副处长说道："好，当然有关系了，我从河西派出所也了解到了一些具体情况。葛处长让我去市局，市局领导听取了汇报后，要求保护好人质。才十八岁的女孩子，我们都是为人父母的，一定要当成自己的女儿被绑架一样，周密部署，不能出任何纰漏，确保人质的安全。市局已经成立了以童副局长为总指挥的'1·02'专案组，全力以赴开展营救工作，确保被绑架女孩儿的生命安全。

"现在是中午十一点，距离犯罪嫌疑人敲诈梁孝顺三十万元还有二十五个小时，一会儿童副局长和相关警种的负责同志就来我们处，按照刚才咱们梳理的案件情况，由我来汇报，牛奇补充。"万处说完就走了出去。

牛大队长让候探抓紧汇总情况并写好情况汇报材料，尽快交给葛处长和万副处长，他带着我和内勤准备再一次细化营救方案。

我万万没想到的是，我刚一报到，就赶上了这么大的案件，分局苗主任还告诉我报到后休息两天再回分局整理物品，这样看来是不可能了，到时候还得让师父老汪和派出所小赵帮我送来一些物品。

在和小李整理营救方案的时候，我了解到，原来早在七年前，牛奇大队长与梁孝顺就打过交道。那时候牛奇同志刚从部队转业到河西派出所任警长，正赶上梁孝顺服装厂连续发生被盗案件，因为案子一直没有破，梁孝顺把牛奇告到了市局领导那里，也仗着他跟市局某些领导熟悉，就肆无忌惮地讲，什么大兵侦探，玩儿命警察，十佳破案能手，连毛贼都抓不到，还什么先进人物呢，我看赶紧别在派出所当警察了，去卫生所抓药倒挺合适的。

当时牛奇同志压力很大。经过多方努力工作，牛奇他们警组与外省兄弟刑侦部门相互配合，抓到了系列盗窃犯罪团伙。案件破获了，但这个梁孝顺不仅没有感激派出所的功劳，还逢人就讽刺挖苦地讲："要不是外省警察帮助破案，还有市局领导和市局刑侦部门的重视，我看牛奇警长和那几位派出所的警官，是永远也破不了案件的。"

牛奇同志也一直对这位暴发户没有什么好感，后来牛奇调整到其他派出所任副所长，再后来调入分局刑警大队担任大队长，两年前调到市公安局五处一大队任大队长，与这位民营老板梁大头鱼的接触相对少了，一些事情也就淡忘了。

快到一点了，我们随便吃了些泡面，因为万副处长说了，童副局长说不定下午两点左右就来咱们处。不过现在才一点多，处办室主任还没有通知我们开会，正好我们可以完善一下汇报材料，细化一下营救方案。

一点半，牛奇大队长从办公室出来，招呼我们到一号楼大会议室开会，除了还在外边办案的同志外，专案组人员全部去。

到了会议室，坐在会议室中间的一定是童副局长，左右是葛处长和万副处长，同时我还看到了分局罗副局长、毛大队长，还有我的大学同学贾队副，以及派出所于所长，我们都相互点了点头，唯独贾队副似乎没有看到我一般。

我们依次坐了下来，"1·02"专案专题会议又开始了。按照上午万副处长安排部署的工作任务，我们把整理好的汇报材料、营救梁晓红的方案交给了万副处长。童副局长亲自主持了会议，葛处长代表我们五处介绍了"1·02"案件的详细经过和情况，万副处长再一次部署了具体营救方案。最后，童副局长提出了明确要求："同志们，第一就是确保人质的绝对安全，不能出现任何意外；第二就是一定要进一步完善营救措施和方案，多方面多角度地考虑有可能出现的问题；第三就是保密，今天在座的同志都知道了案由，其余的参战民警只知道代号'1·02'案件，不知道具体的细节；第四就是注意安全，参战民警要做好防护工作，绑匪可能有武器，甚至有炸药，我们要想到可能发生的情况，在这个问题上，我们是吃过亏的，是付出过牺牲战友的代价的，一定要先满足犯罪嫌疑人的要求，不到万不得已的时候，不要毙命犯罪嫌疑人。"

童副局长讲到这里，我下意识地看了看师父老汪的表情，老汪似乎没有特别表露出情绪的变化，只是在他的笔记本上写着什么。

"同志们，按照市局党委和领导的指示，以及刚才童副局长的讲话要求，坚决完成任务，距离营救时间还有不到二十个小时，抓紧准备。今天有'伪装'任务的同志要提前到位，以免打草惊蛇，同时化装成梁孝顺司机和业务员的民警一定要盯住梁孝顺夫妇，别让他俩出什么差错。我们与梁孝顺夫妇使用对讲机一定保持密切的联系，不能让他们出现意外。"葛处长又叮嘱了几句。

会议结束了，我急忙走到贾海波面前，想对他说些什么，可是他一把推开了我，嘟哝了几句："市局领导，有什么吩咐？别拿我们百姓开玩笑。"说完，他头也不回地跟在罗副局长身后走出去了，毛大队长笑着说："你俩小子为了争那个高萍，还动真格的了，小气，你看我和于胖子，还是好哥们儿，女人是女人，哥们儿是哥们儿！"

其实我哪里和他争过高萍啊，我和高萍才见了几面呀，我只是对高萍有些同情的感觉，或是说对美丽忧伤的女子有怜香惜玉的异性冲动罢了，但是绝对没有到恋爱的感觉。如果没有贾海波，也许我会爱上她，但是我是非常有理智的那种人，我信奉天下何处无芳草。

贾队副也许太敏感了，一定是他深爱着高萍，怕失去这样美丽的女子吧，我似乎很理解他。

我的任务就是跟着牛奇大队长，随时与梁孝顺夫妇用对讲机保持联系，这样保密程度会高一些。

时间在前移，我的心情很紧张，我想我的战友们也一样紧张吧。我第一次参加营救战斗，战友们都是久经沙场的老警察了，他们应该会好一些。牛奇大队长却告诉我，每一次执行这样的营救人质任务，都是很紧张的，尤其是经历过营救失败的战友，会更加紧张，唯恐发生意外，特别是害怕有战友受伤，甚至牺牲，可是我们选择了人民警察这个神圣职业，就意味着，为了祖国的安定、社会的平安、人民的幸福，随时准备流血牺牲。

午夜了，化装成出租车司机的战友出动了，化装成医院保安的民警开始值守了，化装成医院太平间守夜人的同志到岗了，在门诊装扮成医护人员的叶晓艺她们就位了。一切都在有序进行中，我们布下了天罗地网。

时间嘀嘀嗒嗒地跟随着现场民警的心脏一起跳动着。与此同时，受害者的父母梁孝顺、马红丽夫妇在豪华奔驰车里等待明天中午出发，他们带着我们让银行准备好的十多万元假钞和一些收银员练习数钱的纸币，等待犯罪嫌疑人上钩。可是听化装成梁孝顺司机的大孟说，梁孝顺夫妇已经取好了三十万元，他们留了个心眼儿，生怕犯罪嫌疑人撕票，将准备好的三十万元现金，放在车的座底下（这是我们后来知道的）。哎！可怜天下父母心呀！

深夜一点多了，万副处长、牛奇大队长和候探我们几个人还在讨论"1·02"案件的疑点、明天营救措施中还需要完善的地方。突然，葛处长脸色苍白地来到我们大队，他和万副处长耳语了几句，又把牛大队长和候探喊走了，我们几个侦查员一脸茫然。

"一定出大事了，否则葛处长怎么亲自来找万副处长，而且他的脸色很难看。"我们几个人小声议论着。

约莫一刻钟的时间，耿主任把我叫到他的办公室，传达葛处长的命令，由耿主任带上我，立即赶到贾海波副大队长的新房住处。

巧合的是，贾队副的新婚房子也在彩虹公寓，只不过不是梁孝顺那种豪宅，而是两室一厅，一百二十多平方米的房子。这是这个小区面积最小的房子，即便面积在这里最小，价格也是不菲的。

我还在想，这小子和我保密，他上这么几年的班，发大财了。到了现场我惊呆了，高萍全身裹着一床花色缎子面料的棉被，披头散发，脸色苍白，阵阵发抖，她咬着厚厚的发白的嘴唇，无泪，表情呆滞。医护人员好像抬着两具蒙着白布的尸体上了救护车，市局的肖局长、童副局长都在现场，我看到师父老汪在市局领导身边。看到眼前的一切，我有些茫然，也可以说我当时傻了眼。

我寻找贾海波的身影，然而没想到的是，那天在我们处里的会议室，是我们两人的最后一面，也是他扔给我的最后几句我不理解的话，贾海波你这是为什么？

失败

这天深夜，贾海波的新房里，发生了枪案，贾海波用配发的五四式手枪击毙了刘大麻子（刘宏达）的儿子——刘小麻子（刘小宏）。

贾海波本来是在执行"1·02"任务的，让他在孝顺服装厂附近埋伏，注意发现问题。不知道为什么，也许是警察职业的敏感性吧，一种不祥的预感驱使他突然回到新房，正巧，碰上了高萍和刘小宏俩人在床上，全部裸露着身体，好像是刚刚幸福快乐过。贾海波怒火冲天，不由分说掏出了手枪，直接冲刘小麻子接连击发九颗子弹，当场把刘小麻子打成了马蜂窝，之后他逼问高萍几句话，举枪在自己的太阳穴上，结束了他二十九岁年轻的还有着美好前程的生命。老汪简要地和我述说了经过，又轻轻拍了拍我的肩头，不知师父是惋惜贾海波，还是可怜刘小宏，或是弄不懂高萍，这三个年轻的生命呀。

我似乎有什么预感似的，真想大喊一声："这是为什么，为什么啊？"我原以为只有军人才有战场，才能战斗，没想到，到了地方上还有这么多战场，这么多需要铁证如山的战斗。

我脑海里有几张脸浮现：没有见过面的，刚刚二十岁的女孩儿高果；我怜香惜玉的高萍；被绑架的，我也没有见过面的十八岁的梁晓红；我的大学同窗好友贾海波……还有那么多熟悉或不熟悉的眼神，我更加茫然了。

在我们处的会议室里，肖局长发怒了，骂了葛处长、万副处长，还有罗副局长，还严厉地指出："如果解救不了梁晓红，要处分，要降级，要撤职的。"肖局长还要求，不能因为贾海波的案件，影响了营救梁晓红的工作。葛处长部署道："按照肖局长的指示，营救工作按原计划进行，贾海波案件由二大队负责侦办，耿主任牵头，分局苗主任配合，并报市局的纪委。"

我按捺不住了，大声说道："肖局长，童副局长，各位领导，我能说两句话吗？"大家怀着一种茫然的心情，正准备散会各自执行任务去，被我的话震惊得先是一愣，而后大家同时看着肖局长。

肖局长看了看我，也是一愣，停顿了一下，说道："小同志，你说。"

"肖局长，各位领导，我想这个案子，不能孤立地侦破，我的直觉告诉我，高果的死，刘小宏的死，贾海波的死，还有梁晓红被绑架，我们应该联系起来，把它们设定一张网，串联或并联起来，这样才能各个击破，否则这案子难以侦破，越来越糊涂了，犯罪嫌疑人把我们带入了死胡同！"我也不知道哪来的勇气嚷嚷着说。

"你小子干了几天警察，张嘴就串联呀并联呀，少拿知识分子那一套，多嘴!"牛大队长把火也撒出来了。

"你别看不起人，我在部队当过团政治处保卫股的副连级干事，我们自己侦破案件，也配合地方公安机关破过案子，再说是肖局长同意我讲的，你穷横什么呀!"我不服气地扔过去几句硬话给他。

牛大队长双眼一瞪，他似乎没有吃过这么大的亏，从没有部下当着这么多人的面顶撞他，他有一种要吃掉我的愤怒。葛处长急了，站了起来，大声说道："太不像话了，你们吵什么，都给我闭嘴，按照肖局长的指令各就各位，再出差错，我第一个辞职。"葛处长制止了我们的争论，他怕当着肖局长、童副局长的面，自己的处里窝里反，没面子，不好看，其实他心里也知道，大家两天没合眼了，心中有愤怒，加上战友贾海波的事件，葛处长心里也窝着一团火。

肖局长却没有再发火，他冷静地说道："你就是伍歌同志吧，好，说得有点儿道理。牛奇，你是领导干部，要有度量，要让同志把话说完嘛，但是现在我们的营救任务紧急，先营救出孩子，再具体分析。小伍，你抽空儿先写一个对此案件的侦破思路，必须有充分的证据啊。"

师父老汪远远地冲我微笑了一下。

此时此刻已经是凌晨五点了，我有些后悔，也许是因为自己怪罪自己的无能，也许是看到这么多的谜团不能解开，自己太心急了，得罪了牛大队长，今后的日子会好过吗? 唉，还是部队单纯些，或者说派出所也单纯些，我心里乱想着。

我们稍作休息，天就蒙蒙亮了，我们按照事先的营救方案开始行动。我还是跟着牛大队长紧密地与梁孝顺夫妇保持联系，牛大队长好像刚才什么事也没发生一样，部署任务，还特意嘱咐我小心点儿，一定要和梁孝顺夫妇随时保持沟通，掌握现场的情况。他这样对我，我就更后悔了，总想找机会向牛大队长道个歉，可话到嘴边不知道为什么又咽下去了……

宽敞的马路，人来人往，医院后门相对清静一些，大家等待着冲锋，抓捕犯罪嫌疑人，营救少女人质——梁晓红。我又一次联系了梁孝顺夫妇，他们也到了医院后门绑匪指定的地方，但是我与梁孝顺通过对讲机通话的时候，总有一种感觉，他怪怪的，他重复地说："我闺女出现的时候，你们可要保护好她啊，三十万块钱不重要，抓罪犯也可以说不重要，我女儿回来最重要。"

中午十一点半，现场的同志们高度警惕，准备出击，一举抓获犯罪嫌疑人。时间一秒一秒地过去，我们更加紧张了，心脏跳动更加急切了。牛大队长和毛大队长的爱人叶晓艺装扮成情侣在大街上一直溜达着，他们观察着医院后门的十几个垃圾箱周围的情况。老冯装扮成清洁工，一边扫地，一边留意左右。没有人认为他们是警察。还有昨夜就位的战友，他们已经守候一夜了，到目前为止，没有一丁点儿新的发现。

梁孝顺夫妇在医院后门的马路对面的大奔驰轿车里，司机是我们的侦查员大孟，我们焦虑地等待案犯的出现。十二点了，还是一丁点儿动静没有，梁孝顺夫妇焦急地把脑袋伸出车窗，不时地向医院后门垃圾箱处张望。

下午一点，依旧没有动静，我和我的战友们都有些焦虑了，到底出了什么差错呢？难道犯罪嫌疑人发现了我们？或者是我们内部出了问题？我的预测和灵感也出现了凌乱，到底怎么了？

童副局长在指挥部问话了，葛处长也开始有些焦急地问："老万，什么情况？是不是走漏了风声，或是绑匪改变了时间地点，或是他们发现了我们，知道梁孝顺报了警？"一连串的问话，万副处长一个也回答不上来。

下午两点，牛大队长急红眼了，自言自语道："妈的，梁孝顺夫妇一定有问题，他耍了我们。"他边说边要冲过去，到大奔驰轿车里，抓住梁孝顺的脖子问个究竟。万副处长制止了他的冲动，忙说："小伍，你用对讲机联系梁孝顺和大孟，问问什么情况。"

梁孝顺似乎用崩溃的语言回答："完了，完了，我的晓红，我的晓红，我错了？我错了？我有罪！我有罪！"

大孟开着梁孝顺的大奔驰轿车来了，万副处长向童副局长和葛处长报告了现场情况——营救行动失败，行动取消。现场的战友们悄悄地有计划地离开现场，万副处长命令候探和我等四个人，到医院周围再去调查情况，他们要回去突审梁孝顺夫妇。

原来，凌晨三点我们聚在彩虹公寓枪击事件现场的时候，梁孝顺的手机响了，陌生男子来电话了："喂，老梁，我现在改变原计划了，我看到你们小区到处是警察、救护车，还有好多便衣警察，他们在你们家门口，你们夫妇两个人，一个在原地不动，一个马上到第二幼儿园的门前垃圾箱处，放下钱袋子，马上离开，我知道你们也报警了。还要不要你们的女儿了？"电话很强势地挂断了。

梁孝顺垂头丧气地说："完了，完了，他们知道警察来了，可警察不是冲咱来的，他们是有别的案子。"他对马红丽说，"你赶紧去第二幼儿园正门垃圾箱，把三十万块钱给他们，要给咱取的真钱，我给你打掩护，否则警察会发现的，现在他们乱了阵脚，顾不上我们。"

就这样，梁孝顺的老婆马红丽悄悄溜出了小区。

第二幼儿园距离彩虹公寓也就三公里，她打车到了第二幼儿园。马红丽小心翼翼地把装着三十万元的袋子放进垃圾箱，躲到一边想看看究竟。

马红丽手持的大方砖式的摩托罗拉手机又响了，是梁孝顺打过来的，他告诉马红丽马上撤离，对方说了，明天中午十二点，医院后门接孩子。马红丽回家了。

真相大白了，市局的会议室里，肖局长自言自语道："小伍同志说的有道理，童副局长，你们赶紧研究下一步工作方案，坚决不能再出事了，想尽一切办法救出孩子，要听听小伍同志的意见。"

十天过去了，"1·02"案件一点儿进展也没有，高萍已经住进了市精神病医院，刘大麻子也是天天跑市局告状，说是警察打死了他的独生子，要求赔他儿子。

营救梁晓红，失败！

梁晓红

梁孝顺到市里领导那儿告状了，他说是牛奇打击报复他，耽误了营救他女儿梁晓红的最佳时机，他现在总唠叨："牛奇啊牛奇，你真他妈的太牛气了呀，遇到你我倒八辈子霉了，我倒了八辈子霉了，倒了霉了！"

听说高卫东、黎俊英夫妇也精神崩溃了，黎俊英天天守在高萍身边，说个不停："作孽呀！作孽呀！"

过春节了，这个春节是我们刑事侦查处最不快乐的一个春节。三起绑架案件，前两起是在医院的妇产科，两个家庭的新生婴儿被绑架，犯罪嫌疑人收到了每家的十万元现金，确实没有"撕票"，两名婴儿回来了，准确地说是绑匪拿走了钱，把婴儿给放回来了，但是绑匪依然逍遥法外。当警察的脸红呀，对不起老百姓呀，对不起这身橄榄绿呀，更对不起头顶的金色国徽、肩扛的盾牌呀。还有贾海波和高萍、刘小宏之间的感情纠葛导致的重大枪击案件，对社会产生了极大的影响。目前，梁孝顺的女儿梁晓红生死不明。这期间，我也写了自己对几起案件侦破方向的建议书，我们全队停止休息，全部出动，全力以赴挖线索，找证据。

我还是跟着牛大队长参加调查，虽然他还是对我有些看法，但是在紧要关头，他还是积极地保护我维护我，还嚷嚷着给我介绍女朋友。

另外，就是梁孝顺接二连三到市领导那里去告状，他要求解救他闺女的案子让其他同志办理，他一直咬定牛奇打击报复他们，气得牛奇非要找肖局长理论去，万副处长死死地摁住了他。为了处理好与民营企业的关系，葛处长让牛奇带着我们几个重点侦查另外两起绑架案，其他案件由候探带领五名侦查员侦办，重点接触梁孝顺夫妇，但是也要向牛大队长汇报，在队里要共同研究。

出了正月，我实在接受不了这一阶段的生活和工作带来的烦恼，除了每天加班，只破了一些小案件。入室盗窃，街面抢劫，这对于我们大案队来说，都是一些日常的事儿，而我们大案队的主要任务——营救被绑架的梁晓红、抓住犯罪嫌疑人，至今没有线索，没有进展。

但是，候探他们一有新的情况，就会及时告诉我，其实我心里也明白，他是让我转告牛大队长。这日，候探他们了解到：梁晓红的班主任齐老师说，梁晓红是个十足的富二代，在班里学习成绩较差。爱打扮，穿得花枝招展的，头发染成黄色，作为学生有点儿过头了。老师说她的时候，她就旷课不来学校。校长也找我们谈过，让我对梁晓红要高看一眼，她爸爸是有名的企业家梁董事长，他给了学校不少经费上的支持，不要得罪了梁孝顺董事长，不看僧面还要看佛面，所以只要她上课不捣乱，睡一会儿觉，吃点儿零食，看看书，都可以，只要别影响其他同学上课就行。这不明年高考了，她也有点儿着急了，她说她爸爸要送她去美国读书，但是一定要把高中毕业证拿到手，我们市一中是名牌高中学校，有了这个高中毕业证，她出国就方便了。

梁晓红的数学梅老师讲，她出事前，还在班里上自习课，晚上快八点了，和同学们一起走出去的。近期她的数学成绩进步相当大，这孩子脑袋瓜子挺聪明，就是不用功，如果用起功来她的数学能考高分。

还听英语刘老师说，最近我表扬了梁晓红一下，之后，她的英语就进步很大。昨天她还算不错，写完作业的时候，没有吸烟，吃了块口香糖，还非得塞给我一块儿，我说今天就学到这儿，回去早点儿休息，高考的日子越来越近了，明天晚上我继续给你辅导，之后，她与我打了招呼说声"拜拜"，就和班里的女生李小兰一起走出学校。

我们又找到了李小兰，她告诉我们，我俩是一起走出校门的，到了路口她接了一个电话，告诉我是她新交的男朋友打来的，梁晓红让我先走，之后，我就不知道她去哪了。好久她也没来上课，我们班同学还纳闷，大家猜想她可能出国了，或者是在酒店自己复习。班里好多同学都说，梁晓红最讲义气了，班里谁家里有困难，她就找她爸爸要钱，帮助人家。她学习差点儿，但是人缘好，有时候考试我们都让她抄。但是，梁晓红新交了男朋友，至今我们也不知道是谁，与梁晓红的绑架有什么关系吗？

初春了，我的师父老汪也快退休了，他说还有几个月，入伏的时候他就到了退休的日子。师母在家里给儿子带孩子，老汪的儿子汪铁军也是警校毕业的，不过老汪没有让他儿子干刑警，汪铁军在北郊区分局的行政科当会计。老汪说，他儿子从小胆子小，人也老实，这样干会计好，胆子小，公家的钱，他不敢贪。

我还是第一次在师父家吃饭喝酒，而且喝大了，我酒后吐真言："师父，那个牛奇看不起我，说我才干了几天警察，说我是臭知识分子，他有什么了不起的，我说错了吗？现在这几起案子乱了套，不串案不并案去思考能行吗？我看他就是个人英雄主义，光显摆他个人的能耐。"

师父老汪也带着醉意说道："小伍呀，其实牛奇也是我的徒弟，他也是从部队转业就跟着我干的，他是有些粗暴，但他人很直率，为人忠厚，对公安事业忠诚，这一点你们挺像。你知道吗，贾海波是他的表兄弟，他亲二姨的小儿子，这个案子他比你更想破。"

听到牛奇和贾海波是姨表亲关系，我一愣，似乎酒醒了一半，这到底是怎么回事？我的脑袋更乱了，我需要好好梳理梳理。

老汪又告诉我："高萍的母亲黎俊英办了提前退休，专门照顾高萍，高萍的外婆承受不了打击，和她舅舅回老家的县城了，大城市太乱，太复杂，老人受不了。高卫东也辞职了，现在到刘大麻子的企业当了副总经理，主管销售工作，长青农场已经把土地卖给了梁孝顺和刘大麻子兄弟俩。"

我真的大吃一惊，不敢相信这一切，这一切都好像在梦里一样。我似乎还是在军营，一日三餐，立正，稍息，正步走，跑步走，敬礼！首长好！同志好！唱着《打靶归来》进食堂。

老汪还不情愿地说道："过完春节了，至今没有梁晓红的消息，恐怕这孩子凶多吉少了！"

其实我的预感也是，三起绑架案，有可能是一个犯罪嫌疑团伙所为，前两个人质是婴儿，没有识别能力，拿了钱，放了人质，算是没有危险的，即便怀疑犯罪嫌疑人是谁，直接证据还是微弱的，但梁晓红就不同了，她已经十八岁了，是成年人了，放出她，很可能她能帮助我们将其一网打尽。

我们听说葛处长也写了辞职报告和深刻的检讨书，"1·02"案件至今没有破案，他要求市局党委给他处分，撤了他的处长职务，要求和我们一起把案子破了，葛处长还提议可以先让万侠同志主持五处工作。

还听说肖局长大骂了葛处长，说他革命斗志都哪里去了，破不了"1·02"案件，休想退休，过去的功劳全部作废。

葛处长老泪纵横，他不是怕处分和撤职，凭葛处长的经验，他早就怀疑梁晓红遇难了，他是没法儿向社会交代，没法儿向梁孝顺夫妇交代，没法儿向人民群众交代。干了一辈子公安，没承想快要退休了，至今没有破获"1·02"案件。

我们知道老侦查员出身的葛处长，心里比谁都难受呀，这些也是老汪告诉我的。回到家里，我一夜未眠，我在画一张大网，一张蜘蛛网。中心点的蜘蛛就是我；第一圈是高果、高萍、高卫东、黎俊英和高果外婆，我又加上了贾海波；第二圈是刘大麻子、刘小麻子、刘大麻子的情妇秘书，还有高萍、贾海波；第三圈是梁孝顺、马红丽、梁晓红，也有刘大麻子、刘小麻子，还有梁孝顺女秘书；第四圈是牛奇、贾海波、高萍、刘小麻子，还有梁晓红新交的男朋友；第五圈是坏人、外星人、梁晓红的新男友；第六圈是肖局长、童副局长、葛辉处长、万侠副处长，还有老汪和全市老百姓的每一双眼睛。我被困在中心点，奋力地挣扎。

你到底在哪里呀，梁晓红……

秦为民

午夜，BP 机又响了，我半睡半醒，急急忙忙跑到客厅，拨通了电话，是候探长，他告诉我，马上回队里，有重大线索。

我骑上自行车，飞一样地向处里奔去，就连母亲嘱咐我的话，我都没有听见，我想，一定是爸爸妈妈告诉我，要注意安全，小心点儿。

回到了处里的会议室，葛处长、万副处长、牛大队长、候探都在，他们正在听取候探对"1·02"专案的最新进展情况汇报。

候探他们在走访调查期间，还配合属地分局派出所，成功破获了一起入室盗窃案，其中有一枚精美的钻戒，引起了候探的特别注意。经过候探找地矿局的专家鉴定，这枚钻戒系英国著名的奢侈品品牌"卡地亚"，是一枚三克拉的钻戒，价值昂贵。

梁孝顺的老婆马红丽曾经说过，梁晓红在过十八岁生日的时候，她爸爸梁孝顺特意从迪拜给孩子买了一枚价值不菲的三克拉钻戒，寓意我们三口人永远是最亲近的一家人。另外，她爸爸还说，如果晓红在市一中顺利地高中毕业，就到美国去读书，他还要再给孩子买一条美国品牌"蒂芙尼"项链，配成一对，也算是给晓红嫁妆的一部分。

经过候探他们让梁孝顺夫妇秘密辨认，马红丽还拿出当时购买卡地亚钻戒的发票，是一致的，他们夫妇又是惊喜，又是担忧。这些日子，他们以为孩子遇难了，除了到市里告状，他们夫妇还花大价钱，雇私人侦探调查，告诉私人侦探，只要绑匪放了梁晓红，再提什么条件都答应。然而，那些所谓的私人侦探，都来自违法开设的骗人机构，其实他们主要经营的是跟踪有钱人的老婆或大款丈夫，侦查家庭男女外遇的勾当，破案简直是胡说八道，天方夜谭，他们不是福尔摩斯。

候探也明确地告诉了梁孝顺夫妇，让他们夫妇一定要保密，别惊动了绑匪，否则再出现什么意外，他们两个人也是要负法律责任的。

被抓捕的入室盗窃犯罪嫌疑人绰号叫"小达子"，今年二十二岁，待业青年，和几个没有工作的不三不四的小青年鬼混，开了一个录像厅，也不景气。近几天开始学着港台录像片里的样子，铤而走险，他们还美其名曰要杀富济贫，其实就是几个家庭不完整的孩子，领头的就是小达子，他年龄最大，其他几个都是十七八岁的孩子，最小的是一个初二辍学的孩子。小达子的父母离异，都去外地打工了，他一个人和爷爷在本市生活。

"好，候子，你们干得好，你们要根据这个线索侦查下去，把小达子一伙人全部带到咱们处办案区审问，审问工作由老万带着牛奇、伍歌几个同志开展。候探，你顺着线索继续开展调查，千万不能走漏风声，对梁孝顺夫妇也要做好保密教育工作，告诉他们如果再把情况泄露出去，梁晓红就真的危险了。现在发现钻戒太及时了，说明孩子有可能还活着。"压抑许久的葛处长，嗓音嘶哑地说。这几个月来，葛处长的头发全白了，明显老了许多，他和老汪同龄，就是生日是腊月的，还有半年多也该退休了。

我又偷偷地按照我画的那张大蜘蛛网和七个圈子，把小达子放入第四个圈子里。

我们在讯问小达子一伙犯罪嫌疑人的时候，了解到了这枚卡地亚钻戒，是他们在一家电器修理门市部盗窃的，具体地址是河北区临近北郊区的一排老楼房的一层底商，电器修理门市部的名字好像叫什么民的维修部（小达子说具体店名忘记了，但他认识路，可以带我们去）。

他们还交代了其他犯罪线索，万副处长把情况报告给了葛处长，并向市局领导做了汇报。三个多月的"1·02"案件，终于有了蛛丝马迹。按照市局领导要求，专案组由万副处长亲自带队，调查取证，伺机抓捕犯罪嫌疑人。

首先我和民警小涂，化装成要修理一个小半导体的客户，候探带领其他同事调查这个家电维修门市部的基本情况。我和小涂来到了一个写有"为民家电维修门市部"牌匾的底商处，已经是下午两点多钟了，维修部不大，也就八平方米左右，应该就是一楼的一个阳台扩充改造的，里面尽是一些破旧的收音机、录音机之类的家电旧货。这时候从小屋后门进来一个清瘦的小伙子，小伙子一米八几的身高，看上去就是一个内向的孩子，挺蔫的。

我把一个小半导体递给了他，小涂说："不响了，你给看看，多少钱？"小伙子坐下来，头也不抬，拿出了一些工具，打开后盖，很熟练地用万能表测试了一番，说道："没什么大毛病，有一个电阻坏了，给五毛钱吧。"

他在维修半导体的时候，我和他搭讪着："兄弟，你就叫为民吧？"他"嗯"了声，说道："全名，秦为民。"他又聚精会神地忙着手里的活计，我和小涂相互交换了眼色，心想，还是少与他言语，以免他有所察觉。

我面对这个叫秦为民的小伙子，真的不敢相信他与绑架案件有关，可是面对他，我又有一种奇怪的幻觉，有可能梁晓红就在这个维修部里。突然的想法，让我浑身冒出一股冷汗，一直向上冒到头顶。我下意识地观察了一下四周环境，叫秦为民的小伙子抬头看了我一眼，我似乎觉得他的警惕性极高，便随口说道："这个房子租金也不少吧？"

"这是我家的房子，没有租金，这是一个小偏单，我就住后边。街道照顾我，允许我把阳台扩建一下，这不，我就扩建成这样了。这一排房子的一层阳台也都扩建了，他们大部分都租出去了，挣钱。"他解释完了，半导体也修好了，半导体还真响了，他还给调出了京剧频道，正在播放于魁智的《大雪飘》："大雪飘扑人面……"唱得我还真有点儿冷了。

走出了维修部，我和小涂商量，让小涂回去向葛处长、万副处长、牛大队长他们汇报，我在附近盯住为民家电维修门市部的秦为民，再也不能生出意外了。他是不是犯罪嫌疑人现在不能下定论，但是，有可能这个秦为民就是梁晓红的新男友，我似乎有些兴奋，又有些紧张，还有些恐惧。梁晓红还活着吗？我用这个问题把自己的大脑吓出了一个黑洞，黑洞里什么也看不见，只看见一枚发红的卡地亚钻戒。小涂远去了，我到了为民家电维修门市部对面的一家服装店里观察秦为民，同时等待小涂的消息，我也生怕秦为民发现疑点，再跑掉。

这家叫新潮的服装店也是底商，四十多平方米，挂着一些新潮款式的男女服装。其实，我无心挑选服装，只是心不在焉地向外张望。服装店里的一个高个子、气质稳重大方的妇女对我说："小伙子，你是等人，还是买衣服？"这个妇女看上去不到五十岁的样子，匀称的身材，一种文艺范的姿势，说起话来京腔京味的，皮肤也特别滑腻，保养得很好。我真的没想到这样的一家小服装店有这么一个卖服装的美人。我想，她年轻的时候得多美丽呀！"小伙子，你有什么事吗？"她对我的表现更加疑惑了。

我赶忙回答："大姐，您太漂亮了，我看您特别像电影明星，您别误会，我是在等公交车，外边风大，到您这里避避风，您不会介意吧？"嘴甜的我发挥了一下。

卖服装的漂亮妇女微微一笑："没事儿，小伙子，你嘴真甜，真会说话，好，你就在我这里等车，也看看我们的西装，有合适的买一套，你要是结婚用，还可以订制，我们是市里著名的孝顺牌西服啊，这是我们的一个专卖店。"

我听到"孝顺"两个字惊讶得差点儿喊出来，就在这个时候我的 BP 机响了，算是给我解了围。我一看是牛大队长发过来的，让我马上归队。我告别了服装店漂亮大姐，出门，赶紧上了公交车，下车再打的。

在车上，我发现老冯他们几个人在街面上溜达，我明白了葛处长早已布置好监控。

回到队里，万副处长和牛大队长他们都在，大家围在牛大队长的办公桌周围，听着候探讲述了解到的新情况：秦为民，男，十九岁，本市人，在市一中读书，学习成绩非常优秀。因为去年高考之前，检查出患有严重的尿毒症，必须要换肾，否则活不过三年，所以去年就没有参加高考。平时他爱好广泛，写过科幻小说，听说还获过奖。他还特别喜欢捣鼓家电什么的，所以他母亲找到街道办事处。为了照顾他们母子，街道免税，让他开了一个维修小家电的门脸。

秦为民的母亲秦玉凤，今年五十二岁，原来是本市京剧二团的老生演员，年轻时候漂亮，装扮成老生更是漂亮，后来听说和一个大款好上了，她丈夫被活活气死了，她丈夫是一名京剧院的琴师，也姓秦。那时候，他儿子才四岁，长大了他不知道父亲是什么原因去世的，只知道父亲因突发脑溢血突然死亡。他母亲秦玉凤也没有改嫁，母子相依为命。秦玉凤年龄大了，京剧不景气，便只好退休了，听说经营着一家小服装店。

候探压低嗓音，神秘兮兮地说道："你们猜，秦玉凤相好的大款是谁？说出来吓死你们，梁孝顺。"

"啊——啊——啊——"在场的同事几乎异口同声，大声地惊叫了起来。

"对，就是这个王八蛋，伍歌，你小子听到梁孝顺和秦玉凤之间的关系，怎么不惊讶呀？"我告诉了他们我今天与秦为民和秦玉凤已经见面了，同时，我把刚才与小涂的工作进行了汇报。

"别说，五阿哥，你小子分析得还真的有道理，这几起案子就得串联，还有什么联来着？"候探兴奋地问道。"并联案子。"小涂解释道。

我的脸上有些泛红，偷偷地看了一眼牛大队长，他面无表情地看了我一眼。候探觉得自己的嘴太快了，看了一眼牛大队长和万副处长，沉默了。

万副处长说道："好，辛苦了，同志们，'1·02'案件总算有进展了，我马上向葛处长和童副局长汇报。牛奇，你告诉老冯他们，给我盯住了秦玉凤和秦为民母子俩。候子，你们再到学校和他们居住的周围看看，再次走访调查，看看还能够搜集到什么证据。另外，也要盯住梁孝顺，这小子也有问题。准备好相关法律手续，听候葛处长的命令，抓人。"

万副处长走出了我们一大队，向葛处长汇报去了。牛大队长又具体讲明任务，我和小涂去市一中调查，候探他们去控制秦玉凤母子，另外安排其他侦查员盯住梁孝顺。牛大队长讲，暂时不用派出所的同志协助，知道的人越少越好。

一条新线索，一个新面孔——秦为民……

秦玉凤

在学校，校领导和秦为民的班主任，都对这个学生赞不绝口。秦为民是一个品学兼优的孩子，只可惜身患重症不能读书了。他父亲去世得早，他母亲一个人拉扯他不容易，听说为了给秦为民看病，秦玉凤欠下不少钱。至于秦为民在学校有没有好朋友，交没交女朋友，学校认为这个孩子挺内向，应该没有。后来英语刘老师说，好像梁晓红认识秦为民，并且知道他有病，还让她的大款爸爸帮助秦为民找肾源呢。这可是一个大线索，我们与刘老师又进行了全面了解。

候探和老冯他们也在附近，从一个崩爆米花的外乡老大哥那里了解到，元月2日晚上在维修部门前，就着路灯的亮光，他又崩了几锅爆米花，他收拾爆米花工具的时候，看到一个瘦高个子的小伙子和一个穿校服的女孩儿进了维修部。人证物证有了眉目，虽然都不是十分有把握，但还是可以把秦玉凤母子带到处里，问一下情况。另外，我们把崩爆米花的老大哥和刘老师也请来了。候探他们接到了万副处长的命令，立即带着拘留证和搜查证到了秦玉凤和秦为民面前，同时，我们的侦查员把梁孝顺夫妇请来，告诉他们夫妇，梁晓红案件有了重大发现。

我们分为四个组，候探和老冯讯问秦为民，牛大队长和我讯问秦玉凤，处办室叶晓艺副主任和大孟、小涂询问刘老师和崩爆米花的外乡老大哥。

万侠副处长亲自带着民警找梁孝顺夫妇谈话，毕竟梁孝顺是受害人的家长，而且是市政协委员，如果讯问他是要经过市里相关部门审批的，所以由我们五处的领导与其夫妇谈话是最恰当的。

没有想到的是，秦玉凤没有等我们讯问她是否参与三起绑架案，就笑着并带着痛苦的表情说道："梁晓红是我杀的，我一个人干的，跟任何人没关系，之前的两个婴儿也是我化装成医院大夫给偷出来的，那两个婴儿的家长也挺懂事，每个孩子我要了十万元，他们给了，我就放了孩子，哪个孩子不是娘身上的肉啊！我懂。"

我当时就想上前给这个漂亮的女人一巴掌，你他娘的，知道孩子是娘身上的一块肉，你还杀了梁晓红。我强忍心中的怒火，这个漂亮的女人在我面前就是一个白骨精。牛大队长看出了我的愤怒，瞪了我一眼，说道："你把秦玉凤的每一句话都要记录清楚，这是证据。"

牛大队长问，我继续认真记录讯问笔记，秦玉凤不以为然地说："我知道，你们会说我是毒蛇蝎女，我不怕，我早有思想准备，这是梁大头鱼和刘大麻子哥儿俩作的孽，他们必须断子绝孙，这才是我要达到的目的。"

听到这里，我和牛奇大队长交换了眼神，开始聆听秦玉凤的陈述。

秦玉凤原来也是长青农场的子弟，他的父亲是长青农场的老厂长，在动乱的年代，被关进了牛棚，活活给饿死了。那时候，秦玉凤还在读中学，她和母亲相依为命，她母亲过去是部队文工团的演员，后来在长青农场的奶牛分厂任党委书记，因为丈夫她受到了牵连，带着女儿秦玉凤下放回老家西北农村了。后来落实了政策，她们母女又回到了长青农场。在老家，秦玉凤和一位下放的著名京剧老生表演艺术家相识，秦玉凤身段好，又是一个美人坯子，还遗传了她母亲的基因，特别有表演天赋，回到城里，就被老生表演艺术家推荐到了戏校，毕业后就分配到了本市京剧二团，是京剧院的台柱子，大红大紫了好一阵子。

秦玉凤在中学的时候，与高卫东既是同学又是最好的朋友，其实也就是现在恋人的关系。当时上中学，在那个年代，他们也不敢谈什么恋爱。后来，秦玉凤回来了，他们又联系上了，热恋了一阵子。但是，秦玉凤和高卫东毕竟在生活和工作上有了差异，最终，高卫东和同是农场子弟的中学同学黎俊英结婚了。当时，听到这个消息的秦玉凤对高卫东恨之入骨，过了好久她才与京剧院比她大十二岁的也是秦姓氏的琴师结婚。

秦玉凤找牛大队长要了一支香烟，狠命地抽着，眼角的泪水早已干枯了，只存留一些潮湿的印记在眼睑周围像是一朵开败的野菊花。此刻，我的心中又产生了一丝怜悯，如果我是高卫东，一定会珍惜这样一个有故事的美人。

审讯室压抑的空间，更加显得压抑，我似乎有点儿窒息了。牛大队长继续问，秦玉凤接着回答："我杀梁晓红，一是报复梁孝顺这个伪君子、骗子。二是梁晓红和那两个婴儿不一样，她认识我们母子，为了我儿子我也要杀她，如果放了她，她和她那个混蛋爸爸一样也会报警，我们就完了，我还得给我儿子换肾呢。三是梁孝顺说好不报案，但他们还是向你们报案了，我只好灭口，否则那两起绑架婴儿的案子就暴露了。"

我疑惑道："受害人梁孝顺接的电话，可是一个陌生男子打的。"秦玉凤又是一阵得意的大笑："你们了解我吗？我可是一个京剧老生演员，用男性嗓音说话可是我的专业啊，这不很正常吗？"她的确是一个合格的表演艺术家，喜怒哀乐变换自如，让我爱恨交加。

她又说了她与梁孝顺、刘宏达的感情纠葛。秦玉凤交代杀死梁晓红就是报复梁孝顺的无情，她说："那时候京剧没人爱看，院里连连亏损，连买服装都成了问题，院长就托关系，找到了本市的企业家梁孝顺，请他为京剧院搞些公益事业，其实就是找他要钱。有一次我陪他们喝酒，有点儿迷迷糊糊，等我醒来，我们俩光着身子在明星大酒店包房的双人床上。"她又说，"我咬牙切齿地恨，又有什么用呢？之后，梁孝顺还真的给了我们院里一大笔赞助经费，为此，我们院里还给了我表扬和奖金，我的先生也突发脑溢血去世了，当时，我的儿子为民才四岁呀。梁孝顺这个禽兽不如的王八蛋，玩腻了，他的花言巧语全部作废。"他的那个同母异父的哥哥刘大麻子也不是什么好东西，也调戏过秦玉凤。

秦玉凤本来也想绑架刘小麻子的，没承想让警察给打死了。秦玉凤的目的就是想让他们哥儿俩断子绝孙。秦玉凤的服装店，其实是梁孝顺作为补偿，或者是封口费，让秦玉凤经营孝顺集团的服装按成本价给秦玉凤，利润都给秦玉凤，另外租房费也由梁孝顺支付。不过才开张半年，这也是秦玉凤没办法，为了给孩子看病想找梁孝顺借点儿钱，其实梁孝顺是一个财迷，他和秦玉凤讲自己的企业现在也很困难，没有钱借给她孩子治病，让她经营这个服装店挣点儿钱，等着肾源。是他花言巧语，才逼得她走投无路，冒险绑架梁晓红及两个婴儿。

秦玉凤还讲了一个惊天的秘密，她说，儿子患病后，早期透析，费用特别高，钱都借遍了，她也硬着头皮找过刘大麻子，刘大麻子占了秦玉凤身子的便宜，给了几万块钱，后来他也玩腻了，又找了一个姓杜的年轻女子，就不怎么理她了。不过在一次酒醉的时候，他说，高果肚子里的孩子是他的种，他还要娶高果为妻。她还听说，他儿子刘小麻子也追高果，高果这孩子怎么又和他这个未来公公好上了？高果和她儿子一般大，禽兽不如的刘大麻子、梁孝顺一家子，不得好死，她一直诅咒他们。

秦玉凤对三起绑架案件，供认不讳，而且交代得清清楚楚。我们问道："梁晓红的尸体呢？"秦玉凤的眼睛似乎流了一些眼泪："没办法，给为民换肾，需要三十万元，加上后期治疗营养费还需要二十万元左右，加一起就是五十万元。梁晓红是一个聪明善良的女孩儿，一开始我还不忍心杀她，但是想到梁孝顺的绝情，想到我家为民的生命，我必须心狠手辣，我把梁晓红给碎尸了，扔到十米河里了。你们枪毙我吧，枪毙我吧!"她似乎精神分裂了，她疯狂地喊叫着，撕心裂肺地喊叫着。

又是十米河，这个万恶的十米河，我在心里诅咒这条已经被梁大头鱼、刘大麻子之流捞取钱财而污染了的河。

我递给她一杯白开水，劝她冷静，继续交代犯罪事实。我没有说"坦白从宽"这四个字，因为我知道她犯的是死罪，枪毙三次都不为过。

候探和老冯讯问秦为民也很顺利，秦为民也是当场就说，三起绑架案子，是他自己一个人干的，他母亲是不知道的。他看到母亲为了给他治病换肾，都到医院要求换她自己的肾了，但他们母子的肾不匹配，所以必须找肾源，而且价格昂贵。本来秦为民想一死了之，但是想到母亲孤零零一人，他又不忍心，所以，绑架婴儿是最保险的，婴儿不认识人，钱到手，换人质。两起案子得手了，正碰上梁晓红来找他，想交朋友，他就心怀不轨，先是强奸了她，之后软禁她，再之后给梁大鱼头打电话要三十万块钱，他答应了，后来的事，警察知道了。

他还说："拿到钱的那个夜晚，本来想放了梁晓红，可是我一想她不仅认识我，还想和我谈恋爱，这事已经闹这么大了，如果放了她，她一准要和她爸爸妈妈讲，连前两起绑架婴儿案件就都暴露了，干脆我在我的门市部再一次强奸了她，之后杀了她，并且碎尸，扔到十米河里去了，去年的事儿，这都快四个月了，估计让十米河里的鱼虾吃掉了。"秦为民一丁点儿都不害怕，他很坦然地说。

他还说，自己是要死的人了，找他死去的爸爸，本来对他爸爸就没什么印象，正好去陪他，就是有点儿舍不得妈妈一个人在世上，谁来给她养老送终呢? 所以，他要继续活着，活着就得换肾，换肾就需要五十万元。

另外，秦为民还主动讲，那枚卡地亚钻戒是梁晓红主动给他的，让他卖掉，换肾用。讲到这里的时候，秦为民眼圈红了，其实在内心里，也许秦为民真的喜欢梁晓红。

他还交代，卡地亚钻戒让入室盗窃的小偷给偷了，他没敢报案，也怕生出事端。他也交代了五十万块钱还没有花，没有找到合适的肾源，现在这些钱都藏在维修部的背面墙与卧室之间的假墙里。我们也详细地记下了刘老师和外乡崩爆米花老哥的证言，也让他们指认了秦为民，证据确凿。

听万副处长讲，梁孝顺倒是一副正人君子的样子，说是在一次企业联欢会上，认识了京剧院的老生演员秦玉凤，是秦玉凤趁他喝醉了勾引他，后来她丈夫发现了，被气死了。她带着一个四五岁的男孩儿，找梁孝顺讨个说法，梁孝顺知道她是讹钱，就给她十万元，她还不要，嫌少，她还骂梁孝顺是伪君子，之后她又要了那十万块钱。从那时起他们再也没有来往，这事他老婆马红丽还不知道，他央求万副处长，千万不能说。

因为案情重大，梁孝顺和马红丽是分开谈话的。马红丽是与叶晓艺和我们处的一名女侦查员一起谈的，马红丽好像真的不知道秦玉凤这个人和梁孝顺有染的事，她只是关心梁晓红在哪儿，孩子怎么样。叶晓艺没有正面回答她孩子已经遇难了，只是说，孩子很危险。马红丽当场就晕死过去，我们又把她送到医院抢救，同时让梁孝顺陪护他妻子，我们倒是把梁晓红遇难的事告诉他了，梁孝顺咬牙切齿地发誓要杀了秦玉凤这个蛇蝎女人。

真相基本浮出了水面，我们到了为民家电维修门市部，缴获了五十万元，同时我们按照秦玉凤和秦为民所说指定河西派出所在管辖的十米河里打捞梁晓红的遗骸。到这了，就是开头了，我们只捞出来几块梁晓红的骨头，其他的可能真的早已被鱼虾吃掉了，或者顺着河流被冲到减河了，或者流向更远的大海了，我倒是希望她流向蔚蓝的大海，梁晓红或许到了一个干净的世界。

案子有了进展，证人证言也都具备了，我们又忙了十多天，清明节过了，"五一"快到了，他们母子俩已被起诉到检察院，有充分的证据证明，秦玉凤与其子秦为民是共同作案，但是秦玉凤说是自己干的，秦为民也说是自己干的，而且秦为民还承认强奸了梁晓红。

铁证如山，他们母子俩到十米河扔梁晓红尸体碎块的时候，被经常在河边锻炼身体的人发现了，但是人家不知道他们在向河里扔什么。

我画的那张蜘蛛网看来真的有道理。

一个老生京剧演员，为了挚爱，为了仇恨，做了伤天害理的事。

连心肉

春暖花开。很快入伏了。师父老汪光荣退休。

因为营救不及时，导致梁晓红遇难，我们是有责任的，葛辉处长把主要责任全部揽了过去，他主动辞职，市局党委决定给予葛辉同志行政严重警告处分，提前几个月退休。

林政委学习回来了，担任了市局刑事侦查处党委书记、处长。万侠同志担任党委副书记、政委。

牛奇被免了职务，成为市区某交警大队的普通民警。他的主要问题，就是在贾海波的办公桌里搜查出一张借款白纸条，是贾海波找刘小宏借现金一百万元的字据，用于购买彩虹公寓准备结婚的新房，一开始他没有多想，把它交给了高萍的父亲高卫东，没承想高卫东交给了刘大麻子，成了刘大麻子状告牛奇的唯一证据，所以考虑到他和贾海波的亲属关系，对其进行了严肃处理。

候探长被提拔为一大队大队长，我担任副大队长，毛大队长爱人叶晓艺担任我们一大队的教导员。今年全市共发生命案一百起，破案一百起，破案率达百分之百，我们受到了公安部和市委市政府的表扬和奖励。

还有一个好消息，就是于智慧所长担任我们五处的副处长，我们又可以在一起战斗了，可能这对毛大队长是一个坏消息，他一定有些不舒服，叶晓艺成了于胖子的部下。经过几个月的补充侦查，检察院完善了三起绑架案件的证据，移交法院。

开庭了，判处秦玉凤、秦为民死刑……

汪师父退休了，我去看望他，我把新规划的"1·02"案件的一张蜘蛛网和六个圈子的图解带给师父老汪看，他挺满意和欣慰的，他也知道全部案情。

老汪的儿子汪铁军悄悄告诉我："昨天牛奇来了，被我爸爸大骂了一顿，说他不讲原则，就是自己的亲属，也不能那样做，那张白条，那是证据，一名共产党员要对党绝对忠诚。不过我爸还是鼓励牛奇要振奋精神，在新的岗位上发挥作用，取得成绩，争取早日回到五处。"

汪铁军还与我讲，老汪和肖局长是生死之交，我的进步也是老汪推荐给肖局长的。汪铁军还秘密地说："我爸不让我告诉你这一切，你心里明白，好好干。"

老汪说道："案子破获了，有些人呀触犯了法律，就得承担后果，可是有些人从表面上看，没有触犯法律，但是要承担社会道德的审判！"

是呀，梁晓红的死，秦玉凤、秦为民触犯了刑法，执行枪决是合法的，他们就应该承担法律的后果，然而高果的死、刘小宏的死、贾海波的死，还有已经患神经病的高萍，谁来承担责任呢？是梁大头鱼梁孝顺，是刘大麻子刘宏达，还是高卫东、黎俊英夫妇来承担呢？或是由这条该死的十米河里面的水怪来承担呢？

我骑着父亲给买的白色的斯普瑞科自行车，在回家的路上，路过了彩虹公寓，这里的夜晚，霓虹闪烁如仙境一般，这里居住的业主基本上都是市里的民营企业家、外地的商人，以及少数的干部，他们享受着极品的物质生活，他们的日子真的如仙境一般幸福美好吗？

贾海波和高萍还没有入住这里的新房，就阴阳两界了。贾海波为什么对我有意见？高果真的爱上刘大麻子了吗？高卫东知道这一切吗？他一定爱过秦玉凤，秦玉凤的丈夫秦琴师真的是气死的吗？秦为民真的强奸过梁晓红吗？刘小宏与高萍的事件是否就是为了解决那张一百万元的借条呢？

我听法院的法警同事讲，在秦玉凤执行死刑前，她要求清唱一段京剧《三家店》，她扮演秦琼："将身儿来至在大街口，尊一声过往宾朋听从头，一不是响马并贼寇，二不是歹人把城偷，杨林与我来争斗，因此上发配到登州。舍不得太爷的恩情厚，舍不得衙役们众班头，实难舍街坊四邻与我的好朋友，舍不得老娘白了头，娘生儿，连心肉，儿行千里母担忧，儿想娘身难叩首，娘想儿来泪双流……"

"从容""悲壮"这两个词在我脑海掠过。"真的不应该呀！"我突然自言自语。

是啊，哪个孩儿不是娘的连心肉啊！社会需要每一名执法者化作一名唤醒者，用法律和道德去唤醒秦玉凤，你的儿子秦为民是你的连心肉，梁晓红呢？还有那两个婴儿呢？你为什么挖走这几个母亲的连心肉？难道这三个孩子母亲的连心肉不是肉吗？秦玉凤如果早早被唤醒，梁晓红和秦为民有可能比翼双飞，成为恋人。

我迎着又一年的微风行进着，思索着形形色色的案件，时而疑惑，时而释怀，时而冷静，冷静得无我，不知道为什么，我骑到了精神病院……

医院里传来了京剧老生唱腔，谁唱的《三家店》？"……舍不得老娘白了头，娘生儿，连心肉……"

责任

野长坤

　　我赶上了军队第八次大裁军，刚提拔到团部政治处当宣传干事，副连级，就脱军装了，我在被窝里难过得掉了眼泪。怨我吗？怨谁？我做了一夜的梦，梦里我当上了将军，正在指挥一场战役，一场在大海上的战役，突然一颗炮弹飞来，我掉入了大海……救命，救命，我撕心裂肺地喊叫挣扎。

　　年初回家探亲的时候，对门邻居刘伯伯是公安分局副局长，他说过，长坤呀，转业想当警察，找我。我想穿警服，保卫社会的安宁，保留内心对制服的崇高情结。就是有点儿舍不得我们政治处河南籍的女干事，跟她谈不成对象了。不成也好，谈成了更难，两地分居，我爸妈会和我闹翻天的，他们是不同意我去河南的。这就是没有缘分的爱情，也许还是一厢情愿。不过，我临走的时候，她说，让我爸把你安排到河南武警部队，都是大部队转过去的。她爸已经给她安置好了。我说，谢谢了，我当警察。七年军龄的我回家了。到分局报到那天，政办室主任看着我的档案和转业介绍信说，去刑警队吧，那里需要你这样的政工干部，好好讲讲咱警察兄弟们的故事，我看你行。

　　刑警队大个子队长严肃地通知我，先去派出所跟班三个月再回来，这是分局的新要求。我知道，在部队的时候即使提干了，也要到连队锻炼。

　　到了派出所，我接触的第一个案子就是一起轻微伤害案——辖区工厂的车间副主任让职工给打了。出警，挺巧，挨打的车间副主任是我高中同学岳腾。他老婆孙红革不依不饶，说，一巴掌五个手指头打在脸上，脸又红又肿，五个手指印，一个指头一万块钱，五万块钱调解，否则按罪处罚。

案由也简单，职工秋晓战中午喝了点儿酒，上中班，下午四点十分走进班组，迟到十分钟，被岳副主任发现。刚当上车间副主任的岳腾批评他几句。秋晓战骂他，小屁孩儿，刚当领导就牛逼，给谁脸子看，老子不服，迟到怎么了？不就十分钟吗？你能把老子怎么样？岳腾火气冲天，大声嚷嚷道，停职，写检查，扣奖金。"扣奖金"三个字一出口，秋晓战借着酒劲直接一个大嘴巴扇了过去，把瘦弱的岳副主任扇了一个跟头。好多工友上前劝架，扶起岳副主任。一名老职工说，晓战呀，你太浑了，动手打主任，你惹祸了，你要吃官司的。另一个女职工喊道，报警！

岳腾看到我也很吃惊，有些尴尬地说，什么时候转业的？你不是提副连了吗？我说，大裁军。他"哦"了一声。带我出警的老民警问我，你们认识？我答，老同学。老民警也"哦"了一声。他问，岳腾回答，很快他就取了岳腾的笔录和报警女职工的笔录。他说，把打领导的那小子带回所里吧。工厂保卫科干部说，警察同志，我们厂里自己解决行吗？老民警坚决地说，不行，你们已经报案了，你还要配合呢，押着他跟我们一起走。岳腾看着我，我看着老民警。老民警又说，野同志，你说怎么办，你是分局刑警队的。我知道他是给我面子，想让老同学看看我的权威。我正在不知所措的时候，岳腾的媳妇风风火火来到工厂保卫科。她进门就冲着我们说，谁打的大腾？他疯了！我说，孙大小姐还是这么豪横。她看着我，愣神瞬间，眼神有些异样地说，长坤，你当警察了？什么时候呀？看到我的存在，她的火气有些降温。

我们还是把打人的秋晓战带回了派出所。到了所里的讯问室，他害怕了，酒劲全散，他悔改的态度十分诚恳，流下了眼泪。我看着都有点儿过意不去了。还是老民警与他一问一答，讯问笔录取得非常顺利。

岳腾在他媳妇和保卫科干部的陪同下从医院回来，鉴定是轻微伤，依法可以对伤人者拘留七天以上，最多十五天，也可以调解，说白了就是看被打的人要多少钱，拿钱了事儿。孙红革不管不顾，非要五万块钱了事儿。最后还是老民警悄悄地跟孙红革讲，五万块钱真的太多了，姓秋的那小子想不开，再自杀了，你老公是领导，会有麻烦的，你再想想。听了老民警一席话，孙红革真的心一跳。她问老民警，多少钱合适？老民警说，你们两口子商量。岳腾讲，算了，扣他一个月的全勤奖，写检查，把看病的钱报销了就行。孙红革瞪起了眼说，门儿都没有，他拘留就得开除厂籍，这个全民职工，花多少钱进厂？打人的手，一巴掌，五个手指印，脸都红肿了，从一万块钱减到四千块钱，五个手指一共给两万块钱，了事儿。调解成功。秋晓战千恩万谢非要请我和老民警吃涮羊肉。我没去，听说老民警后来带着他的几个徒弟去了。

孙红革长相一般，身材好，高挑儿的个子，单眼皮，皮肤有些黑，嘴唇薄，挺丰满。上高中的时候她追求过我，我正犹豫的时候，当兵了，没想到她和岳腾结婚了。岳腾学习好，高中毕业考上了理工大学，二十五岁就是车间副主任了，国家副科级干部，前程似锦，孙红革还是有眼光的。她告诉我，他们结婚刚一个多月。要知道我转业了，一定请我喝喜酒。孙红革一副挺幸福的样子，她追求我的事儿，估计岳腾不知道。回到家里我翻出了她写给我的三封情书，我有些酸楚地重温了一遍，然后烧了，心里似乎产生了对爱情的茫然。记得我给她回了一封信，没有明确恋爱关系，也没有不答应她，我还想过些日子找她。没承想她结婚了，这么快，女人的心呀，我是猜不透的。不过，她见到我没有任何尴尬的表情，我倒是有些慌乱，好在岳腾被打时眼镜摔碎了，没有看清我的表情，这事儿也就过去了。

在派出所实习的两个月里，每天出警，调解民间纠纷，没有什么大案件。这天，发生了一起光天化日抢劫金店案件，我们到现场的时候，分局刑警队也到了。

中午，一个中等身材、戴着红色棒球帽的男子，手持匕首，恐吓金店的女售货员和一名保安，抢走价值六十多万元的金银首饰。本来金店有三个售货员、两个保安，因为中午去吃饭，一名保安和一名女售货员留下看店，没承想抢劫犯这个时候单枪匹马冲了进来，他一定是踩好点儿之后实施抢劫的。女售货员和保安吓得没有看清抢劫犯的特征，只看到抢劫犯戴着一顶红色的帽子，至于穿的衣服，他俩忘了是什么颜色和款式。原本是三个月实习期，但大个子队长严肃地命令我提前返回队里一起侦查办案。

孙红革

一年之后的秋日，岳腾死了，他是从单位 27.19 米高的塔楼上跳楼自尽的。我大哭大闹，说，他不可能是自杀，我们夫妻感情好，我都快生孩子了，他怎么会自尽？一定是有人杀害了他。出警的法医最后的结论还是岳腾自尽，没有一点儿他杀的痕迹。

岳腾是暖男性格，他怎么会无声无息地选择自尽呢？他毕业三年，分配在这个化工厂当技术员，两年多就当上了车间副主任。据说他当区委宣传部长的父亲和厂长是干部培训班同学，其实岳腾是一个特别努力的好青年，当上车间副主任与他自己的能力也是分不开的。

岳腾为什么会跳楼自杀？他是晕高的，不应该选择跳楼呀！我想不明白，可是公安局的鉴定就是跳楼自尽，闹腾也无济于事。还是把孩子生下来，好好培养岳腾的骨肉，找机会向野长坤问问。

1996 年，我的儿子九岁了，上三年级，和野长坤的女儿在一个学校，他女儿刚上一年级。野长坤的媳妇是刘局长的大女儿，小学语文老师。他就是为了攀高枝，娶了局长的千金，才有了今天的辉煌，他现在已经是刑警队长了。我没别的，就是想找他问问，岳腾到底是不是自尽？十年了，他要给我一个说法。

青春时代，我在心里一直喜欢野长坤，可是他没有明确表态，总是模棱两可，我实在等不及了，就草率地答应了岳腾的求婚。没承想，只做了一年多的夫妻，就阴阳两界了，他死了，一点儿痕迹都没有留下。他为什么自尽？如果不是自尽，那是谁害死他的？为什么？是秋晓战吗？不会吧，他就因为两万块钱……秋晓战在岳腾死的前两个月辞职自主择业了，已经不在岗了，好像去外地谋生了，他没有作案时间。听厂里的老职工说，现在秋晓战好像在广州一带做生意，混得还不错。

我高中毕业考上了护士学校，原本想追求自己最心仪的野长坤，可是他当兵后，就给我回了一封信，不明不白，没有说出对我的爱意，只是说，我们年轻，再等一等。我想，他就是不愿意吧，算了。就在这个时候，岳腾找到我。他说，红革，我从初中就喜欢你，不敢说。我们俩开始恋爱了。后来他当上了车间副主任，我们结婚了，婚后恩爱。他的死一定有阴谋，即使他选择自尽也是背后有人操纵的。明里暗里野长坤还是保留岳腾自尽的看法。他讲，法医对死者的死因鉴定是有根据的，谁也不敢违背法律，胡乱鉴定。当然，野长坤也对岳腾的死有许多不理解的地方，他向我了解了许多岳腾生前的事儿，可是没有一点儿证明他杀的依据，就这样岳腾稀里糊涂地死了十年。我没有再嫁人，一个人和儿子生活，倒是有医院的同事给我介绍过院里的大夫，可是我内心还是想念岳腾，对异性的爱始终没有找到自己的所属。

岳腾只是因为企业不景气，心理压力大而自尽的吗？不至于吧，他就是离开工厂，有他爸爸扶持，有着本科文凭，找到另一份工作也是没问题的。他为什么不明不白地去死，没有一点儿征兆地去死？他死得没有价值。他知道我怀孕了，我也告诉他怀的是男孩儿，他兴奋地抱住我流出了眼泪。他说，谢谢你大红，我爸妈一定很高兴。自从我答应跟他谈恋爱，他就一直喊我大红，听说我有了身孕，他更是大红大红地深情地喊着，嘴像抹了蜜一样。我想不通，难道他的死是没有任何意义的死？

去年，岳腾他们化工厂经营不下去了，准备和法国一家外企搞合资，合资就是减去多余的职工，还有一个好听的叫法"减员增效"，把多余的职工骗走，省出工资，厂里增效。不久，厂里闹了起来，一些老职工受不了，堵住厂门口讨一个说法。警察去了，维护现场秩序，听说还带走了一些"激进分子"。

晚上我一个人到厂里，找到保卫科干部和他讲，我要到岳腾跳楼的地方看看，听说工厂合资后，塔楼要拆掉。以前保卫科干部经常到医院找我给他母亲开药。他二话没说，带着我上了27.19米高的塔楼，就是那么巧，在27.19米高的塔楼，我看到了秋晓战。秋晓战喊了我一声弟妹，他急忙往下走，我叫住了他。我问，秋师傅，你说我家岳腾怎么会从这么高的地方跳下去？他说，弟妹，我不在工厂了，我也想不明白，听说咱们厂要和外企合资，我十六岁就到这个厂里上班，还是跟这个工厂有感情的，来看看。秋晓战告诉我，他现在做了领导，在深圳一家综合超市当总经理。他还说，将来咱们市里也会出现大的综合超市，他准备明年就回来在市中心开一家大超市，自己当老板，叫董事长。我心里多少有些疑惑，为什么就那么巧碰上他了？回到家里，我一夜没有休息好，转天我找到野长坤，把昨天的事情告诉他。野长坤只是笑笑，他说，嫂子，一晃快十年了吧，岳腾兄的工厂都要合资了，社会在发展，在进步，你就不要总想着是谁害死了岳腾，他的死已经有结论了，就是自杀，至于为什么，你都不知道，那谁能知道？好好生活，老同学。对野长坤应付的话，我很是不满意，说了一句，你现在是市局领导的女婿，将来也是要当大官的。我走了，他喊住我说，红革，老同学，你有困难记得找我。我有些情绪化地回了头，什么也没有说，我走了。有恨有怨，还有一种难舍的情愫。

三十五岁的野长坤，穿着警服，显得稳重干练。没有原因，感情这东西就是这样，见面了，一种气息也许就会产生一些妄想。如果当初和他恋爱，或许他就是一个警察，一个派出所每天出警的警察，回到家里做我的好丈夫就可以了，可是现在不一样，他是警察，还是刑警队长，更是市局领导的乘龙快婿，年轻有为的警官，手中有权力。他可以说岳腾是自杀，也可以说是他杀，当然当年他没有权力给这样的结论，现在不一样了，刚才他就说出了结论，岳腾是自杀，就是自杀。十年了，我不认同自己男人是自杀，即便野长坤说就是自杀，我也不认为是自杀，可是不认为又能怎样？他们说自杀是有科学依据的，我没有，只是猜想或者说是妄想。

秋晓战

时间飞逝，像城市的高楼，昨天还是灰泥楼体一片，不久就是一座座高耸入云新奇亮丽的楼宇。云到底是什么？看着一团团、轻盈盈，我不是孙悟空，站上去一定会摔死。一年多过去了，我在市中心繁华地段开了一家规模超大的"笑笑联盟超市"。这栋三层的楼房原来是纺织品商店，就是卖布料的，一层是商场，二、三层是公司办公室和仓库，国企的机关复杂，有党办、经理办、组织科、宣传科、企管科、调度科、人事科、保卫科、销售科、技术科、生产科，还有工会、团委、妇联系列群团组织。现在放开了，允许我们个体劳动者多种经营，他们国企经营单一，管理复杂，现在谁还买布料做衣服？到服装批发市场，什么好看的服装没有，现在的年轻人喜欢省事。我的笑笑联盟超市什么都经营，有几个大的服务区，还可以用餐，这些都是在深圳长的本事、学的经验。一楼主要经营金店、男性服装、化妆品和快餐店，二楼是大百货，女性儿童服装、家电、锅盆碗灶等等，应有尽有，只有别人想不到的，没有我这里买不到的，我这里就是生活大全。当然，餐饮饭店很多，我引进了粤菜、鲁菜、西北面、东北大锅菜，还有一些西餐厅，九十年代，这里是津海市唯一的城市亮点。

我知道岳腾跳楼自尽是在他死后不久，野长坤他们到深圳找我问话。我辞职多少和岳腾有关，他也是成就我拥有财富的动力之一，如果没有那次我抽他一个大嘴巴子，又赔了他两万块钱，就没有我的今天。那两万块钱在当时可是大数字，我妈找我三姨二舅好说歹说借了五千块钱，加上我妹的嫁妆钱，还有我老婆老家的表哥借给的一万块钱，为此我爸半年多没有理我。我妹倒是通情达理，当时花了家里不足一千块钱出嫁了。我妹十六岁上班，在公交车上当售票员，自己攒的五千块钱全部花在了我身上，就是因为我喝醉了上班迟到，被岳腾发现，要扣奖金，酒壮怂人胆，我的一巴掌五个手指头，孙红革张嘴就是五万元，幸亏老民警和野长坤调解，改成了两万元，一根手指四千块钱。那个时候我老婆都给孙红革下跪了，两万块钱一分不减，否则上法庭，我们全家没办法，凑足了两万块钱。如今我有钱了，把三姨二舅的钱翻了十多倍还了，我给老婆表哥两万块钱，他宁死不要，说这几年没少照顾他，不要，就是不要。我给他家买了一台彩电。

人生就是这样，谁知道日后会怎么样呢？我现在有钱了，比万元户还有钱，相当于几十个万元户。我爸胆小，他说，儿子，你可别投机倒把，让公安局抓走。我说，爸爸，改革开放了，允许一部分人先富起来，只要不偷不抢，凭智慧挣钱政府提倡，公安局没有理由抓人，不是我喝醉酒打那个车间副主任的时候了。我爸还是不理解，摇摇头。我妈说，人这一辈子健健康康，能吃饱饭，穿暖衣服，一家人在一起别吵闹就是最幸福的事儿了。

笑笑联盟超市开业一年多了，没有多少盈利，但是还能维持。第三年有了大的波动，那时候允许开歌舞厅，可以有陪着跳舞的女性，我大胆地在超市顶层设计了一个"米妮歌舞厅"，一时间异常火爆，派出所找过我几次，我花了些钱，摆平。自从有了米妮歌舞厅，我的生意如日中天。就在这个节骨眼儿上，一天晚上七点钟，我的超市一层金店被抢劫。两个头戴黑丝袜的人，一个拿着一把自制的火枪，一个手持大砍刀，拿枪的人顶住了金店里的保安，让另一个保安和几个售货员趴在地上，脸贴着地面，另一个把玻璃砸碎，把金银首饰和现金全部装进一个大口袋里，两个人开着一辆黄色大发车跑掉了。

报警。我也赶到现场。野长坤说，看现场，他们是预谋已久了，七点钟正是你们金店放松的时间段，和十几年前抢劫金店有些相似，只不过那次是一个抢劫犯，这次是两个人明目张胆作案。

我让财务计算了一下，损失了价值百万余元的金银首饰和十几万元现金。还好我们公司上了保险，尤其是金银首饰上了高额的保险，如果三个月公安局破不了案，保险公司要高额赔偿保险金。我倒是不怕他们破不了案。十几年前抢劫金店案件，他们至今也没有破获，我这个案子恐怕也悬。野长坤倒是挺有信心，他还说，晓战老板，你放心，我们一定破案，把你的损失给追回来。他说的话很有诚信度的样子，我倒是不希望他们破案，反正那些金银首饰也不是那么好卖出去，再说，我还上了保险，保险公司调查员保证了，我是金牌投保大客户，他们会加速给我赔偿金的。

我离婚了。离婚的原因也简单，有钱了，大老板，男人有钱就学坏。我不完全是学坏了，主要是我想要一个儿子。我有一个女儿——秋叶，她大学毕业，在我的集团公司财务部做会计副总监，是将来的主要管理者之一。女儿太优秀了，精明，灵活，强势，比她妈强。当然离婚要有理由，充足的理由，不仅是性欲的贪婪，我离婚的主要原因，是要有一个儿子接班继承庞大的家业，否则，这么大的家业给了外姓，亏了。我老婆是原来工厂的职工，叫范和萍，长相普通，温柔贤惠。计划生育年代，不能生两胎，那样要罚款，还要开除公职，谁也不敢。现在好了，辞职了，有钱了，不怕罚款了，但范和萍也没有了生育能力。我们和平解决，协议离婚，我把一个经营多年的茶叶店铺给了范和萍，另外还给了七位数字的现金，足够她和我岳母用两辈子。茶叶店名字她重新起了，把"秋之爱"更名为"秋叶飘香"，我们的女儿叫秋叶，所以就起了这个优雅、带有诗意的店名。自从范和萍接手店铺，生意特别兴旺。当然我在背后也是隐形相助，毕竟是多年夫妻，我还是个重情义的主儿。

我现在的夫人是在深圳认识的，叫张新华。她说是广西人，可是她东北口音重，有传言说她是我在南方做生意时认识的"小姐"，我给她赎身了，成了自己媳妇。张新华的肚子争气，生了双胞胎男孩儿，乐得我和爸妈、妹妹一家人高兴地宴请街坊邻居。范和萍虽然心里疼痛，但是秋家有了男丁继承家业，也算欣慰。她一直单身，没有再婚。我内心多少有些愧疚，所以我就让闺女秋叶跟她住在一起，一切费用我都承担着，日子还算平静。可是如今金店被劫，给了我沉重的打击，好在我给了保险公司经理重金，他说，放心，赔偿款很快就下来。

我和野长坤自从岳腾跳楼自尽之后更加熟悉了。岳腾自尽的时候，野长坤他们跑到深圳找过我了解情况，那个时候我正忙于自己的营生，听说岳腾自尽也很惊讶。我说，岳副主任虽然平时内向，可是他工作认真、以身作则，他对大家严格要求，大家还是服气的。他每天早晨七点钟准时到车间查看，和大家笑呵呵地讨论业务，就是要求严格点儿，但是大家心里服他。那次我打了岳副主任之后也后悔，都是酒精惹的祸。我还偷偷告诉野长坤，家里东借西凑两万块钱给孙红革后，过了些时间，岳副主任还给了我两千块钱。他特意说，千万别跟孙红革讲，这是我俩的秘密。我辞职去深圳谋生活多亏了那两千块钱。听说岳腾自尽，我落了泪，心里难受。我给孙红革送过钱，她一点儿不客气，收下了我给她的五万块钱，还凶狠地说，我一定会查出凶手的。

岳晓腾

我的名字是我妈给起的。她说，你爸死了，你就叫晓腾吧。我的爷爷没有意见，他对唯一的儿子的死，伤透了心，后来他一门心思忙事业，偶尔关心一下我。我一直是我妈带着，她把对我父亲的思念全部倾注在我身上。

高中毕业，我报考了警院，母亲开始不同意，希望我上一个大学，或者学医也行，我不知道自己为什么莫名其妙地填写的第一个志愿就是人民警察学院，一个专科学院，也许是因为我对野长坤身穿警服到我家里来感觉很亲切。

我学的是刑侦专业。警院毕业时，我妈说，找长坤叔叔去。我说，不用，应该能分配到刑警队。我妈又说，别去刑警队，危险，到机关办公室，写写画画的，尤其是你爱写文章。我说，写好文章，要有生活体验，还是到刑警队好。到了分局政治处，副主任告诉我去刑警队报到。

小时候的好多事儿我记不清了，但是对野思瑶的印象深刻。她长相甜美，一笑两个酒窝，白白净净的，我小学毕业，她上三年级，她告诉我她爸爸是警察，专门抓坏人。她说，哥哥，你长大了也当警察吧，跟我爸爸一样保护我。我说，行。也许就是那时候答应思瑶的话，让我选择了当警察。再后来和思瑶见面的机会少了，就是她高中毕业那年，她问我报考什么学校有前途，我随口说，当大夫吧，你看你一副慈悲为怀的样子，责任心一定很强，责任心强的人就一定是救人的心肠。她没说话，我感觉她是同意了。后来我太忙了，家里事儿也多了，联系就少了。她应该上大一了，听我妈讲，她真的报考了上海的医学院。我妈还说，她的专业就是外科。我妈自言自语，看思瑶那温柔相貌，能拿手术刀开膛破肚吗？

报到的第一天，我就看到了野长坤叔叔，他是我们队长，听说他马上就要提拔为副局长了。太好了，他毕竟是我爸妈的老同学，听说他们的关系不错，可惜我爸去世得早，太早了。我妈讲，我还在她肚子里的时候，爸爸就病逝了，他是化工厂的车间副主任，最年轻的科级干部。我妈总说，你爸要是不死，现在也得是总经理一级的大人物了。真的可惜。

野队长让我跟着李探长破解积案，就是十多年前，甚至二十年前没有破获的旧案。我心里多少有些不安，为什么让我跟一个快退休的老民警追踪旧案？当下经济案件多，我是新兵，但是我们文化水平高，年轻，精力旺盛，不怕加班拉晚儿，有的是时间。李探长给我讲了发生在管片的几十起案件，至今一点儿线索没有，市局有明确要求，积案里的命案必须破获，积案里价值五十万元以上的案子必须破获，力争明年年底完成。李探长说，我退休前要给管片所有积案一个交代，退休了，也就踏实了，咱没有给警察抹黑，对得起国家给咱的这身警服。李探长眼角滚下了一滴泪水。

深圳市某区公安机关将破获的一起以抢劫金店为主的犯罪团伙情况通报给了我们。野队长让我跟着李探长他们一起去核查本市二十年前金店被劫案件，我高兴极了，不仅来了就能调查重大积案，还能跟着师父李探长去深圳，这是一个极大的荣誉。

　　明天上午的机票，人生第一次坐飞机，心想，到了天空会是什么样子？我会晕飞机吗？如果恶心呕吐该怎么办？我不敢问母亲，她没有坐过飞机，听说只有我爷爷坐过飞机，我是不会去问爷爷的。母亲给我收拾行李。我说，妈，就是去几天了解情况，如果这伙抢金店的罪犯就是二十年前的案犯，估计年龄也不小了。如果不是这伙人，我们很快就回来，听说那里很热，带太多衣服穿不上。

　　母亲是第一次送我出远门，心里惦念，儿行千里母担忧。在警校上学的时候，我一周回家一次，虽然在一个城市，但她都千叮万嘱，注意身体，注意安全，和老师同学搞好关系。现在要坐飞机远行，母亲因担心而唠叨，也是自然的。我说，妈，您才四十多岁，就开始唠叨了，放心吧，我会注意安全的，你自己在家里也要保证吃点儿好的，等我从深圳给你带好吃的，那里的海鲜比咱这儿的好，还便宜。母亲落泪了，她没有说话，只是微笑着抹去了泪花。我心里一颤，不知道为什么就是突然那么一颤。

　　在机场我碰到了思瑶妹妹。她说，外婆想她，回来几天，现在回学校。我想说，为什么没联系我。她接着讲，我爸不让我打扰你，说你刚到队里，不能分心。我有些腼腆地笑了。我们都去南方，虽然地点不同，但都是最发达最迷人的现代化大都市。她说，她上的是七年制的本连硕外科医学，还有好几年才能毕业，毕业后才是实习大夫，要读博士，博士毕业后才是真正拿手术刀的医生，其实还要经历多年才能正式上手术台。医生职业就是这样越老越风光，不像影视明星，吃青春饭。

　　我的登机时间比她早，我挥手告别的时候，她似乎落泪了，我心里甜甜的，有一种幸福的感动。我喜欢她，很小的时候我就喜欢她，她是我的初恋吗？我在心里坚定地承认，是，她是我的初恋。我甚至想拥抱她，如果我够胆大，亲吻她一下，轻轻用我的唇触碰她的红唇，我就幸福无比了。没有，我不敢触碰她柔弱的红唇，但是在梦幻中已经占有了她。

十一月的深圳如同家乡的八月，温暖略热，绿色满眼，改革前沿的大城市充满活力，艳丽的三角梅到处盛开。我脱掉厚衣服，看着李探长的棉服说，师父，热吗？他摇摇头，没有说话，也许他年纪大了，对冷热不那么敏感，或许他的心思被二十年前抢劫金店的罪犯占有。

在李探长的带领下，我们和深圳警方多次提审团伙案犯。李探长肯定地说，不是这伙罪犯。不过有一个年纪大的案犯说，他们同村的李老大过去在津海市打过工。难道他打工就是抢劫金店的罪犯？李探长一再追问，那个年纪大的案犯说，我要是有立功表现，能给我减刑吗？李探长不假思索地回答，能。李探长问了很多李老大的事儿，取笔录的我，手都写麻了，像是写了一个中篇小说。

李探长非常兴奋，他说，退休前要是能把二十年前抢劫金店的案子破获了，自己内心会特别踏实。借着高兴，他说，明天休整一天，你们三个人转转大深圳，后天回家请示野队，去李老大老家。讲完话，他似乎还是有些失落的感觉，毕竟只是一点儿线索，没有重大突破。这些日子我对师父真的摸不透，脸说变就变，刚才一脸兴奋高兴的样子，片刻又愁眉不展了。听野叔叔说，他破获了许多案件，还荣立过一等功一次、二三等功多次。我对案件能不能破获倒是没有太多顾虑，只是觉得来深圳时间太短。

深圳警方战友热情，带着我们见了世面，我喝醉了，和警校时候喝醉不一样，刑警和刑警喝醉了是带着一种阶级感情的。我和那个也是刚毕业的年轻刑警讲，到我家去，我一定也要让你喝醉。李探长酒量大，他一直清醒着，他和深圳警方刑警队长是老哥们儿，他们在歌厅一直说着话，不像是叙旧，像是在讲案子，我想这就是我们晚辈应该学习的经验吧。次日，没来得及吃早餐，深圳战友就把我们送到机场。我还是晕晕沉沉的，似乎醉在昨夜的歌声里：忘了有多久再没听到你，对我说你最爱的故事，我想了很久我开始慌了，是不是我又做错了什么，你哭着对我说，童话里都是骗人的……我的歌声他们服帖，他们还说，我长得有点儿像光良。

我是不认可的，我是大眼睛，光良眼睛比我小，还是单眼皮。我又想起野思瑶，她白白嫩嫩的皮肤，还有粉红的嘴唇，她许多许多的地方都能让我触动梦想，野叔叔一定会同意我和思瑶在一起的。慢慢睁开眼睛，窗外的云朵多么像一个女孩儿——野思瑶。

命案

孙红革是在岳晓腾下飞机的前一个小时被害的。野长坤带队出了现场。她死得蹊跷，昨天后半夜她给秋晓战打了电话。她说，晓战，你们岳主任的死你知道吗？不会是你找人结果了他的性命吧？你不能恨他，是我让他找你要钱的，你们岳主任就想批评教育你一下，不让你赔钱，抬头不见低头见的，一个单位同事，今后怎么见面？是我说的，就得找你要钱赔偿，否则谁还服我们家岳腾，得先立威！就要从现在开始。秋晓战赶忙解释，弟妹，您太高看我了，我哪有杀害岳主任的胆呀，当时我不恨你俩，从五万块钱减到两万块钱，你可别那么说了，不是我害的主任，他年轻，人又善良，又有才干，我后来是干不下去了，离岗自己找出路，这不，挣了钱，我还要感谢你俩呢。还有，现在岳主任不在了，我告诉你，我辞职临走的时候岳主任给了我两千块钱，让我别跟外人说，更不能跟你讲。弟妹，你说，现在家里有什么困难跟哥哥讲，我办，等大侄子结婚我给操办。

我儿子用不着你，堂堂的警官，有的是大姑娘追求，我就是想找到杀害岳腾的凶手，我儿子是警察，我怕他冲动，自己找杀害他爸爸的人，万一出了事就坏了，所以我问问你，要是你，你就坦白自首去。

弟妹，你可别瞎扯，别跟你家晓腾讲咱们这辈人的事儿，别让孩子们掺和。

什么叫咱们的事儿？是你违反厂规，又打领导。

是，我不是喝酒了吗，再说那个年月赔了你家两万块钱，你家那可就是万元户了呀。我被逼无奈才下岗自己跑到老远的地方，我也吃了好多苦，弟妹……

野长坤把秋晓战讲的情况做好了询问笔录。他心里在想，秋晓战到底有没有杀人动机呢？一丁点儿蛛丝马迹没有，更谈不上证据，只是警察的直觉，但直觉不是证据，直觉就是一种感应，或者是无奈的幻觉，谁也拿他没有办法。他又想到了岳腾的死，又想到怎么和外出办案回来的岳晓腾说，你妈让坏人杀害了，没有线索。野长坤陷入了极度的困惑。

孙红革死得不痛苦，法医讲，她先是吃了一种类似安眠药的睡眠药物，药性极其烈，也许是凶手下的药，之后凶手用孙红革的女式皮带将其勒死。目前法医正在取证，看是什么成分的药物致孙红革昏睡。凶手有什么深仇大恨，狠狠地用孙红革的皮带疯狂地勒死她？

在深圳完成任务后，岳晓腾给母亲打了电话，发了短信，孙红革没有回应，也没有接电话。岳晓腾想，妈妈一定是在给自己准备爱吃的鱼虾，或者是去爷爷家了。他总有一些心跳的感觉，他知道爷爷近来身体不好，也许是因为思念父亲。爷爷前几年退休了，总是希望他去家里，可是当警察的，哪有准点下班的，加班是常态。

到了警队，等待他们的野队长听了汇报，先是安慰了几句，没有串并上咱们的案子，没事儿，咱们继续找，不是还有一点儿线索吗？一定会抓住这伙罪犯的。他又冲着晓腾说道，晓腾，到我办公室来一趟。

你母亲昨夜被害。野长坤点上了烟。

岳晓腾瞪大了眼睛，张开大嘴，他的喉咙像是被野长坤的这句话给塞满了烟火一样。他忽然觉得天崩地裂，一下子他仰面倒在冰凉的水泥地面上。野长坤不由自主单腿跪了下来，哽咽地喊着，晓腾，晓腾，来人，来人……

医院里，苏醒的岳晓腾，拔掉输液的针头，冲着看护他的民警大声嚷道，我妈呢？我妈呢？

窗外狂风肆虐，大雨倾盆，刺痛着野长坤的心尖……

晓腾，孩子，你听我讲，现在你要冷静。你只有冷静下来，我们才能一起查办杀害你妈妈的凶手。你要听话，你可以哭，大声地哭吧！

哇哇……岳晓腾抱着野长坤，边哭边说，野叔叔，我没有妈妈了，没有妈妈了，没有爸爸，又没有妈妈了，我是孤儿，是孤儿了……他反复说着这几句话。

野长坤听到这里，眼泪唰唰地涌出来。他从出生到现在，这一次流出的泪水可能是最多的，像窗外的大雨。在场的人都缄默不语，悲愤至极。

雨停了，树上一群麻雀盯着地面上的蚂蚁，它们一定是准备冲下来，迅速填饱肚子，可是树下站着的岳晓腾和野长坤让麻雀们胆战心惊，它们始终没有飞奔而至，只是静静等待，等待他们的离去。蚂蚁忙碌着准备过冬的食物，它们或许发现了敌情，只不过它们更加勇敢地为了自己的同族，还有子孙的存亡而奋不顾身，搬运过冬的粮食。

野长坤知道，无论怎么劝解，也无法让没有见过父亲又失去母亲的岳晓腾走出难以接受的现实。野长坤更加明白，只有靠他自己的意志才能战胜自己的无助和无奈。生命就是风风雨雨，不知道明天将要发生什么惊天动地的事件。

晓腾，你回避这个案子，我会带着大家抓住凶手，给你一个交代，你回家安慰一下你家老人。野长坤拍拍岳晓腾的肩头，他知道此事说多了安慰的话语，反而会增加他的愤怒。冷静，让他一个人孤独地冷静，是目前最有效的解决办法。只有这样，或许才能缓解一下他的心神。

没有任何表情的岳晓腾一动不动，他不知道自己向何方走去……回家，空空旷旷，没有了母亲就没有了家。他转过身，带着极度疲劳向前走。

你爷爷奶奶住院了。野长坤闷声说了一句，他没有更多劝解的话，他知道晓腾特别像高中时候的岳腾，内向，稳重，带着腼腆。野长坤一直在想，不能让老同学的儿子当刑警，过了这段时间，找领导让他去分局机关，算是为老同学做点事儿。

失去儿子的岳老在二十多年后又痛失儿媳，他和老伴儿住进了医院。岳晓腾来到老人面前，他已经喊不出爷爷奶奶的称谓了，他跪在爷爷奶奶病床前，把头磕在地面上，咚咚地响，让两位老人的心脏激烈地跳动。此时，两位老人唯一的惦念就是这个大男孩儿了。野长坤还没有告诉孙红革的父母，他怕白发人送黑发人的极大悲哀，再导致他家更大的灾难。他想还是等岳晓腾心情平静下来，让他自己和姥爷姥姥去讲，有隔辈孩子的劝解，老人会好受一些。

野长坤告诉岳晓腾暂时不要告诉姥爷姥姥。他点点头。

秋叶

秋叶气质落落大方，高个子，十分消瘦，带着一些时代女性的霸气，夹杂着漂亮女人的十足性感，也许是她精心的服饰打扮，也许是她在众生面前的伪装，也许是她的胸脯和臀部的丰满。在母亲范和萍眼里女儿是她一生的骄傲，唯一让母亲发愁的就是优秀的女儿找婆家成了最大问题。而立之年了，还独身一人，做娘的能不担忧吗？其实秋叶的内心是善良的，只是让社会繁华浮躁的物欲所迫，她现在是秋晓战企业里的顶梁柱，她是晓战集团的董事，执行董事长。可是秋叶只是负责笑笑联盟超市的经营管理，其他的业务还是由秋晓战自己控制，秋晓战现在名义上只做集团的 CEO。让秋叶做执行董事长，是他离婚前承诺前妻范和萍的。现在有了儿子的秋晓战最终还是想把所有产业交给儿子，不过他还是欣赏自己的女儿秋叶。

我不是不想找男朋友，眼下的男人没有中意的，一个个母里母气，见人说人话，见鬼说鬼话，只要有利益可以出卖自己的灵魂。见利他们冲锋在前，有了苦累责任推推躲躲，像我父亲，有钱就想找小老婆，生儿子，谁知道双胞胎弟弟是不是他的种，将来是败家还是旺家。我一个人静下来的时候就会胡思乱想，有的时候也在思索自己的未来，余下时间我会帮助妈妈打理秋叶飘香茶叶店，现在的茶叶店让我们母女俩经营得风生水起，每年的盈利相当可观，够我妈和外祖母花几辈子了。

前几日听父亲说孙红革死了。那年我上小学，父亲又喝醉了，上班迟到，还动手打了孙红革的爱人岳腾副主任，当时她不依不饶。外婆讲，她就是借题发挥，想要点儿营养费，大小伙子挨个嘴巴子，还用得着五万块钱？就是讹人。后来还是老民警说了情，给了两万元了事，弄得姑姑的结婚嫁妆钱都给了她家。也是报应，她的老公一年之后跳楼自杀了，大伙儿都说，他和车间办事员有一腿，怕暴露，丢人，再被派出所抓起来，会判他强奸罪，如果那样他那个当官爸爸也救不了他。后来听说，那个小办事员辞职走了，去了哪里谁也不知道。我说，姥姥，别听传言，我还听说那个岳主任人挺好的，或许是被坏人陷害，推下来的，那个孙红革还说是我爸爸报复派人杀的。外婆急忙说，别胡说，你爸是抛弃了你和你妈，但是他一直给咱钱花，他不就是想要儿子吗？是你妈不争气。

第一次见岳晓腾的时候，他还是婴儿，他妈带着他找我爸讨一个说法。

我妈说，晓战不在家，在南方做生意，一年才回来一两天，再说，你有什么证据说晓战杀了你家老公？最后还是我爷爷给了她一千块钱了事儿。现在岳晓腾当了警察，他妈又被人杀害，他不会又要怀疑我爸是凶手，找我家麻烦吧？

就在我胡乱猜疑的时候，没注意到前方红灯，我撞了前面的轿车，我的大奔驰安全气囊冲了出来，我算是追尾，全部责任在我。从前方黑色帕萨特轿车冲出来一个年轻男子，那男子说，你会开车吗？不想活了？开奔驰了不起，奔死呀！不知道为什么，这个大男孩儿样子的人怒吼起来，倒是没有让我反感，反而让我感到一种新奇的刺激，或者说是一种激动。交警过来了，我出示了驾照，承担了全部责任。那个大男孩儿没有言语，瞪了我一眼，还气汹汹地说了一句，开车别看手机。眼前的大男孩儿让我有一种似曾相识的感觉。

喂，先生，留一下电话，你的损失我买单。

我叫岳晓腾，车是单位的，你当然是全责，看你开着大奔驰，也是个有钱人，再有钱也没有命重要。

啊！我在心里惊讶起来，他是岳晓腾，我家的仇人，他怎么是岳晓腾呢？瘦高个子，眼睛里带着一丝疲惫，胡子拉碴，倒是像一个老师，或者青年才子，就是发起火来，也带着温存。

保险公司来人了……

又想什么呢？车子我送到修理厂，你跟着我去，然后你开车给我送到公安分局，你就走人。岳晓腾说，开车。

我被他数落得服服帖帖，好像现在我已经不是我了，我任由他的命令摆布。送他去公安分局的时候，他问我名字，我说，秋叶。

他没有惊讶，只是点点头说，好听的名字，有些悲伤。有些悲伤，这一定是他近来心情的写照，他一定还没有想到我是秋晓战的女儿，否则他会不依不饶的。

到了分局门口，我要了他的电话，他似乎犹豫了一下，不过，还是给了号码。我又顺从地冲他微笑了一下，内心泛起了一种没有过的心跳，我是在萌生初恋，我有过初恋吗？也许在上小学五年级的时候，对同桌的小男生有过，那算吗？

时间过得真快，一个上午就在浑浑噩噩中度过，或者在迷茫中走过，这些语句多少带着不愉快，可是我的内心是幸福的。过去我也有过开车遇到麻烦的时候，都是打电话让秘书处理。父亲说了多次，让我配一个司机，如果不喜欢男司机，可以找一个女司机。我是一个洁癖者，不喜欢别人触碰我的东西，就是母亲也不行，这个习惯保持至今。我的汽车没有一个人坐过，岳晓腾是第一个坐在副驾驶的异性。不知道为什么，我的洁癖在他面前治愈了。

今天上午两个合同没有签，还有一个重要的会议。集团大老板我的父亲来考察，我没有出席。他一定又要说，女孩子就是不行，可能身体又出毛病了。秘书打了几个电话，我直接说，肚子疼，告诉我爸，让他处理。我知道，他亏欠我的，在集团他是老大，在我这里他是急不得火不得，不行，我就到姥姥那里告他的状，姥姥一定会大哭大闹，吵得他心神不定，他的小老婆也一定又要和他提出分手，说，新社会，不准有大小老婆，现在是一夫一妻制，离婚了还在一起也是实际意义上的婚姻，犯的是重婚罪。文化程度不高的父亲是没有理由的，毕竟人家给他生出一对"带把"的孩子。

和岳晓腾巧遇，也算是一种异样的缘分。算起来，他要比我小九岁，他二十一，我三十岁，姐弟恋吗？我能接受，他能吗？他是不是也和他妈一样，认为我爸害死了他爸，现在又杀死他妈？如果是这样，那可是深仇大恨。好在他不知道我是谁，他是警察，想知道我是谁，一定能查出来，我忐忑不安，希望见到他，又害怕见到他，我脑子里充满了拧巴。也许我真的要恋爱了，一场不可能发生的恋爱。

今年的冬季显得格外温暖，河岸边海鸥盘旋，它们是在寻找水面上的猎物，还是在追寻自己的恋人？我如同海鸥一样在追寻自己的爱恋吗？晚上，我不知不觉推掉一个饭局，回到母亲的秋叶飘香茶叶店。

妈，我上小学二年级的时候，家里发生我爸打厂里车间主任的事儿，您还记得吗？

问这事儿干什么？人呀，可以共患难，不能同享受。

这话和当年的事儿有什么联系？我问。

—— 174

联系大了!

我母亲开始唠叨陈年往事,说起这个事儿,我就伤心。那年你八九岁,上二年级,你爸整天在外边和朋友喝酒,一点儿也不顾家。你爷爷奶奶,还有你,咱们住在一起,大人孩子我一个人照顾。女人嘛,当了媳妇就是家庭妇女了,可是家庭妇女也要天天上班,还要顾家,累呀。累点儿也不怕,就怕你爸惹是生非,我要是和他理论,他底气十足地说,喝酒长知识,有了知识就有了眼界,有了眼界就有了胆量,有了胆量就有了钱,有了钱才有好日子过。那天中午他又喝多了,结果上班迟到,惹了祸。以前你爸经常醉酒迟到,他的工友们都习惯了,你爸心眼也多,买两包烟和一些水果,男工友抽烟,女工友吃水果,你爸还会特意给班长、车间老主任买些好烟,他上班迟到、睡觉,工友们替他干,领导也是睁一只眼闭一只眼。谁知道碰上了岳腾这个不留情面的年轻领导,加上他那个厉害媳妇,叫什么孙红革,一听她名字,就不是善茬,听说她让人给杀了……

我赶忙讲,您可别瞎说,公安局还没有抓到凶手。

我知道,跟你说,你还检举我?别又怀疑上你爸杀的他妈。

为什么怀疑我爸?岳腾死的时候,我记得警察也来咱家问这问那,吓得我躲到门后边。那阵子上学,老师同学都问我,你爸是不是杀人了?现在是不是又怀疑上我爸了?

咳,家里有了灾难,家破人亡的,肯定先想到的就是仇人呗,咱们两家算是解不开这个扣了。

那,岳晓腾是怎么回事?

你问岳晓腾,他不是当了警察吗,还是刑警队的。他妈死了他一定又要找上你爸,你可离他远点儿,他家邪性,也许他就是个丧门星。他妈怀着他,还没有出生,他爸就死了,还是跳楼。这不刚上班当了刑警,他妈让人杀死了。是他命苦,还是他就是灾星啊?

妈,问问你他的事儿,怎么整出个灾星?

你关心他家事儿干吗?你认识那小子?

没有,不认识!我有些语无伦次,躲开了母亲的眼神。也许是经历过离婚的敏感,也许是母女连心的效应,母亲不说话了。她带着一丝喜悦与忧伤，自言自语，你比他好像大很多，大九岁吧。

新线索

李探长马不停蹄带领侦查员赶往东北调查李老大。因为岳晓腾还要处理家里的事儿，野长坤没有安排他跟着李探长去外地办案，让他在队里整理案件材料。

李探长他们到了东北，在当地警方的配合下，找到了李老大的老家，一个很穷的村子，厚厚的白雪，一片荒芜，房屋冒着炊烟，正是午间，家家户户都在忙着做饭。李老大的儿子讲，父亲去年就病故了，二十多年前，父亲和同村的几个叔叔伯伯去津海市打工，父亲在那里有一个表妹，姓范，叫范和萍。当年李老大二姨嫁给了一个军人，军人姨夫后来转业到了津海市。李老大到了津海市建筑工地干活儿，扛水泥，筛沙子，干了一年多，把脚砸伤了，工地经理就让他给工友做饭。一年多后他打听到了二姨家的住处，二姨和表妹范和萍住在一起，表妹有一个女儿，叫秋叶，那闺女也特别好客，不嫌弃农村亲戚，一口一个表舅地叫得亲切。

李探长听到秋叶的名字，忙问，你说你爸的表妹叫范和萍，表妹夫叫秋晓战，女儿叫秋叶，对吗？

对，对，我小的时候和我娘到城里看我父亲，还去过她家呢。我表妹秋叶特别好，给我吃巧克力，那是我第一次吃外国糖。李老大三十多岁的儿子十分幸福地回忆在津海市的往事。

李探长对秋晓战一家很熟悉，当年岳腾跳楼的时候，他也出了现场，他还找秋晓战一家人询问过，那时候秋晓战没在家，在深圳做生意，他妻子范和萍接待了李探长他们。

有了这一条新线索，李探长他们马上打电话报告了野队长。野队长指示继续深挖线索，看看能否找到抢劫金店案的蛛丝马迹。他们到这里的第二天赶上了暴风雪，这里和深圳简直是天壤之别，那里四季如春，这里寒冷至极。短短的二十几天，侦查员们如同经历了一年四个季节。

李老大的儿子中等身材，微胖，秃顶，烟熏的牙齿，笑起来有些天真，三十多岁的男人，看上去像四十多岁，他已经是三个女儿的爸爸了。他说，还得生，在这个穷地方，没有儿子是不行的。要是有儿子，他早就出去打工了，没儿子出门打工，回来就是媳妇生了儿子，还不知道是谁的呢，所以他一直不去外地打工，怕戴绿帽子。他爹李老大在世的时候千叮咛万嘱咐，让他守着媳妇，直到有了男孩儿。

你不出去打工，你家就只有那一亩三分地，生活的确够困难的。李探长递给他一支江山牌香烟说。

还行，我爸在津海打工的时候攒下了一些钱，够我家用的。等有了儿子，我再出去挣钱，给儿子盖房，供他上大学。要是到城里上大学，我们还要到津海市买房子，也过上城里人的生活。他吐着烟雾，很自豪地说，好像胸有成竹，一定能生个大胖儿子，儿子长大了，在城里一定能光宗耀祖，不会像他龇着烟熏的牙，做着美梦。

李探长看了一眼他的手说，你种地手还挺细嫩。

我不种地，我把地租出去了，雇了人种，那几亩破地，到了冬天土地和冰块一样，等到有收成的时候，要点儿粮食，到镇上卖卖，搞点儿零花钱。

你爹治病花了不少钱吧？

没多少，我爹舍不得往自己身上花钱，说是留给孙子上学，盖房，他就是喝点儿邻村老中医开的中草药，对付着。这不，还没有过年就熬不住了，死了，他还不到六十岁，苦了一辈子，累了一辈子。李老大儿子用细嫩的手抹了把眼泪，他食指竟然戴着一枚金灿灿的大戒指。

大侄子，别难过了，我们这一代人就是为你们这一代人生活美好而拼命的。你手上的金戒指挺好看，你爸给你买的？

哦，是，还是夏天，我爹卧床，我天天伺候他，我爹感动，给了我这个戒指，他说，别卖，留着做一个念想，传辈，给孙子，你一定要生出孙子……李老大儿子哭出了声，他不停地用带着哈喇子的厚唇亲吻那枚金灿灿的戒指。

别难过了大侄子，好好干，给你老李家生儿子。李探长说着话，站起身，冲着侦查员使了个眼色。来，大侄子，咱都姓李，五百年前是一家人，合张影。李探长特意拉着他戴着戒指的手，露出那枚金灿灿的戒指。侦查员

177

心领神会，拍了照。他们立即把照片传送给野队长。

经过核实比对，李老大儿子手上的戒指，应该是二十年前金店被抢劫的金银首饰之一。当时作案是两个人，李老大死了，另一个人是谁？新线索，让侦查员们感觉到兴奋，案件有了实质性进展。野队长回复，按照局领导指示，他连夜带着专家和侦查员出发向这里赶来，确认被抢劫的证物是否包括这枚戒指，从而加大排查，找出案犯。

李探长他们继续安抚李老大儿子，避免让其发现端倪，可能李老大没有跟他儿子讲金戒指的来由，只是说他买来给他们老李家传辈的。另外，那个案犯到底是谁？李探长和侦查员们商议后，决定还是等野队长他们来了，固定证据，再深入侦查。

翌日清晨，黑土地上几片冻僵的白雪被太阳融化着，坚硬寂寞的土路上几只寻食物的狗似乎绝望地看着前方几个异地人。李探长和侦查员们顺着昨日的小道，向李老大儿子家走去，迎面碰到李老大儿子骑着摩托车驮着两个女儿。他放慢速度说，李叔，我送孩子上学，一会儿回来，吃了吗？到我家吃吧，我媳妇在。

大侄子，你忙，我们到村委会吃。

在村委会，李探长和村主任了解到李老大和邻村一个姓于的男子有交往，而且他们一同到津海市打过工。过去那个姓于的总到本村来找李老大，他俩好得像亲兄弟，李老大和他亲兄妹都没有那么好，李老大儿子好像叫姓于的干爹。自从李老大得了重病，那个姓于的来得就很少了，这事儿问问李老大儿子会更清楚一些。

傍晚，野队长带着岳晓腾一行五名侦查员，在当地县公安局配合下，将李老大儿子秘密带到镇派出所。

你干爹是谁？野队长问李老大儿子。

邻村的于天博，他犯事了？李老大儿子有些紧张，他在寻找李探长，他想问问李探长，这是怎么回事儿，不是人口普查吗，怎么把自己弄到了派出所，还来了一位官相十足的大人物问话。他蒙了，彻底不知所措。

别紧张，说实话就没事儿。

李探长和县刑警大队即刻去找于天博。

李老大儿子真的不知道他手上这枚金灿灿的戒指的来由，他相信自己的父亲在大城市挣了好多钱，所以给他们老李家买了这枚金灿灿的大戒指传家。

缠绕

野长坤原本没有安排岳晓腾跟随到东北，是岳晓腾主动请战。野长坤知道他就想破案，查到他父亲死亡的真实情况，同时侦破他母亲被害的案件。

野思瑶在电话里听母亲说，晓腾哥哥的母亲红革阿姨遇害。从小没有父爱的晓腾现在又失去了母爱，他怎么承受得了这样的打击？思瑶心里很是惦念岳晓腾。

野思瑶匆匆回到家，到了家里听母亲讲，晓腾和父亲到东北办案去了。思瑶的心情相对平静下来，她想，父亲会帮助他找出杀害红革阿姨的凶手。她对晓腾的担心，不仅带着发小的情愫，更多的是女孩儿爱恋的思绪。从上高中开始，思瑶就对晓腾有着一丝爱恋，她总是以找晓腾哥哥请教不会的难题为由，接近晓腾，晓腾也是百问不厌一一解答，两个人像亲兄妹。孙红革看在眼里，喜在心上，她希望儿子能和思瑶在一起，这样一来算是对岳腾有一个交代，儿子能和老同学的女儿结亲，相信在天有灵的岳腾会满意的，同时对自己也算是和野长坤延续着那份青春的缘分。

于天博还在抵抗，他认为李老大已经死了，没有了同案犯的证词，野长坤他们也没有办法。野长坤明白，仅凭李老大儿子手上的一枚戒指就把于天博嘴巴撬开，让他承认抢劫金店，几乎不可能，他肯定要狡辩。李老大的病故，给案件的侦破带来极明显的难度。

岳晓腾克制极度的悲痛，他知道如果能够破获两起抢劫金店案件，或许就能解开母亲被害之谜，于是他绞尽脑汁想如何撬开于天博的嘴巴。他请示野队长想再找李老大儿子谈谈，野队长也明白晓腾的心思，他让李探长陪着晓腾一起询问李老大的儿子，力争获得突破。

你爸给你的戒指你真的不知道是怎么来的？我告诉你他是抢来的。晓腾加重语气说。

我真不知道是我爹抢来的。李老大儿子一脸无奈，他紧紧地盯着李探长，想寻求李探长的帮助。

李探长转过身，点上一支香烟，吐着烟雾说，大侄子好好想想，说吧，说出来，你可以立功，免去你的重大刑事责任，可以减轻处罚。

听李探长说，你还想生儿子，将来有了儿子，你是一个罪犯，儿子会原谅你吗？晓腾和李探长在攻心。

李叔，能给我一支烟吗？

李探长没言语，顺手掏出香烟，给他点上。李老大儿子猛烈地吸着烟，嘴里没有吐出一丝烟雾，他一定是把所有的烟雾吸进肠胃，让烟雾缠绕自己的灵魂。

我说。李老大儿子开口了。

几年前，他偷偷听到父亲和于天博的对话。李老大得了第三个孙女的时候，他和于天博讲过，如果儿媳妇再生一个女娃，就让儿子和她离婚，让儿子再娶媳妇，不能对不起祖宗。于天博说，咱再干一票，现在你表妹夫的金店是个体经营，出了事儿警察不会太较真查办。得了手，再让你儿子离婚，总要给你现在的儿媳妇一些费用。你说呢？李老大想了想，默不作声地点了点头。

李老大儿子还讲了一个关键环节。他说，他爹活着的时候，让他给于天博当干儿子，还说，等大孙女大丫长大了和于天博的大孙子成亲，这样一来他们的关系就更加牢固了。于天博很是欢喜，他知道他们俩是拴在一根绳子上的蚂蚱，只要被公安局查出他们抢劫金店的事儿，两人会一起坐大牢，还得牵连自己的家人，所以他俩必须是铁杆的哥们儿，永远保持一种比亲人还亲的关系。在拜干爹的时候于天博送给大丫一条金项链，现在在李老大儿媳妇那儿收着呢，说是大丫和于天博大孙子的定亲物件。

岳晓腾马上把李老大儿子提供的线索汇报给野队长。他们立即取来于天博给的金项链，经过鉴定，正是二十年前被抢劫的金首饰之一。于天博在派出所的第三天崩溃了，他承认二十年前和几年前伙同李老大在津海市两次抢劫金店，他狡辩都是李老大指使他做的，那时候他年轻，不懂事，是李老大带着他到大城市打拼的，他必须听从李老大的话，否则李老大会让他回到贫穷的村庄。

于天博讲，第一次抢劫金店，李老大说是为了给表妹夫支付给他主任的赔款，要不然就要吃官司，还要坐牢，丢掉了工作怎么过日子？来到津海市，二姨还有表妹一家人拿他当自己家人一样，总是叫他去家里，给他包饺子吃，那个年代只有过年才能吃上猪肉白菜馅饺子的李老大激动万分。表妹一家人没有嫌弃他这个来自农村的穷亲戚，还时常给他衣物，给他零用钱。李老大讲义气，看到表妹夫出事了，他盘算着，找到在金店当保安的于天博，两人一合计，抢金店是发财的捷径。于天博的保安表演"很精彩"，二十年了竟然没有被发现。当年他把情况全部告诉了李老大，之后他佯装被抢劫犯打晕，倒在地上。野长坤和李探长觉得他面熟，二十年过去了，他还不到六十岁，可他已经老得像七十来岁的人。

我记得你叫余勇，怎么改成了于天博？野长坤问。

我害怕，那次抢劫金店是李老大自己干的，我只是一个协犯。后来他逃跑，给了我一条项链，过了几年又给了我五万块钱，说是让我回家盖房子。其他的他一个人都拿走了。他还讲，他就卖了十多万块钱，还得给他表妹夫还上打人的赔款，他说还留下一枚戒指。第二次抢劫，是抢他表妹夫的金店，他说最后再干这一票，回家种地，过好日子，反正他表妹和表妹夫离婚了，他要为表妹报复那个陈世美——秋晓战。

案件真相即将大白，可是岳晓腾总觉得这里面还有缠绕的线索捋不清楚。野长坤说把证据和嫌疑人一起押回分局，细致审讯。野长坤也感觉晓腾分析得有道理，他觉得这里面似乎存在秋晓战前妻范和萍的影子。

晓腾这几天全身心投入案件审理中，他无时无刻不惦记着此案能否和母亲被害案串并。秋叶也总是给他发微信短信嘘寒问暖，尤其是她把队里的车修理得非常好，总是以修车为借口希望能为刑警队做些公益的事儿。晓腾是有警惕性的，他知道李老大和她家的亲属关系，他只是回复他在外地办理一些交通肇事追逃案。不知道为什么在他心里对秋叶有一种亲人般大姐姐的感觉，甚至他特别需要秋叶的关怀和问候。但他还是忍住了内心躁动，他告诫自己野思瑶才是他应该追求的女孩儿，而不是比他大九岁的秋叶。可是感情是自己无法控制的，他越是逃避秋叶，越是渴望她的问候和打扰。

岳晓腾把这几日讯问的材料进行整理，他在自己的记事本里梳理着两次金店抢劫案的情况，金店抢劫案到底和自己母亲被害有没有联系？秋晓战是不是幕后指使？他陷入了自己设置的疑问中。

野长坤多么希望尽快破案，完结一桩积压二十多年的悬案，给受害者和社会一个交代。

责任

当老师的母亲从小就严格教育岳腾，岳腾父亲在区委宣传部门工作，忙起来不回家。母爱严厉，父爱他似乎没有得到。在上高中的时候，他和野长坤、孙红革分到了一个班。岳腾是班里的学霸，野长坤是班长，孙红革是一个活泼开朗的女孩儿。她喜欢野长坤高高的个子，有着兄长般宽阔的心胸，班里的体力活儿他都带头冲锋在前。野长坤还是篮球王子、学校的歌星，是全校女生暗恋的对象。岳腾就是一个书呆子，他把自己包装得文文静静，当时孙红革给他起了个外号，叫"大姑娘"。岳腾不仅不恨她，反而觉得她挺可爱，他在心里默默地喜欢着这个比他大几个月的女同学。

高中三年就像昨天的故事一样，瞬间掠过。岳腾考上了大学，野长坤从军，孙红革上了护校，渐渐地，他们拉开了距离。孙红革内心装着野长坤，可是模棱两可的野长坤一直没有明确的态度，他倒是像个"大姑娘"。有缘相逢，岳腾是在一次单位组织体检的时候见到了孙红革，一个文文静静的"大姑娘"主动向孙红革发起了爱情攻势，孙红革在朦胧中接受了岳腾的爱，他们结婚了。

到了分局刑警队，于天博心理防线彻底瓦解，岳晓腾和师父李探长乘胜追击。

我找野队长一个人说。于天博哭丧着脸说道。

李探长冲晓腾点了一下头。

报告野警官，我有一个立功检举争取宽大的情况向您报告，我也是被逼无奈，我不是有心抢劫金店，都是那个死鬼李老大的教唆。于天博还在辩解。

你先说立功的事儿，看看够不够宽大处理。

他说出了一个天大的秘密。原来岳腾的死和秋晓战的前妻范和萍有关系。于天博讲，他和李老大第一次抢劫金店之后，两人就拜了把兄弟，有福同享有难同当。有一次两人喝醉的时候，李老大说，你知道岳腾为什么跳楼自尽吗？告诉你，不许外传，要掉脑袋的。原来秋晓战家里别说五万块钱，就是拿出五百块钱都是很难的。范和萍迫不得已找到了孙红革，甚至跪下来求情，但孙红革不依不饶。无奈的范和萍又去厂里找到了岳腾，傍晚岳腾正准备回家，范和萍来了。

范和萍比岳腾年长三岁，丰满的身材，厚厚的红唇，带着一脸的哀愁。她跪在岳腾的脚下，抱住了岳腾的双腿，脸部紧紧地贴着他。那个时候孙红革刚怀有身孕，冲动的男女抱在了一起。范和萍关上了办公室的灯，岳腾早已经不能把持自己了，他展现了雄性生命的本能，范和萍也是不能自拔。

岳腾回到家里，看到熟睡的妻子，他后悔莫及，感到极度耻辱。

行，我知道你压力大，那也不能便宜了秋晓战那个混蛋，要不今后你怎么当更大的领导？必须要杀一儆百！咱就听野长坤他们的，至少要两万块钱。

在岳腾和范和萍动情的时候，岳腾发誓一分钱不要，就是要保守两人关系的秘密。听到孙红革的话，岳腾不知道怎么办才好。

是不是秋晓战老婆找你了，你见到漂亮女人心软了？孙红革的话刺痛了岳腾。

别瞎说，听你的，要两万。

两万块钱，对于秋晓战一家依然是天文数字。范和萍情急之下告诉岳腾，如果要钱就到公安局告岳腾强奸。就在这时候，李老大送来了救命钱。两万块钱给了孙红革，事态平息了。但是范和萍心里不服，隔三岔五威胁岳腾，岳腾偷偷地找母亲借了两千块钱给秋晓战。他还告诉范和萍一定在明年年底还上两万块钱。可是国有企业的日子一天不如一天，下岗，买断工龄，自谋职业，逼得秋晓战辞职离家。在这个节骨眼上，独守空房的范和萍耐不住寂寞，她时不时地找岳腾，两个人经常宣泄生理需求。只要岳腾故意躲避范和萍，她就要求还钱，或者要到公安局告发岳腾强奸，败坏他的名声。

岳腾实在熬不住了，那个时候本来就多心的孙红革似乎发现了什么，对岳腾看管严起来。承受事业和家庭双重压力的他，选择了自尽。

立即传唤范和萍。野长坤下达了命令，同时他告诉李探长暂时对岳晓腾保密。

李探长带领侦查员赶到秋叶飘香茶叶店的时候，大门紧闭，没有营业。他们又迅速找到秋叶。秋叶说母亲有可能在家，她打电话给母亲，关机。

范和萍在自己家中打开了煤气，自尽了。

现场范和萍留下了一封遗书给女儿秋叶。

爱女秋叶：

妈妈走了，你也长大了，是个女强人，我相信你会照顾好自己的，找一个爱你的男人。

我是对得起秋家的，就是可惜没有给秋家生一个男孩儿，让你爸甩了我。我恨他，为了他我出卖了自己的灵魂，是我逼死了岳腾。其实我也不后悔，岳腾是一个好男人，和他在一起我感受到了被爱和爱的心满意足，但我们是违背道德的。妈妈看出来了，你喜欢上了岳晓腾，咱们母女跟他们岳家造的什么孽呀。

孙红草是我杀死的，没有原因，恨她，恨她占有岳腾，恨她不通情达理，逼着咱家赔偿高额钱财，是她搞得我们家破人亡。如果不是她的逼迫，我和岳腾不会那样，你爸不会辞职，他也不会有钱，成了大老板，有钱了就忘恩负义，净想着要儿子继承家产，不顾你的感受。

我总是感觉你李老大表舅为了给咱家凑那两万块钱做了不该做的事儿，他可能就是抢劫金店的罪人，也好，他病死了，他逃脱了法律的制裁。我预感野长坤他们很快就会找到线索，很快就要抓我，我不能给你增添麻烦，只能一死百了。真的是一念成佛，一念成魔。

我的好女儿，不要难过，下辈子如果还能做人，我们还做母女，我会嫁给岳腾的，这么多年我一直怀念他。

爱你的妈妈绝笔

秋叶把遗书交给野长坤后，她扭过脸，泪水像瀑布一样情不自禁地流出。她冲出了房门，她不知道走向何方，她沿着河岸一直走着，没有目标和方向地一直向前走着。

岳晓腾的爷爷去世了，医院通知了他。处理好爷爷的后事，他把奶奶送去了养老院，他告诉奶奶等把家里的事情处理好就接奶奶回家。晓腾两鬓泛出白发，这些日子他显得老成了，没有了青春的帅气，更多了几分惆怅和心酸。他似乎明白了一切，虽然野叔叔让自己回避，他知道父母的死一定和秋家有关。

晓腾你看看这个。野长坤把范和萍的遗书给了晓腾。

真相大白。在野长坤的带领下，一年多来把近二十年的大案要案全部侦破，李探长推迟退休一年多，春天他才办理退休手续。野长坤被调到市局刑侦总队任副总队长。

晓腾和奶奶住在一起。

秋叶辞去了晓战集团的一切职务。尽管秋晓战央求女儿，他讲，自己准备退休，让女儿接管企业，等两个弟弟长大了再培养他们，但秋叶没有答应，她一心一意经营母亲留给她的秋叶飘香茶叶店。

三年后，岳晓腾被调到市局政治部文化处，担任《民警报》记者。这年秋天他和秋叶结婚了，是野叔叔主持的婚礼。

野思瑶整整哭了一夜。

野长坤和女儿讲，孩子，我们在社会的大舞台上生存，都要担负起一份责任，你的责任是救死扶伤，你妈妈的责任是教书育人，我的责任是让社会安全，其实我们还要担负起对生命爱的责任，因为我们是脚踩地上的人。哭吧，把苦水倒出来，你用舌尖细细品尝它，苦咸的滋味里面夹杂着一丝丝的甜。

亲密伙伴

一

夏季。最热的一天。

傍晚，老毒临退休的前一天，他在左局长家里软磨硬泡地让左局长同意他领养禁毒支队的退役禁毒犬老狗。

次日上午，老毒牵着老狗拿着退休证书和退役警犬证，高高兴兴地回家了。

晚上，全家人，还有一直守卫在防盗门前的老狗，在客厅为老毒过了退休后的第一个生日。

一桌子美味佳肴全部是老毒的手艺，当然老毒的妻子慧娟和儿媳妇晓晶做了得力的助手。

老毒的儿子学军第一个举起了酒杯说："老爸，您的大孙子豆豆明年上小学一年级了，您的新任务开始了，祝您健康长寿。"

老毒的爱人慧娟说："是呀，爷爷整天不着家，豆豆都快不认识你这个爷爷了。"

慧娟刚要说一些祝福的话，老毒举着一杯满满的酒站了起来，深情地说："谢谢你们的理解和支持，这么多年这个家都是你们支撑的，退休了我一定将功补过。"老毒说完，仰起脖子一饮而尽。

全家人的眼睛都湿润了。

老毒的大孙子豆豆一手拿着大鸡腿，一手举起了一杯饮料说："谁说我不认识爷爷了，爷爷是警察，抓坏人的大英雄。爷爷，我长大了跟你一样当警察，干杯!"

生日气氛进入了高潮。

老毒的亲家爹、亲家母、儿媳妇晓晶依次祝福。

老狗也回过头为两鬓斑白的老毒送去了祝福的眼神，毕竟老狗跟随老毒在缉毒战场奋斗了十三个春秋。

星期一，老毒依旧早早起床，正准备带着老狗出门，妻子慧娟说："你呀，就是一个贱骨头命，等会儿咱俩一起遛狗，顺便买早点买蔬菜。"

老毒真有点儿不习惯："你跟我上班去。"慧娟有些惊讶，还没等开口，老毒反应过来了，"你瞧我这个记性，昨天我就退休了，喝多了，慧娟啊，你说的对，我就是一个贱骨头命。"

清晨，一轮橘红的圆圆的像大玉盘一样的太阳从东方升起，老毒牵着慧娟的手，老狗紧跟左右，幸福地行走在海河岸边。老狗不时地奔跑几步，回过头，像是发现了什么，冲着老毒"汪汪"两声。

慧娟有些不自然地把手往外拽，老毒却紧紧拽住慧娟的手，让慧娟的手无法移动。老毒心里明白，慧娟一定在想，都这把年纪了，哪还有浪漫情怀，如果让街坊邻居看见，多么尴尬。老毒想，多少年没有和妻子慧娟这样轻松牵手行走了。想到这，老毒愧疚地扭过头看了一眼慧娟，两人四目触碰的瞬间，慧娟流泪了，老毒的眼睛也湿润了。老狗似乎明白了一点儿人性的眷恋，它低头"嗷嗷"了两声。

就在老毒和慧娟沉浸在幸福中时，突然听见他们身后有人大声叫嚷："看车，看车，这么大年纪了还玩吗时尚，有时间回家抱抱孙子去，什么玩意儿。"

一辆电动自行车飞驰而过，差一点儿就撞到行走在外侧的慧娟。说时迟，那时快，老毒一把将受到惊吓的妻子慧娟拥到了怀里，慧娟稳稳神，冲着前方骑电动车男子的背影，大声说道："你把车都快骑到便道上了，找死去，还这么横!"

骑出去两米多的那个裸露上身的中年男子停下了，用一根木棍支住了装满矿泉水桶的电动车，又拿出一根木棒，凶神恶煞地折返回来说："谁骂街了，谁找死了，给我站出来。"他走到老毒和慧娟面前，瞪着双眼，嘴里还不停地说，"谁骂街了，谁？"

这个男人站在老毒面前。他中等身材，光头，面部黑红粗糙，胸脯上文着蓝色龙头，双臂文着两条麒麟模样的禽兽，左手拎着一根白色的木棒，穿一条大裤衩子，没有穿袜子的两只脚趿拉着一双布鞋，满嘴黄黑色的牙齿，浑身散发着烟草味道。

老毒紧盯光头文身男子的眼神，似乎发现了什么。老毒先是给老狗使了一个眼色，紧跟着上前几乎就是鼻子对着鼻子，嘴对着嘴，跟光头文身男子呛火地说："我骂你了，怎么啦？你没长眼睛，你把车子骑哪儿来了？别以为文个身，就是流氓地痞黑社会了，我见得多了，小子，练哪一块，你说。"老毒整个一副老玩闹的样子，一改他的光辉形象。

慧娟看到老毒的样子，有些疑惑。

慧娟心想，退休了，他腻得慌，别再惹什么事儿。慧娟赶紧上前拽住老毒的胳膊，冲着光头文身男子说："我骂的，你有本事冲我来。"河岸的路边热闹起来，遛早的闲人，跑步的，舞剑的，打太极拳的，买早餐的，遛狗的，上班路过的，围了一圈人。

光头文身男子，开始有点儿蒙，围观的人逐渐多了，他又来劲了："你们俩别倚老卖老，信不信我一棒子打得你们满地找牙，你俩也不扫听扫听我是谁。"光头文身男子原地不动地说着狠话，他把手中墩布把粗细的木棒扛在肩上，有点儿像武侠电影里乞丐帮小头目的样子，摆了一个架势，但是始终一动不动。

老毒推开了慧娟的手，把脑袋伸向光头文身男子胸脯上蓝色的龙头，大声说："你一棍子劈了我，小子算你有本事！"老毒跟他耍起了无赖滚刀肉。

这时候上来几个劝架的人。

"行了，大爷，你跟一个送水的较吗劲，赶紧买早点回家吧。"

"大爷，别怕，他的文身不是龙，是一条皮皮虾。"

"送水的，打呀，抢起棍子来，一会儿警察来了，就没机会了。"一阵哄笑，送水的光头文身男子也跟着起哄大笑起来。

光头文身男子自以为占了上风。

老毒用手掐了一下慧娟胳膊，这时慧娟似乎明白了老毒现场表演的意图，她赶紧躲出人群拨打了110。

这个时候老狗也奔跑回来了，它冲着老毒伸了三下舌头，之后等待老毒的号令，时刻准备冲锋擒拿光头文身男子。

围观者看到钻进一条面带凶相的老狗，开始往外散去，光头文身男子也有了些胆怯。他颤栗着双手把木棒横在胸前，准备迎战，大声道："好呀，老小子，搬来救兵了，你们是狗仗人势，还是人仗狗势，来来，来，你们一起上，我把你们打个狗血喷头。"

刹那间，老毒一声口哨，就看老狗一个飞跃，一口死死地咬住了光头文身男子手中的木棒。老毒一个箭步冲上去，口中念叨着："乌龙摆尾上下进，走马擒敌把敌缠。"老毒双手抓住光头文身男子双手，并把他摁倒在地，用膝盖顶住光头文身男子的腰部。

这时，一辆闪着红色光芒的警车驶来，十余名全副武装的警察冲了过来。两名警察用正义的手铐铐上了光头文身男子，三名警察疏散了围观人群，另外几名警察在老毒的带领下疾步冲到了光头文身男子的送水车旁，在老狗的指点下，搜查出几包藏在车后工具箱里的白粉，以及一把匕首。

远处围观的人群不知道发生了什么，但还是有人带头鼓掌。

两名交警过来维护交通秩序。

老毒、慧娟、老狗上了警车。

左局长在分局会议室里亲自接见了老毒、慧娟，还有老狗。左局长深情地说："我的老毒同志，你是人退休了，职责没有退休，感谢你的警惕，把这个以贩毒养吸毒的团伙骨干之一抓捕归案。下一步顺藤摸瓜，深挖线索，让年轻同志去干吧，你好好享受退休的日子，有困难找我。"

老毒脸红润了，说："我家慧娟机智，我一个眼神，她就知道搬救兵了。老狗勇敢，配合我侦查固定证据。同志们来得及时，擒拿了犯罪嫌疑人。我只不过嗅到了光头文身男子口鼻散发出了白粉的味道，否则我和一个送水工计较什么。退休了，我也是一名人民警察，左局，您放心，我还是有这点儿觉悟的。"

在场的战友们为老毒、慧娟、老狗热烈鼓掌。

午夜，老毒躺在床上拥着慧娟问："老婆，今天发生的事儿你怕吗？我给你使眼色，你怎么就理解是报警，而且感觉是要抓捕毒贩呢？有点儿像老狗与我的默契了。"

"你凑近光头文身男子，嗅他口鼻，我就知道你来精神了，发现了'猎物'，这么多年跟着你，你那点儿心思还瞒得过我？"慧娟移动身子，把头深深扎进老毒的胸膛接着说，"说实话，我怕，我是后怕，我听左局长说，我们今天抓住的是贩毒团伙中的一个人，那么他们还有一帮人，如果盯上你，报复咱怎么办？今后出去你可得小心点儿，一定要带上我和老狗，有个照应。"

慧娟回答的也正是老毒担心的，退休了，警察工作证、手枪和枪证，全部上交了，没有了警察名号，赤手空拳，还好有老伙计老狗。

老毒安慰慧娟说："你怕什么？我老毒是猫，九条命，你是猫的老婆，也有九条命，再说咱们还有老狗。听你的，今后出门咱们三个形影不离。"

慧娟有了些睡意，老毒突然想起什么，轻轻地给妻子盖了盖夏凉被，蹑手蹑脚下了床，走到客厅。此时老狗卧立在防盗门前，双眼放射着蓝光，警惕地守卫着他们的家园。

老毒有些心酸，默默地向着老狗敬礼。

老狗似乎意识到了身后的老毒，把腰挺得更直了，好像在说，放心吧老毒，有我老狗在，这里永远安全。

二

春节就要到了。

老毒一大清早和老狗遛弯儿回家。

老毒看到满是雾气的窗户玻璃，心想，这么多年了，每逢过年，家务都是慧娟和儿子学军他们干，现在退休了，我要多干一些家务，弥补对家里的愧疚。

老毒开始擦玻璃，慧娟走出厨房说："他爸，学军告诉我周日他请了家政来做卫生，顺便把咱大孙子豆豆送来，节前学军和晓晶忙着水果超市生意。今年三十晚上接咱们，还有亲家两口，一起到鸿福来吃年夜饭，孩子们都订好桌了。"

"不去，在家里包饺子，好不容易退休了，在家里过一个除夕，还要去饭馆？再说了咱们都去饭馆，老狗怎么办？它自己在家，孤孤单单，你忍心？要不，你们去，我和老狗更自由，对吗？"老毒冲着老狗挤了挤眼说。

老狗感激地赶忙用嘴叼着几张报纸递给擦玻璃的老毒。

老毒感叹道："老伙计，你比我那儿子还懂事。"

慧娟拗不过老毒，顺从了大半辈子，她只好配合老毒收拾里里外外的屋子。

天快黑了，干干净净的屋子充满了年味儿。老毒对慧娟说："咱们累了一天，刚擦好油烟机，别做饭了，咱们去华润超市买年货，买春联，顺便咱们也下馆子，吃肉包子，也给老狗买半斤带回来吃。老伙计，你要看好家呀。"老毒和慧娟，还有老狗商量。

慧娟高兴地答应了，去穿衣服。

老狗有点儿不高兴，冲着老毒一个劲儿地低声"嗷嗷"。

老毒明白老狗的心思："也罢，老伙计，超市、包子铺都不让你进，你在门口等着我们，不许乱跑，碰到了你的同类，也不许搭讪，狗里也有奸诈的畜生。"

听到老毒的话，老狗高兴地点了点头，又摆了摆尾巴。

老毒和慧娟骑着共享自行车，老狗尾随其后。他们先到了李记老味包子铺，老狗很自觉地蹲在包子铺角落等候，老毒和慧娟进包子铺找了空座。老毒让慧娟坐下，自己去收银台点了一斤半传统肉包子，又给慧娟倒上了醋，剥了几瓣蒜，盛了一碗小米粥。不一会儿工夫，白白的散发着肉香的三盘包子上来了，老毒赶紧递给慧娟一盘："老婆累一天了，快吃。"慧娟幸福地夹起一个包子吃了起来。结婚这多年了，除了恋爱期间，老毒还是第一次这么细心照顾慧娟。

老毒找服务员要了一个大塑料袋，把两盘包子倒进去，提着包子出去了。老毒凑到老狗面前，送到老狗嘴里一个包子，再送到自己嘴里一个包子。他们在包子铺的门外角落里，迎着嗖嗖的冷风，狼吞虎咽着，老狗的眼角明显流淌着两滴幸福的泪珠。

慧娟知道老毒的行动，赶紧吃了几个包子，要了一个塑料袋装下剩余的，足足三两包子，买了两瓶温热的矿泉水，走出了包子铺，把包子和水递给了角落里的老毒，老毒冲着慧娟满意地笑了。

老毒把慧娟递过来的包子，递给慧娟一个，又递到老狗嘴里一个，自己也美美地吃着，不时地把矿泉水倒在老狗长长的舌头上，自己再咕咚咕咚地喝。

天黑下来了，黄色的路灯下，三个影子构成了一座山体，坚不可摧。

吃饱喝足了。

过了马路，老毒把老狗带到了地铁站的旁边，再三叮嘱老狗就在这里等着，等采购完年货，一起回家。老狗是一条受过正规训练的警犬，它懂得执行命令的重要性。

老毒和慧娟走进了超市，推着一辆购物车，乘着扶梯直奔二楼，开始挑选年货。

这里人山人海，一派祥和的过年景象。

老毒冲着慧娟说："你靠近我，可别丢了。"

"瞧你说的，我还离不开你了？自打你转业到了缉毒队，年货不都是我一个人带着学军买的？后来学军大了，搞对象了，就我一个人买了，我也没有丢啊。"慧娟埋怨地说。

"对，对，是我这辈子欠你的，从今往后我一定补上。对了，多买点儿德芙巧克力，豆豆最爱吃。"老毒说。

"买点儿就行了，儿媳妇不让豆豆吃太多甜的，豆豆明年该上学了，得注意牙齿，咱还是多买些坚果，尤其是腰果，学军从小就爱吃你炒的腰果虾仁，你可十多年没给孩子炒了。"

老两口儿一边挑选年货，一边回忆过去的年月。

"今年是你的本命年，我给你买一条红腰带，再来一身红内衣。"老毒讨好慧娟说。

慧娟比老毒小一岁，去年老毒本命年，慧娟的姐姐给老毒买了红腰带，老毒至今还系着。退休前两个月，在一起案件中这条红腰带帮了大忙。

慧娟打断了老毒的好意说："算你有心，还记得我的本命年，我姐已经给我买好了，后天她来咱家，顺便给我送来。这个是有讲究的，就得姐姐给买。你没姐姐，你嫂子也不乐意搭理你，谁给你买？也就是我姐理解你。"

"你又提陈芝麻烂谷子事儿了，大哥儿子大军当辅警挺好的，好好干，兴许能转成正式民警。再说，我大姨子闺女，你的外甥女小胖，也太胖了，当不了兵，现在在中医院挂号也挺好。"老毒解释着。

"行，你是警界的英雄，不徇私情，可是你战友老陈的闺女还戴眼镜呢，你跟疯了一样，就差找到北京了，那闺女还真当上了缉毒警察，听说又是你找的关系。"慧娟杵着老毒肺管子说。

老毒有点儿激动："那是烈士后代，不一样，行了，不买了。"

"你呀，在家里就是官僚主义，好好，你是对的。"慧娟哄着老毒。

满满的一车年货，还有对联、大福字、一对吉祥的大鲤鱼窗花。老毒还特意买了两瓶剑南春，春节儿媳妇晓晶父亲来，老哥儿俩好好喝两盅。

到了收银台，结账的队伍长长的，老毒让慧娟先排队，自己在附近转悠转悠，打发时间。在另一排队尾，老毒突然眼睛一亮，一对恋人在一起缠绵着，卿卿我我。老毒似乎又看到了"猎物"，不由自主地凑到青年男女身边，嗅闻他们口鼻呼出的独特味道。

"你干吗，老流氓！你总盯着我对象干吗？你信不信，我抽你大嘴巴子！"穿着红色外衣、染着一撮蓝色头发的男青年，瞪着双眼，脸色煞白，用纤细的右手食指，指着老毒的鼻子凶恶地说。

老毒也不含糊："你个小兔崽子，别骂街，别指我，我当你爷爷都不过分。叫你家长来，我不跟你说，你一个小毛孩儿不懂事。"

这个时候无数双眼睛看过来，但是谁也没动，生怕错过排好的结账队伍。慧娟看到老毒又惹祸了，赶忙推着一车年货跑了过来。

穿着雪白色外衣、染着一撮紫色毛发的女青年也不示弱，指着刚到的慧娟说："怎么你还搬救兵，不就一个老娘儿们吗？我一只手就废了你们。"

蓝毛男青年看到慧娟来助战，火气上来了，他的拳头刚要伸出来向慧娟挥去，老毒一个扳手腕，把蓝毛男青年制服。

"哎哟，哎哟，老流氓打人了。"蓝毛男青年开始喊叫。

老毒气愤地说："老娘儿们斗嘴你动手干吗？"

紫毛女青年冲着老毒嚷嚷起来："谁是老娘儿们，你娘儿们才是老娘儿们，看清楚点儿，我是小姑娘。"

老毒感到又好笑又可气，心想，稳住这两个青年男女才是当务之急。老毒回答道："好好，我老了，眼神不好，我看错了，你是小姑娘。"

"你还不放手？你非得出人命吗？那你可就要倒霉了，我爸要是来了，你死定了。"两只手还在老毒控制下的蓝毛男青年歪着脑袋说。

老毒放了手，给慧娟使了一个眼色，慧娟心领神会，刚要推车走，老毒一把将两瓶剑南春酒拽到地上，"砰砰"几声闷响，两盒酒落地，散发出剑南春的酒香。老毒拽住蓝毛男青年左手就地一坐，酒渗入了老毒的衣裤。

蓝毛男青年傻了眼，紫毛女青年却沉稳地说："哎呀，大龙子，闹了半天咱遇上碰瓷的了。"

慧娟顾不了老毒，赶忙躲开拨打电话。

叫大龙子的蓝毛男青年似乎也醒过味儿来了，叫喊道："碰瓷的，大家看，一个老不要脸碰瓷的，还有一个老娘儿们，要过年了，老家伙讹上我了。"不管他们怎么嚷嚷，顾客和收银员依旧忙碌着，他们知道周围有无数监控录像，这年头儿有证据，什么都不怕，监控室的保安估计早已报警了。

就在这僵持的千钧一发之际，老狗疯狂地从收银处飞驰而来，死死地咬住了蓝毛男青年的衣角。蓝毛男青年被这突然袭击吓倒在地，紫毛女青年想脱身去喊救兵，被赶来的慧娟一把拽住。

保安追着老狗进来了，派出所民警来了，分局缉毒队民警也到了，现场没有太混乱的局面，人们依旧井然有序购买着年货。有点儿怪的是对于这场闹剧，顾客只是原地观赏，好像他们认为是在拍摄影视剧。

老毒趁人不注意，还舔了地上流淌的酒，他知道只有佯装醉鬼碰瓷的，到了派出所才好脱身。

警察把紫毛女青年、蓝毛男青年和老毒带上了警车，慧娟带着老狗，把两瓶剑南春酒结了账，向收银员道了歉，然后上了另一辆警车。

派出所出警带班的刘强副所长，指派两名民警调取监控录像，其他人员及超市的两名保安一起回派出所里调查取证。

禁毒支队长卢布品在家休假，是值班的副支队长王林带队出警的。他不熟悉老毒，老毒退休前几个月他才从图侦支队调来，况且老毒也不怎么去支队上班，总是跑到局里找左局长请示领养老狗。

王林和刘强两人一商量，先让醉醺醺的老毒半躺半坐在办案区讯问室的长椅子上，两名禁毒支队民警看管着老毒、慧娟和老狗。

王林和刘强以及派出所的两名民警，讯问紫毛女青年和蓝毛男青年。王林让两个人把口袋里的东西全部掏出来，他们一开始还配合，拿出手机、一些现金、卡包，蓝毛男青年显然磨磨蹭蹭。

王林的脾气爆发了："把里面衬衣口袋里的东西也掏出来。"

蓝毛男青年表现出了恐惧："你们有搜查令吗？等我爸来，等我律师来再说吧。"

忍了一会儿的刘强上前把手强硬地伸进了蓝毛男青年的衬衣口袋，将一小袋白粉拿在了手里，刘强来了精气神："这是什么？白糖？奶粉？够精致的，这么小袋的面粉我还是第一次见到。"刘强副所长像是神探的样子，顺手把缴获的一小袋白粉交给了王林。

就在这时，左局长和一个高个子、大背头、绅士模样的中年男子来了，蓝毛男青年一下子哭了："老爸，你可来了，我让一个碰瓷的老头儿给打了。左叔叔，你可得给我做主啊！"王林和刘强上前给左局长敬礼，王林把左局长拉到一旁低声汇报了经过，中年大背头是本市房产公司总经理黄兴隆，蓝毛男青年正是他的儿子黄大龙。

左局长又把黄兴隆叫到另外一间屋里，说明了情况，黄兴隆愤怒得双手哆嗦起来，气急败坏地说："我要打死这个孽障！"

左局长拉住了他说："事情还没有搞清楚，调查后再说吧。"

"老同学，谢谢了，你们看着办吧。"说完黄兴隆坐上了他的奥迪 A8 一溜烟儿离开了派出所。

左局长让刘强把老毒带到所长办公室，两个人似乎吵了起来。一刻钟的工夫，左局长把王林喊了进来，命令把男女青年带回分局禁毒支队，化验，固定证据，让派出所出车把醉鬼老毒、慧娟，还有老狗送回家，明天再说。民警们各自执行命令去了。

左局长和黄兴隆是同学、发小，为了翻盖分局办公大楼，黄兴隆赞助了不少钱，市里的领导、市局的领导跟黄兴隆也有很好的交情，黄大龙的案件真的很棘手。

"这个老毒啊，退休了还这么不老实。"左局长自言自语地说着，乘车奔向禁毒支队。这一夜，他又无眠了。

两天后，禁毒支队长卢布品受左局长的委托来到老毒家里。一是慰问，因为老毒坐在地上时，右手被碎酒瓶玻璃扎破了，那天晚上慧娟还陪老毒去医院缝了三针；二是来告诉老毒，没有黄大龙吸毒和贩毒的证据，验尿验血都是阴性。

那个紫毛女青年化验结果是阳性，她是吸毒的瘾君子，在市戒毒强制中心查到了她戒毒期间的历史档案。他俩是在网上认识的，是那个紫毛女青年勾引了黄大龙，紫毛女青年供认不讳，已经刑拘，案件正在进一步侦查中。

黄大龙已经释放回家。

老毒愤慨地对卢布品说："你现在是禁毒支队的掌舵人，是左局长的心腹，得力干将。黄总是你们的钱袋子，他儿子能有罪吗？走吧，走吧！"卢布品再三解释都没有用，还是慧娟师母解的围，他拿着慰问品回分局向左局长复命。

下午老毒的儿子学军急急忙忙回家了，一进门就冲着老毒说："爸爸，你退休了，不是缉毒警察了，干吗总管闲事，您知道黄总今年从我的水果超市进了多少钱的货吗？人家让我赚了一大笔钱，您不为我想想，也得为您孙子着想啊，明年豆豆上学费用可大了，还有我房子的贷款您给我还？"

"放屁，你小子就知道赚钱，他黄兴隆为什么进你的水果，还不是因为我是一名缉毒警察吗？你就毁了我一世的清白吧。"老毒歇斯底里地喊叫起来。

学军也不示弱，跟老毒嚷了起来："您都退休了，他能看您的面子？您在他眼里算什么？黄总和你们左局长是同学，您别太拿自己当回事儿。"

老毒气急败坏，挥手一巴掌打在了学军白白净净的脸上，学军哭了，"呜呜"地哭了，吓得慧娟赶紧搂住儿子也哭了起来。

老毒一边走进自己的卧室，一边大声说："你给我滚，我和你断绝关系，这个家你永远不要回了。"

学军挣脱慧娟的搂抱，走出了家门。

老狗默默地守在家门前，无奈地沉默。

老毒回到卧室关上了门，看着学军五岁那年搂着自己脖子亲吻嘴角的照片，老泪纵横，自语道："军儿，你什么时候能理解爸爸，钱真的那么重要吗？"

三

老毒的大孙子豆豆上小学一年级了。

老毒和慧娟每天接送孙子，有时候带着老狗，有时候让慧娟给豆豆做饭，老狗在家里陪着慧娟。

星期二下午，豆豆停课半天，在家里写作业，老毒和慧娟商量说："豆豆奶奶，我去一趟灯具家电城，给豆豆买一盏护眼台灯，顺便买一个多功能插座，你看咱家的多功能插座都碎了，哪天电着豆豆可就坏了，咱要未雨绸缪。"慧娟同意了，老毒让豆豆听奶奶话，还告诉豆豆，爷爷回来给买一只豆豆最爱吃的老汤烧鸡，豆豆高兴地亲了老毒的脸。

老毒乘坐地铁一号线到了灯具家电城。今天是周二，这里的街道空空荡荡的，人员稀少，来往的汽车在立交桥上穿行。老毒手里拿着刚从地铁站里取的免费《今日渤海》报，慢慢悠悠地向灯具家电城入口处走。当老毒走到 E 区门前时，突然一个时尚高个儿女子走近了老毒："大叔你好，您需要 A 级高清外国大片吗？"女子操着南方口音，娇滴滴的声调让老毒有一丝寒冷麻酥酥的感觉。

老毒仔细打量对面年轻俊俏的女子，面色白里透红，脖子上系着淡黄色大牡丹花的纱巾，身穿蓝色外套、紧身黑色七分裤，脚下一双乳白色船式高跟鞋，细眉毛双眼皮，樱桃红唇，楚楚动人，好俊俏的女子，就是她的小肚子往外凸起，典型的俊俏孕妇。

老毒明显蒙了，冷静下来之后，他又像嗅到了猎物的味道似的，凑近俊俏孕妇，微闭双眼，俊俏孕妇也大方地向老毒的脸部靠拢，老毒此时此刻浑身更是麻酥酥的。

俊俏孕妇看到老毒上钩了，又娇滴滴地说："大叔，你到底要不要？"

"我要，我要，一定是 A 级欧洲高清大片呀。"老毒的口音都发生了变化，有一点儿闽粤的口音了。

"那你要几个？"俊俏孕妇红红的嘴唇吐出了迷人的气息。

老毒又是浑身麻酥酥的，他定定神，保持定力。老毒用手里的报纸指着俊俏孕妇："我要十个欧洲大片，价钱你定好了，我俩交好朋友啦，晚上我请你吃饭，就咱俩啊。"老毒色眯眯地冲着俊俏孕妇柔情地回答。

俊俏孕妇兴奋地说："大叔，你看到前面那个灰色的奇瑞厢式货车了吗？都在那里，你先试看，不合胃口，我们老板白送你十个。"老毒顺着俊俏孕妇纤细的手指，发现卫国立交桥下的确有一辆灰色的奇瑞厢式货车。同时老毒还发现，奇瑞厢式货车前方二百米左右有一辆黑色奥迪 A6 轿车，这辆轿车，老毒太熟悉了，他想到了左局长、卢布品支队长，还有燕子，难道又撞到了一件大事？

俊俏孕妇大大方方地挽起了老毒的胳膊，像一对父女一样走向卫国立交桥下的奇瑞厢式货车。

老毒全都明白了，就在他嗅到俊俏孕妇的呼吸那一刻，老毒知道他又发现了"猎物"。今天慧娟没有来，老狗没有来，也幸亏他们没有来，否则豆豆再来，那麻烦就大了。

老毒顺从俊俏孕妇的安排，走到了奇瑞厢式货车前。俊俏孕妇敲了三下厢式货车后门，门打开了，里面黑乎乎的，有五个男子，其中一个戴着墨镜的年长的男子开口了："你是老八的亲信，老八怎么没有来？"他带着典型的广西口音问道。

"八爷在前面的轿车里，就离您这里二百米，您下车看看。"老毒回答着戴墨镜的年长男子的问话。

俊俏孕妇点了点头。

两个魁梧的壮汉打开了两个手电筒，两道白光映照车厢内码放整齐的十袋面粉。面粉是十公斤一袋，老毒很专业地凑近面粉袋子，开始嗅闻。

"没关系，你可以打开一袋再确认一下。"墨镜男子又说话了。

"用不着，我的鼻子比嘴巴灵巧，刚才俊俏妹子的嘴巴距离我嘴巴有一毫米的时候，我就知道你们到了，而且纯正的白货也到了，俊俏妹子一定是屁股坐到面粉袋上了，味道极好。"老毒满脸狡诈的淫笑，让几个远道而来的毒贩深信不疑。

墨镜男子又发话了："老哥，老八可以过来交易了。"

老毒说："老板，八爷说了，你带俊俏妹子过去，数够了码子，带着你的兄弟姐妹走人，A6换你这辆破奇瑞，你划算，这样更保险，对吗？"

墨镜男子满意地点头："老八是道上的精英，想得周到，咱们这只是开始，难怪龙爷推荐老八和我们做生意。不过我还是守着白货，你俩和红孩儿去验钞，合适了，发信号，我们过去开车走人，你们过来也开车走人。"

原来俊俏孕妇叫红孩儿。

墨镜男子的确老辣，办事稳稳当当，不留破绽，但他万万没有想到，这个老毒是一名干了大半辈子缉毒工作的退休警察。

老毒心想，左局长一定不在车上，车上一定是卢布品这小子。原本他乔装打扮成所谓的老八，结果因为我的介入，打乱了他们的行动计划。另外车上一定还有燕子，别看是女孩儿，可是个神枪手，武警指挥学院毕业，去年武警总队散打冠军，就连男同志也未必是她的对手。

老毒一边想着对策，一边向黑色奥迪 A6 轿车走去。

墨镜男子下了奇瑞厢式货车，装作看城市景观的样子，洞察周边的动向。有两个人坐在距离奇瑞厢式货车一米多的花坛旁，吸烟聊天。他们等待黑色奥迪 A6 轿车那边信号一发，立即驾驶车子开溜。

奇瑞厢式货车里还有两个人，再加上玩手机的青年男性司机、俊俏孕妇和壮汉，这伙贩毒团伙总共有八人，老毒盘算着下一步行动。

在灯具家电城 A 口处的现场指挥车上，左局长骂道："这个老家伙闻到腥味了？他来干什么？部署好的，由卢布品化装成老八和这伙毒贩交易，之后一网打尽，是谁临时更改方案？"指挥处的陈主任赶忙冲着左局长摇了摇头，左局长又自语道，"难道卢布品这小子和老毒玩的猫儿腻，没有和我汇报？这小子他不敢啊。"左局长命令陈主任，"让各点位狙击手准备，一旦发生情况，注意别把自己人伤着。"

老毒带着俊俏孕妇和一个壮汉向黑色奥迪 A6 轿车走去。突然老毒发现，桥下几只流浪狗在无忧无虑地觅食，其中老狗也在里面。老毒惊讶了，心想，老狗不是在家吗？什么时候跑这里来了？难道这次行动，卢布品派人找我，我没有在家，就把老狗带来执行任务了？老毒越想越糊涂。

俊俏孕妇低声说："大叔想什么呢，这几步道你走得这么慢？"

壮汉右手一把冷硬的五四式手枪顶在了老毒的腰部。老毒什么没经历过？他色眯眯地低声说："妹子，大叔想你呗，走神了。"听到这样的话，壮汉放松了警惕，俊俏孕妇又挎起了老毒的胳膊走到了黑色奥迪 A6 轿车司机面前。

老毒的猜测完全正确，黑色奥迪 A6 轿车的司机正是禁毒支队长卢布品，后座上拿着一个紫红色皮箱的正是武警总队散打冠军燕子。

俊俏孕妇打开后车门钻进了车子，老毒刚要打开副驾驶门，壮汉一把搂住了老毒，忽然那只像老狗一样的流浪狗飞奔而至，一口就咬住了壮汉握枪的手。只听后座"砰砰"两声左轮枪的声音，原来那名俊俏孕妇钻进车内感觉不对劲，她立刻从怀里掏出了准备好的一枚手雷，准备和警察同归于尽，被有所察觉的卢布品连开两枪，当场击毙。

灯具家电城外也是一阵枪声。路上的清洁工、烤红薯的、闲逛的、遛狗的，这些化装的民警，在全副武装的特警配合下有秩序地一拥而上。戴墨镜的中年男子被当场击毙，花坛旁两名毒贩、奇瑞厢式货车内的两名毒贩，连同吓得尿裤子的男性司机全部被擒。

老毒抢过壮汉的五四式手枪，与流浪狗一起擒住壮汉。

惊心动魄的两个来小时过去了，百姓无一伤亡，参战的百余名民警无一伤亡。

毒贩共计七名，击毙两名，一名戴墨镜的中年男子，一名俊俏孕妇，法医鉴定她的确怀孕五个多月了。抓获的五名贩毒犯罪嫌疑人供认不讳，同时证明戴墨镜中年男子是他们老板，俊俏孕妇是他的小老婆。另外，五名毒贩证明司机是面粉公司的职员，是俊俏孕妇花钱雇的，他不知道实情。

这次战役，缴获白粉一百公斤、五四式手枪四把、手雷两枚、匕首五把。

庆功会之前，在左局长办公室，老毒和左局长又大吵起来，吵闹的内容谁也不知道，谁也不敢去劝说。

庆功会后，卢布品找到左局长，他说他的一等功应该给老毒，左局长没有同意，左局长认为老毒无组织无纪律，退休了，还擅自参加行动。

毒贩壮汉交代，俊俏孕妇认识老八的老婆，所以看到燕子，知道中了圈套，准备引爆自制的手雷，没承想一家三口死在了贩毒的路上。

另外，毒贩壮汉还交代："接头地点是灯具家电城 E 区门前，接头者手中拿一份《今日渤海》报，卖方问买几个大片，买方说十个高清大片。"

这么巧，老毒全部答对了。

那只流浪狗是老狗的儿子，一个品种的狗，是卢布品训练的缉毒犬，名叫大虎。

卢布品一直怀疑，老毒是有所准备的，他到底接受谁的命令？怎么这么巧呢？肯定不是左局长，否则左局长不会和老毒急赤白脸地吵闹。

老毒的媳妇慧娟也纳闷，老毒退休后怎么总遇上贩毒吸毒的罪犯和瘾君子呢？这次掺和的案件闹大了，活该挨了左局长的批评。

老毒想，老狗还有儿子大虎，我怎么不知道呢？卢布品这小子不够意思。

老毒来灯具家电城巧遇分局缉拿贩毒团伙行动，而且不伤一人成功出色地完成任务，是巧合，还是有其他隐情？谁也不知道谜底，似乎也没有谜底。

尾声

冬日的海河上面有一层薄冰，一群飞鸟恋恋不舍准备南飞，几只野鸭躲在河岸角落，准备捕几条小鱼过冬。摄影爱好者准备好了一切。

清晨，老毒带着老狗在海河岸边遛弯儿。

突然，传来几声紧急的喊叫："救人啊，救人啊！"

老毒和老狗回过头，顺着喊叫声奔跑过去。

原来是三个滑冰的少年，不慎将薄冰踩踏出冰裂，之后形成了冰窟窿，三个滑冰少年全部落水，岸边晨练的好心人急忙大喊救命。

老毒正在焦急的时候，老狗一个飞跃跳入冰裂的河里。老狗像一名战士一样奋勇向前，前爪推动一个男孩儿，嘴叼一个男孩儿，送到岸边，老毒和几个群众把两个孩子拉拽上来，老毒开始人工呼吸抢救。一位女同志冲着老狗大喊，还有一个孩子。老狗喘着粗气，立即折返回去，把要沉入河底的孩子用头和前爪推送到河岸，人们又开始营救第三个孩子。

老狗双眼微闭，想再看一眼老毒，可是老狗真的没有力量了，冻僵的头颅，麻木的四肢，老狗整个身子像一尊雕像慢慢地沉入了河底。

老毒把三个滑冰男孩儿抢救过来了。

110 警车来了，120 救护车来了，群众给老毒鼓了掌，民警询问了现场情况。

老毒正要告诉民警和在场的群众，救助三名滑冰少年落水的真正英雄是他的老伙计老狗时，才发现老狗失踪了。一个围观的男青年说，那条狗救助完第三个男孩儿之后，再也没有上岸。

老毒疯狂地冲向河边，被在场的民警和群众生生地拉住。老毒不停地叫嚷："老伙计，老伙计，你在哪儿？你在哪儿？"

老毒这一辈子爱好广泛，就是不会游泳，他说一见到水就晕。

老毒晕倒了，120 把老毒拉到了医院抢救。

水上治安支队民警经过三个多小时的努力，终于把冻僵成一尊雕像的老狗尸体打捞上来。参加打捞的同志们深情地向老狗敬礼。

后来老毒才知道，是左局长亲自指挥打捞老狗尸体的，还听说左局长流了许多眼泪。

闻听老狗牺牲的消息，老毒躺在病床上精神恍惚，十几年来和老狗一起奋战的情景浮现在脑海。

那年春天。老毒在执行追逃贩毒犯罪嫌疑人的任务中，险些被一名贩毒犯罪嫌疑人用自制火枪击中，是老狗一个纵跃替老毒挡住了飞弹，至今老狗的后脑还存留无法取出的五粒黄豆大的钢珠。

那年夏日。老毒带着老狗到南方某地执行大地震救援任务，在抢救一名被困在屋檐下的老大娘时，由于余震的原因一根木桩砸伤了老狗的右腿，之后老狗又被一块锋利的铁物划破了肚皮，但老狗硬是轻伤不下火线，和老毒一起搜寻抢救遇难群众，他俩共救助二十一人。

那年秋季。老毒被借调到部局去云南执行任务，老毒与两名毒贩枪战，老狗与一名毒贩搏击，被毒贩用匕首连捅了三刀。救援特警赶到现场将三名毒贩成功抓获，可是老毒和老狗倒在了血泊中。在大理医院休养了二十多天，他们才返回家乡。

那年冬雪。老毒在东北某地区执行任务，漫天雪花飞舞，他们在捣毁一个地下加工毒品秘密基地时，老狗的左耳朵被一名穷凶极恶的毒贩用牙齿咬掉了三分之二，厚厚的白雪上面点缀着斑斑鲜红，像是冬日盛开的梅花。

为了捍卫无毒品的社会，老毒和老狗奉献了无数个春夏秋冬，他们遍体鳞伤，但是始终坚守初心和使命。

左局长和卢布品到医院探望老毒。

老毒见到他们俩，激动地"呜呜"哭了起来，像个孩子受了委屈，见到了亲人一样。一旁守护他的妻子慧娟说："这些天老毒做梦都在喊'救救老狗、救救老狗'，醒来后非得让我把老狗的尸体带来看看，还让我找左局长，一定评定老狗为英雄的缉毒警犬。"

老毒一睁眼还问了三个滑冰男孩儿的情况。

三个滑冰男孩儿家长来看他，他让人家感谢老狗。记者来采访，他让记者好好写一下老狗的故事。

左局长握着躺在病床上消瘦的老毒的手说："师父，安心养病，等你病好了，老狗儿子大虎，我批准它提前退役，你继续领养老狗的儿子大虎好吗？"

在场的人听到左局长喊老毒师父，先是一愣，之后似乎明白了。

老毒从部队转业到市局刑侦总队缉毒处任副处长的时候，左局长刚从派出所长岗位调来任缉毒大队长，在老毒分管下工作。

当时正提倡拜师学艺热潮，左大队长拜老毒为师。后来随着形势变化和发展，市局成立了禁毒总队，老毒任副总队长，左局长也提拔成了副总队长，即便如此，左局长还是叫老毒师父。

一次执行任务，牺牲了两名战友，老毒一个人承担了责任，降为民警，并调到分局禁毒支队工作。这件事后，左局长提拔为禁毒总队长，再后来左局长又进步了，就是现在的副区长、区公安分局长。

听到左局长又一次亲切地喊自己师父，并且答应让自己领养老狗的儿子大虎，老毒激动地立马起来了，说："我今天就出院。"

在场的家人和战友都流出了幸福的泪水。

老毒的本名叫什么，知道的人不多。只知道他好像姓杨，还有人说他身份证上姓苗，他儿子随母亲慧娟姓，姓洪。其他的也没有过多的人问，连禁毒支队的那些兄弟们，也不打听老毒到底本名叫什么，左局长可能知道老毒的真实姓名，同事们都习惯叫他"老毒"。

老狗的学名叫拉布拉多。

再后来，有人在缅甸看见了老毒和大虎，老毒破衣烂衫，大虎脏兮兮的，犹如乞丐一样艰辛生活。

还有传奇的说法：老毒在欧洲，是部局奖励他休假，他西装革履，身边还有一条拉布拉多狗陪伴他。

更有神秘的解释：老毒是国际禁毒组织成员，现在执行特殊任务，打入国际制毒犯罪集团做卧底去了。

左局长却说，昨天晚上还和老毒一起涮羊肉呢，老毒还把他灌醉了。

已经提拔为市局禁毒总队副总队长的卢布品，到老毒家里，也没有看到老毒和大虎，就问慧娟师母："师父老毒干吗去了？"慧娟告诉他："老毒刚出去钓鱼，要不你等老毒晚上回来一起喝两盅。"还有一次，卢布品晚上去老毒家里探望，慧娟师母说："老毒这几天喜欢上了夜钓，天一黑就走，天亮才回来。"卢布品去了两次，白等。

黄兴隆询问老毒儿子学军，说很久没有看见你父亲老毒了，学军告诉黄总："我爸爸天天送我儿子豆豆上学，没事儿的时候，养些花草、小活物什么的。"

反正老毒神神秘秘的影子总是出现在危急关头，陪伴他的依旧是亲密伙伴——拉布拉多。

悬
念

肖伍：犯罪预备

雨终于下了，肖伍在雨中以急行军的速度往家里赶，他预备好了凶器——家里的菜刀，抓到狗男女的丑事，跑到厨房，举起菜刀，一刀劈向闫革根部，让他成为一个"太监"。再把曾卫红的内裤夺过来，让她不知羞耻，让她暴露在光天化日之下。

这叫正当防卫，怎么说也得留他们一条狗命，否则，就是过失杀人罪，还得坐牢。

肖伍小心翼翼地爬上了五楼，眼看就要打开房门了，正在气喘吁吁捅钥匙的时候，防盗门轻轻打开，迎面是一位年轻帅气大脑袋的男子。

"闫革，你到我家干什么？"肖伍愤怒了。

"肖伍，你小子别不知好歹，是你家曾卫红请我来帮忙的。"闫革没有一点儿害羞的表情。

肖伍幻想即将发生的捉奸事件——妻子出轨闫革的丑事，希望他的推理变成现实，他们俩就像《尼罗河上的惨案》里的那对狗男女西蒙和杰奎琳，他自己是侦探波洛兼受害人。

怎么那么倒霉，女儿百岁刚过完，就发现了妻子红杏出墙，他们就是藕断丝连。他想到这，想哭，想杀人，他知道即便杀了狗男女也没什么用，不仅搭上自己的命，还给警队抹黑。

肖伍轻轻地打开门，又向卧室小心翼翼地移步，卧室留着门缝，里面传出男女兴奋的笑声。肖伍心如刀割，他在心里骂着："狗男女，让我猜中了，闫革！"

"混蛋！"肖伍推开卧室门的瞬间，他惊呆了，是刑警队吴队长家访，旁边还有刑警队内勤夏小花。

吴队长说："肖副队，你不是出差了吗？我来看看弟妹，看看你家有什么困难，你女儿刚过百岁，就去外地执行任务，我们来你家一趟，就手让弟妹在医院看看有合适的男医生吗，给小花介绍个男朋友。"

"吴队，谢谢了！我忘了拿一样东西，回来取，飞机改签下午了，局长没跟你说？"

"哦，对了，我就记得是今天走，忘了时间。"

"离开这么一会儿，就想嫂子了？"夏小花调侃肖伍。

"想闺女！"

"谁稀罕你。"曾卫红看都没看他一眼。

"是，你不稀罕我，你稀罕谁找谁。"肖伍的无名火又上来了。

"得，又开战了。我告诉你肖伍，我今天来你家，是慰问，也是家访，有话好好说，你什么态度！弟妹刚给你生个大闺女，一儿一女，你偷着乐吧。"

"还不知道谁的呢！"肖伍有些气急败坏。

"你混蛋，离婚！离婚！不过了！"曾卫红带着战争的腔调再一次提出离婚。

肖伍、闫革、大童，还有曾卫红、娄珺他们是财经大学同学，是最要好的哥们儿、闺蜜。毕业后，肖伍考上了公务员。曾卫红和闫革分配到市财政局。原本肖伍也应该分配到财政局，可是肖伍的姐夫是市政法系统分管人事的领导，所以他姐让弟弟报考公务员。正好当时公安局缺懂经济的民警，他到公安局就成了香饽饽，分配在分局的刑警队，主要负责经济类案件，发挥他经济学的特长，为领导决策提供理论支持。

在刑警队近二十年，他的确起了不少作用。刚入警的时候就破获了一起利用假支票诈骗某化工企业案件，为该企业挽回经济损失一百五十万元。

青年老板小东谎称是市领导的干儿子，骗得化工厂厂长信任，特批他一百五十万元的紧俏化工原料，他大摇大摆运走化工原料。化工厂财务科去银行对账的时候，发现这张支票是伪造的，他立即报告厂领导，并报警。接警后队长征询肖伍的意见。肖伍请求立即冻结小东一切财产，包括他的私人财产等，立即抓捕提审小东，审问假支票的来源。

在讯问时，小东说："支票是路上捡的。"

"你要说是捡一张真的，我信，假支票门儿都没有，说谎都不会说，还诈骗！"肖伍比干了几年侦查员的老手还会讯问。

小东低下了头："我承认，能宽大吗？"

"看你有没有立功表现。"

"我行贿化工厂厂长算吗？"

"算！"

小东不仅揭露了行贿化工厂厂长的行为，还把一个做假证件的广告公司老板给揭发了。小东已经发出的化工原料正被购买者运往外省，结果半道被肖伍通知交警截获，并以赃物扣押。买方是南方的一个民营老板，一下子两百万没有了，当时就昏过去了。醒来后，他胆战心惊地向肖伍求情，甚至当场给肖伍下跪，他说，真的不知道卖方是个骗子。

其实小东就想独吞这笔原料款，然后出国。天网恢恢，疏而不漏，他没有想到公安局这么迅速就把他抓捕了。

在肖伍的协调下，南方民营老板与化工厂重新签订合同，化工厂继续以一百五十万元的价格卖给了南方民营老板。南方民营老板热泪盈眶，非要把那五十万元差价给公安局，作为奖励和办案经费，还说多给肖伍警官一些奖励，被分局领导和肖伍拒绝。

一起伪造支票诈骗的案件成功破获，小东原本只想吃掉五十万元差价，可是一时贪欲膨胀，他想得到两百万元，最终酿成大祸，犯下重罪。诈骗案件告破，肖伍得到了局领导的表扬。五年之后，他担任了刑警队副队长。

"行了，你别出差了，先处理好家里的事儿吧！我跟局长汇报，我去。"吴队长带着小花有些气愤地走了。

屋子里沉默了一会儿，"哇哇，哇哇"，女儿的哭声打破了一切怨气。

肖伍捉奸的闹剧成了他一生中幻觉的犯罪预备。

闫革：凶手是谁

闫革死了，传说他是在家中上吊自尽。刑警队出现场，法医鉴定死于五个小时前，他杀。

案发的时间就是肖伍回家捉奸的时间。

"这下你放心了，他死了！"这是晚上肖伍耷拉着脑袋回家，曾卫红见到他的第一句话。

"也许我错了。"肖伍进门说的第一句话。

他们夫妻对视着，曾卫红说："离了吧，否则你的疑心病还是会有的，闫革死了，还会有其他人，你就是有妄想症。"

"我说了，我错了，如果你觉得还是放不下谁，我同意，明天就去民政局，离吧。"肖伍一反常态，平淡地讲，"孩子一人一个，全给我也行，反正老大一直跟着我妈。"

"我在哺乳期，你是不准和我离婚的。"曾卫红恼羞成怒地说，她没有想到他竟然同意离婚，而且说得那么冷静。

"不是我提的离婚，你坚决离，就依你，闫革死了，我也想通了。"

"你混蛋，亏你还是警察，刑警，就知道吃醋。"

上大学时曾卫红追求过闫革，闫革却看上了市财政局长的千金娄珺。后来肖伍追求曾卫红，他们恋爱了。工作后，闫革步步高升，十一年工龄的闫革已经提拔为正处长。目前是局级的后备干部，组织部门正在考察。不满四十岁的年轻干部，就在这个节骨眼上，闹腾出他和曾卫红的绯闻，多少影响了闫革的进步。

十五年前，就在肖伍讯问小东的时候，闫革给肖伍打了电话。

"肖伍，小东是我堂弟，你照顾一下，一切办案经费我出，再给你们队里一些活动经费。"

"老同学，没有你说的那么简单，挂了。"肖伍没有答应他。

"肖伍，刚才闫革给我打了个电话，有一个债务纠纷案子，当事人叫小东，他堂弟。"曾卫红的电话在闫革放下电话后十分钟也打过来了。

"这是一起重大经济案件，你想让我丢饭碗呀！"

曾卫红和闫革在一个科室，两人是大学同学，现在又是同事，准确地讲是上下级关系，闫革非常照顾这位老同学。闫革爱人娄珺因为父亲是局长，所以分配在市审计局。

曾卫红和娄珺是闺蜜，她俩无话不说，包括学生时代曾卫红暗恋闫革的事。娄珺不在乎，她知道闫革是不会出轨的，他离不开娄局长的呵护。可是同学聚会时曾卫红和闫革接吻这件事儿，她是不能接受的，她恨闫革的移情别恋，她也同情肖伍的遭遇。

其实上大学的时候，闫革和肖伍都在追求娄珺，可是论帅气论学业闫革都超过肖伍，是好多女生的偶像，尤其是闫革的歌声，更是迷倒一片女生。

愁绪挥不去，苦闷散不去，为何我心一片空虚……我却为何偏偏喜欢你……闫革一曲《偏偏喜欢你》让娄珺决定了自己的婚恋，娄局长对这个乘龙快婿也非常满意。

闫革已经被列为局级干部的考察对象，下个月就到党校培训，此时，他是被谁杀害的？一团迷雾在肖伍的脑海里不停地转动。

"这个案件你就不用参与了，回避，一来你俩是同学，二来你还怀疑他和你老婆有那事儿。"吴队长跟肖伍讲。

"好。"一个字说完，肖伍就走出了吴队长的办公室。

十五年前，小东被判刑十二年，不过在闫革的周旋下，他是年年减刑，不到八年就出狱了。出狱后的小东可了不得了，倒腾废旧物资，承包了几乎全市的中小学，还有一部分幼儿园午餐配送的活儿，他现在又开始涉足房地产开发。

据说银行贷款都是闫革疏通关系取得的……

"还不如说他是自尽。他杀，没有一丁点儿线索，谁是凶手？你，他，肖伍？"吴队长自己对着镜子喊了起来。

"市局领导讲了，一个月破不了案子，先撤掉你刑警队长的职务。闫革是市里最年轻的经济专家，是重点培养的干部，你知道吗？听说你让肖伍回避。大学同学怎么了？他们又没有亲属关系，别整没用的，让肖伍参加破案。"副局长怒气冲冲地和他讲。

"兄弟，我信你，你偷偷地调查，出事儿我负责，查出凶手，我怀疑他堂弟小东。"吴队长没有说副局长让肖伍参加侦办"3·18"案件，他说是他信任肖伍。

"行，我也有点儿怀疑他。"

闫革的死，让娄局长十分悲痛，他住进了医院。娄珺也是哭得死去活来，她一边哭一边骂："你死了，躲清闲去了，我怎么办？孩子怎么办？你妈怎么办？"娄珺的哭让肖伍更加感觉到自己的猜疑，包括出差前的犯罪预备，举起菜刀，剁下闫革的根部，也许真的是一个极大的错误。

他们的女儿在国外读书，娄珺和闫革说好了，今年夏天一起出国看看女儿和婆婆，现在孩子的奶奶在那里陪读。闫革的父亲去世早，闫革的母亲是京剧院行政干部，为了照顾孙女，提前退休。去年刚走，就出了这么大的事儿，娄珺不知道怎么和远在异国的女儿、婆婆讲这件事儿。

肖伍到刑科所再次查看闫革的尸检报告，他的颈部有明显的手掐痕迹，指纹提取没有嫌疑人的比对。是谁把他家的蚕丝床单编成蒜瓣样的绳子，将他吊在门框上呢？这简直就是胡来，他就是自尽也不会这个样子死，他一定会选择吃安眠药，或者触电，他是一个胆小鬼，他不会自己上吊，这种死法是他最讨厌的方式。上大学的时候，他和肖伍说过，最好的死法就是吃药，晕晕乎乎像是在梦里，可别当吊死鬼。可是凶手偏偏选择上吊这种方式，是不是故意的？

"刚听说巡视组进驻财政局，他就死了，能骗得过刑警队？痴人说梦。"他们处副处长讲。

"凶手一定是一个不懂得警察破案技术手段的，他拿警察当白痴，能看不出来是他杀吗？"财政局一位快退休的老同志说。

"活该，谁让他欠下风流债，或许是曾卫红那个警察老公干的，谁也查不出来。"一个女同事讲。

……

肖伍把自己锁在办公室里，他专心查阅调查取证的材料，推理闫革的死到底是自尽还是他杀。凶手是谁？闫东（小东），娄珺，还是另有他人？

—— 216

曾卫红：坚决离婚

"告诉你，肖伍，等女儿三岁，我就和你离婚。"曾卫红的口气很硬。

"随你便，通知你一声，案子多，不回家了，密码还是你的生日倒着数。"肖伍依旧平淡，放下一张银行卡走出了家门。

曾卫红是一个知识女性，中等身材，细皮嫩肉，胸和臀特别能凸显女人的美，尤其是那双手，就像在牛奶里泡出来的，细腻光滑，几根青筋像是白色宣纸上画出细细的青竹竿，让男人浮想联翩。大学的时候，她讲起话来声调细细尖尖的，就像民国时期电匣子里歌女的演唱，委婉动人。

闫革一定是为了仕途才追求娄珺的，肖伍一直这么想，但是当时也看不出曾卫红多么喜欢闫革，都是同学之间的传说。他俩都是学生会干部，经常在一起组织活动，因此遭到非议。

曾卫红的父母都是中学老师，一个教语文，一个教数学，他们是不同意女儿找警察的，他们告诫曾卫红，找了警察你就意味着守活寡，值班、出差、抓坏人，没黑没白的。后来听说肖伍分配在刑警队，她爸妈更是气得上气不接下气。

"刑警意味着死亡，知道吗！"她父亲在她大婚前大声喊了起来。

"我怀孕了。"曾卫红和父母撒了谎。

无奈的父母勉强同意了她和肖伍的婚事。

婚后的日子，他们甜美幸福，不久就有了儿子。儿子三岁了，上了幼儿园，基本上就是奶奶带着。曾卫红父母都是教毕业班的，也帮不上忙，多给一些钱算是补偿。肖伍的父母倒是乐意，自己的孙子当然自己带，他们没有怨言，反而很支持曾卫红和肖伍干事业。肖伍的姐姐看到曾卫红为肖家生了男孩儿，也很兴奋，特别支持母亲退休照料大孙子。小两口儿幸福地生活着。

肖伍是六年前在一次同学聚会上打翻的醋瓶子。那天他们庆祝闫革升官。大家喝得五迷三道，起哄让闫革"放大血"，酒足饭饱，还要去 KTV 唱歌，到了歌厅，啤酒、红酒又开始喝起来。不知道是谁提了一句，让闫革和曾卫红对唱《糊涂的爱》——爱有几分能说清楚，还有几分是糊里又糊涂……这就是爱，说也说不清楚……

他俩唱得投入，再加上酒劲，不知道是哪位同学吹起了口哨，吵着让他俩亲嘴，像是在闹洞房，逗新娘子。也许是太兴奋忘我了，曾卫红主动和自己的上司、老同学、传说的暗恋者闫革，嘴对嘴短暂地接吻。坐在一旁的肖伍半醉半醒，当他看到他俩嘴碰嘴的瞬间，提着酒瓶子就给闫革脑袋一个暴打。

闫革的脑袋缝了五针，酒醒后打电话向肖伍道了歉。"离卫红远点儿！"肖伍当然不接受，从此，在他内心世界里总有一个阴影，只要他走出家门，值班或者出差，总感觉闫革会和妻子偷偷约会。很长一段时间，他请求领导尽量不让自己出差，说自己患了抑郁症，休息不好。可他总是骗曾卫红出差，又突然回家侦查，把刑警队学到的本事，都用在了跟踪曾卫红身上。

"是我主动亲的闫革，不怨他，你要是心里不舒服，打我一顿，是我的错。"她越是承担责任，肖伍的心里越是怀恨闫革。

娄珺没有参加那次同学聚会，闫革说自己的脑袋是酒醉后磕在了马路牙子上。娄珺相信了自己的丈夫。没过多久肖伍找到了娄珺，坦诚地和老同学讲，是闫革和曾卫红对不起咱俩，我才给闫革爆头。

娄珺和闫革也是冷战了许久，后来还是娄局长把闫革调到另外一个处室当上了"一把手"处长，才把女婿和曾卫红两个人分开，也算是堵住了别有用心之人的口。

可是肖伍一直没有放下这个包袱。现在假想情敌死了，作为老同学，他心里多少有些不舒服，何况上大学的时候，他俩是好哥们儿，闫革在学习上没少帮助他，就连他追求曾卫红，闫革也是出谋划策，成就了他们的姻缘。现在作为一名警察，他更有责任抓到凶手，给死者一个交代。谁是凶手？

曾卫红父母怎么劝她都不听："你们要是容不下我们娘儿俩，我去租房，不用你们管。"

"你和肖伍结婚我们不同意，你不听，现在有了一儿一女，你要是和肖伍离婚，我们更不同意。"母亲说。

"你要是和肖伍离婚，就滚，爱去哪儿去哪儿。"父亲发火了。

—— 218

"你们管不着，坚决离婚！"几个字出口，曾卫红抱起闺女走出家门。

闫东：幕后罪犯

肖伍和队友找闫东了解情况。闫东今非昔比，他现在已经是拥有上亿资产的民营企业老总，还当选了企业家联合会副主席，他伪造假支票犯罪的事儿人们似乎忘记了。他更是小人得志，不过他还是很感激堂哥闫革的，是闫革在他最困难的时候伸手拉了他一把，所以闫革的死他是极度悲伤的。据说闫革女儿出国的费用是他赞助的，给自己侄女掏钱出国也算是自己家的事儿，收到举报信，组织也没法儿查下去，毕竟人家是一家人，自己的叔叔掏钱供侄女出国上学管得着吗？

"闫东，3月18日这一天，你都去了哪里？"

"你们怀疑我杀死我哥？你们简直疯了，破不了案子，你们就胡乱猜疑。你们有什么证据？我要告你们去！"

"你随便，我们没说你是凶手，我们是了解情况，希望你配合。"

"肖伍，我在大牢七年多，还是你的杰作，不，是十二年，算算要不是我有立功表现，也就刚出来没几年。"

"你不是也希望抓住杀害你哥的凶手吗？我问什么你说什么，还是那句话，你要配合。"

"好，我说！"

闫东不具备作案时间，肖伍也知道他哥儿俩的关系，他不可能对一直帮助他的亲人动手。闫东父母在那次大地震中全部遇难，是闫革的父亲把亲兄弟唯一的骨肉闫东从老家接到城市，一直当亲生儿子养育。也许他们过于溺爱，在闫东身上总是体现出一种公子哥的样子。闫革对这个弟弟也是很亲。

就在肖伍停止对闫东的调查后，闫东公司出了命案，他因为涉嫌非法拆迁，杀害拆迁户，再次犯罪被捕。虽然动手打死被害人的是他的手下，但他是法人，自然被刑拘，立案调查。

"闫东肯定是幕后指使人，他罪大恶极，为了抢占那块地，在招投标的时候就和另几家火拼。"肖伍和吴队长闹了起来。

"你小子不明白吗，他是取保候审，跑不了，这也是缓兵之计。"吴队长知道肖伍是一个直性子。

闫东当年提前出狱之后，老实了几个月，很快他就纠结了狱友，成立了一个绿色物资再生公司，其实就是收废品、倒卖废旧钢材。他还真发了财，他的企业逐日扩大，一直到了现在开发房地产。

闫东在经营这些生意的时候，虽然有闫革相助，但闫东他们经常大打出手。闫东的左脸上至今还有一道疤痕，那道疤痕就是出狱不久抢废铁的时候，他们和另一伙人干起仗来，被对方一刀砍伤后留下的，他愣是连眼都不眨，带着满脸满身鲜血继续玩命。也是那次他在黑道上有了立足之地，得到了"玩命东子"的绰号。有一阵子，一提到"玩命东子"都可以吓唬住不听话的孩子，当然派出所他是进进出出，成了家常便饭。

这次他的手下犯的是杀人罪，有点儿大了，是要偿命的。这几年他雇一帮刚刚释放出来的犯人，专门当他的打手，凡是坐地不走的拆迁户他都用恐吓手段。去年一户人家想再多要一些钱，就是不搬家。眼看就要过了打地基最好的季节，他找来地痞流氓将拆迁户的小孙女带到了肯德基，让孩子吃好玩好，之后打电话给拆迁户，让孩子家长到肯德基领孩子。拆迁户吓得立马答应了条件搬走。这类事儿他干多了，他就是逃避法律，采用一些威胁的手段，赢得他今天的社会地位。他还不断做着"慈善"事业，就像当年他伪造假支票，现在他又伎俩翻新伪造假面孔。

娄珺：准备改嫁

娄珺听肖伍讲闫革和曾卫红在老同学聚会时有过分举止，很气愤。闫革主动承认自己是酒乱，从那次开始已经疏远了曾卫红。原本曾卫红也要晋升副科长了，就因为她和闫革的闹剧引发老领导娄局长的不满，娄局长说了句话，还是发挥了作用。

曾卫红也找到娄珺闹了一次，后来觉得没意思，不当就不当，一个副科长还不够操心的呢。现在赶上了两孩政策，她和肖伍商量，趁着还年轻，不到四十岁，再要一个孩子，于是他们的女儿出生了。

闫革在被害前，借着肖伍和曾卫红喜得千金的由头，前来道喜，也想借此机会改善一下两个人的关系。就是那么巧合，孩子百岁刚过完，曾卫红一个人在家哄孩子，闫革也是一个人来的，两人嘘寒问暖……肖伍突然回家，时隔六年之久，再一次打翻了肖伍的醋坛子。不管曾卫红如何解释，肖伍放出话："鉴定新生婴儿！"当场把曾卫红气得住了院，女儿也受了点儿惊吓，母女住院。

曾卫红和孩子刚出院，局里让肖伍率队出差办案，由于天气原因，他们的机票改签到下午。他在队里思来想去，还是佯装回家取东西，走之前，看看是否能够捉奸在床。

肖伍还是想多了，也许他们就是清白的，可是那天他明明看见了，就在他眼皮子底下，他们都敢亲嘴，何况他出差呢？他心里倒是希望抓奸在床，结束这桩婚姻，可是每一次捉奸都以失败告终，还落得一个小心眼。

娄珺准备改嫁。闫革尸骨未寒，她真的好意思，财政局的同事们议论纷纷。

她准备改嫁的人是闫东——闫革的堂弟。

在闫革死前，去肖伍家里道喜的事件发生后，肖伍又偷偷告诉娄珺，看好闫革，他和我们家卫红旧情复发。娄珺和闫革大吵大闹起来，还是娄局长出面把事儿压下了，可是压不住财政局人的嘴，那些嚼舌根的机关干部借题发挥，说得有鼻子有眼。

"你看见了吧，曾卫红每天中午都从闫处长办公室出来，哪有那么多事儿汇报？"

"咳，就算是汇报工作，有科长、副科长呢，哪轮到她呀！"

"人家是老情人幽会。"

"在大学的时候，他们就是一对，后来是老局长的千金勾引了闫处长。"

"没有老局长，这小子就是狗屁。"

……

闫革死了，娄珺改嫁前夫堂弟，这件事儿在财政局，乃至半个城市都引起了热议。

副局长说，"五一"前必须破案。压力最大的还是吴队长，作为副队长的肖伍也不是没有压力，但相对好一些。闫革的死，在肖伍的心里多少有些愧疚，他真的不该和娄珺讲闫革和自己妻子酒醉，在 KTV 有过分行为。经过几年的侦查，也没有发现实质性的出轨问题，肖伍就是受不了外界的议论，尤其是老同学之间的非议，好多次他都想离婚算了，背着个"活王八"的名声他难受，可现在又多了个女儿。他一直彷徨，不知道是否应该离婚。

闫革的死，外界也有过传言，说是肖伍为报复杀害了闫革。曾卫红不信这个说法，她知道肖伍就是有些吃醋，抓不到他们偷情证据他心里不舒服，但绝对不会杀害闫革。开始曾卫红心里还有些美滋滋的，认为肖伍这样在意她，才是真正的爱情。但肖伍总是耿耿于怀，没完没了地怀疑，她实在是受不了。他突然回家，用警察破案那一套对付她，让她感觉爱情这东西太累了，太缺少信任了。如果酒后简单地接一下吻都不行，那些女明星还结婚吗？不过是一种礼节，肖伍太传统，她甚至和肖伍讲过，你要是觉得吃亏了，你也跟夏小花亲个嘴，我看她都快三十了还不找对象，也许是等着你呢。

"你混蛋，无稽之谈。"肖伍气得半个月没回家。

在闫东和娄珺的订婚仪式上，闫东讲，他要像哥哥一样爱嫂子和侄女，他们结婚后不要孩子。闫东还发誓，"五一"就和娄珺大婚，之后处理好集团事务，就出国陪着侄女读书。

订婚之夜，闫东想把未婚妻娄珺留在别墅过夜，娄珺没有答应，两个人在别墅逗留到午夜之后，闫东送娄珺回自己的家。4 月 19 日清晨五点半，闫东的保姆来上班，发现大门上吊着一个人，她仔细一看，"啊"了一声，是老板！随后报警。闫东在自家别墅院落大门上吊而亡，他家客厅大茶几上还留下一封遗书——一张 A4 白纸，上写十个字"我的所有财产归属娄珺"，落款闫东，4 月 18 日深夜。经过字迹鉴定，的确是闫东的笔迹。

出现场的法医鉴定，死于他杀，也是用家中的床单编成蒜瓣样子的绳子，蒜瓣绳子是金黄色的，特别漂亮。闫东死的样子比活着的样子显得善良一点儿。

娄珺哭得死去活来，比当初闫革死时显得更悲痛。

闫革和闫东

闫革的案件还没有破，现在他的堂弟闫东又是他杀，初步侦查没有发现可疑线索。

"你们好好勘验，我们调取了监控视频，没有任何嫌疑人进入，怎么是他杀？"吴队长有些质疑。

"吴队，死者在上吊之前的确有明显颈部被勒的痕迹，这是科学认定，抓犯罪嫌疑人就是你们刑警的责任。"刑科所所长给了吴队长几句不满的话。

"别拉不出屎赖茅房，'五一'前破不了案，让肖伍当队长，你去食堂做饭。"分管局长给他下达最后通牒。

肖伍带领侦查员查找相关人并取证，吴队长率队一直以技防为主查找线索，可是没有一丁点儿他杀的踪迹。在闫革死前六个小时之内唯一见过的人就是他的堂弟闫东，可是也没有闫东杀害他的证据，现在闫东也死了。

这天深夜肖伍又失眠了，十多天没回家的他，是想女儿了，还是惦念曾卫红？他回家看到曾卫红一个人在照顾儿子和女儿，他忸怩不安，想到了自己的狭隘，主动和妻子说："卫红，我错了，太不丈夫了。"曾卫红没有言语，委屈的泪水"唰唰"地往下流，她把怀中的女儿给了他。

他们冷静了一阵，曾卫红开口了："其实我一直想告诉你，你就是不理解，闫革得了要命的病，胰腺癌晚期，就是他给咱女儿道喜的那天，他告诉我的。"

"你怎么不早说？"肖伍惊讶地问。

"和他被害有关吗？"

"有关，我回队里一趟。"肖伍把女儿交给了她，夺门而出。他向吴队长汇报，带着夏小花和侦查员一起再次找到娄珺询问。

"你知道闫革患了绝症吗？"肖伍问。

"他得了癌症，怎么没有告诉我？"娄珺神色有些慌乱地回答。

"他去哪家医院检查的？"

"他有病的事儿，我都不知道。他检查身体的诊断证明我也没有看到。

肖伍，你怎么知道的？"娄珺大声地问。

"哦，听说的。"他不愿意说是曾卫红讲的，以免再生事端。

任凭娄珺如何追问闫革患病的事情，他们都没有告诉她。肖伍的心里总有一种被娄珺欺骗的感觉。

肖伍走访了几个大医院，也没有查到闫革的诊断证明。他们又通过卫生部门仔细查找，最终在本市一家民营医院查到了他的诊断证明。吴队长还查到闫革购买了大额的意外保险和国外的重病保险，这些保险的继承人均是娄珺和他的女儿，可是娄珺说不知道。这里一定有问题。肖伍想，没有证据是无法让娄珺说实话的。

现在多少有了一些闫革的线索，可是闫东呢？闫东一直没有成婚，听说闫革为此事很着急，闫革的父母也总想让这个从小养大的亲侄子娶妻生子，算是告慰自己的兄弟，可是不争气的闫东就是不着调，都三十多岁的人了，女人他倒是经常换，就是没有能够结婚生子的。闫革死了，他却和自己的嫂子订婚，闫革的父母一开始是不同意的，后来考虑到反正是一家人，现在闫东又是资产过亿的身价，肥水不流外人田，老两口儿也就同意了。娄珺的父亲老娄局长倒是同意这门亲事。闫东说，等结了婚就一起到国外生活，给娄局长养老送终。

吴队长调取了闫东别墅小区视频录像，和娄珺讲的一样，他们俩订婚宴结束后，回到别墅，午夜之后大约两点，闫东也的确送走了娄珺，半个小时后，闫东自己驾车回来了，可是清晨五点半，发现他已经死亡。

调查取证，技术侦查，都没有闫东被害的线索，全部指向闫东是自杀，可是法医明明鉴定闫东是他杀，作案手段也是先把他掐死，之后伪造自尽的现场。

距离局领导给的"五一"侦破闫革案件的时间越来越近，就在这节骨眼儿上，发生了和闫革案件作案手段一样的凶案。

"肖伍，你准备接班吧，我去后勤，不，准确地讲是到食堂当厨子去。"吴队长认真地说。

"别，你走了，我也巡逻去。闫革是我的'情敌'，闫东是我给送进大牢的，现在这哥儿俩都死了，我还要抓住杀害他们的凶手。吴队，你说我这是欠他们哥儿俩的，还是这哥儿俩和我犯相？"

"我看这哥儿俩和你上辈子是仇家，这辈子讨债来了。"

"吴队，你们调取的监控就没有一丁点儿线索？"

"你还不信我，问夏小花去。"

"别，不是这个意思，我总觉得娄珺有问题。"

"行了，再过几天就兑现局长说的，案子没进展，你来当咱刑警队的家。"

肖伍望着天空想：闫革因患病不想活了，又是谁在这个时候把他杀害了？他仕途上的竞争对手、平时得罪的人以及那天他见到过接触过的所有人，没有任何嫌疑线索，唯一的理由就是他"骗保"！他震惊了。为了娄珺和国外女儿的未来，临死之前再次用"意外死亡"获利。在调查中有人反映他利用手中权力为其堂弟闫东捞取钱财，他还涉嫌买官卖官。现在他死了，他堂弟也死了，死无对证。

肖伍陷入沉思。

吴队长和夏小花

娄珺辞去工作，她说，两任老公先后去世，而且都死得离奇，这座城市让她太伤心了，她要去国外陪伴女儿，她不想再婚恋了。她还说："也许我就是一个克夫的命！"

肖伍在征得吴队长的同意后，又找到闫东居住的别墅物业公司，调取当日的视频查看，之前都是吴队长带着夏小花调取视频排查。

肖伍在仔细辨别中，发现一个保安非常眼熟，他一时怀疑自己的眼睛。他要求物业经理把闫东一天出入的有关监控录像复制，他要仔细分析研判。

返回刑警队的路上，他似乎有些困倦。就在他晕晕沉沉的瞬间，他突然打个激灵："大童！"对，他和闫东的外形特别像。大童也是肖伍大学同班同学，大童一表人才，而且是一个彻头彻尾的"富二代"，上大学那阵子，他也对娄珺一往情深，一直追求她，可最终还是让闫革抱得美人归。

大童毕业后，追求娄珺未果。肖伍只知道大童出国经营他父亲在海外的生意。那次同学聚会，原本大童是要回国参加的，后来因为临时有重要业务谈，没有来，但是听说他请求承担那天同学聚会的费用。他的请求令闫革极度不满，说好了本年度同学聚会是庆祝闫革升职，半道杀出个程咬金，不是栽了他的面子吗？

曾卫红和肖伍解释说，她好像吃了迷糊药一样，和闫革对唱，还主动接吻，她真的好像是受到了外界推动力，情不自禁当着自己老公的面做出了不检点的事。她后悔，可是越是退让，肖伍越是不信任她，导致曾卫红决定和他离婚。

肖伍果断地把自己发现的情况汇报给吴队长。夏小花说，谁也不认识大童，感觉就是一个保安，也没有在意。

经过调查，证实大童的确正在本市谈业务。刑警队通过外事部门成功地请到了已经加入外籍的大童。

"闫革的死你知道吗？"

"知道。"

"你什么时间来本市的？"

他的确不具备杀害闫革的条件，他是闫革死后三天才来到本市。

"那么你到闫东的别墅小区，穿着保安服装干什么？"

"没有呀！"他表示惊讶。

吴队长和夏小花此时也正在询问娄珺。

"听娄局长讲，你们'五一'出国看女儿去。"

"是的，我的两任老公都死了，我要离开这个让我伤心的地方。女儿在国外读书，虽然有奶奶陪伴，但是老人语言不通，我不放心，我也得看着她。"

"为什么辞职，而不是请假？"

"我不准备回来了。"

"国外有亲属？"

"没有。"

"认识这个人吗？"夏小花一只手举着一张大童大学时期的一寸照片，另一只手拿着一张大童穿着保安服的截图照片。

"哦，他像老同学大童。"

"不是像，就是，他该交代的已经交代了。"

娄珺似乎崩溃了。

春节过后，闫革查出得了绝症。在求医问药无果的情况下，闫革实在疼痛难忍，他几次试图吃药自尽，娄珺苦苦劝说。后来他们俩商量，通过"骗保"给女儿留一笔钱。闫革两口子都是"经济学专家"，他们买了多份国内人身意外保险，也就是说，必须是意外死亡，不能是自杀，也不能是病故。按照保险合同的规定，被杀害致死就能得到一大笔钱财。同时他找到国外的老同学购买了一份国外的大病保险，只要拿着他的绝症报告、死亡报告，到国外又可以拿上一笔巨额保险金。

闫革、娄珺设计一出曾卫红和闫革旧情复发的计谋。娄珺和闫革大吵大闹，引起邻居注意，她回娘家了。就在娄珺回娘家之前，闫革让她用手掐他的脖子，然后用皮带紧紧地勒着他的颈部，之后把他拖到已经系好的蒜瓣绳子上，制造被杀现场，好取得"高额保险金"。

闫东的死则是大童所为。就在闫东和娄珺订婚大宴的时候，大童已经按照娄珺的部署，乔装成保安藏进闫东车的后备厢里。

大童掐死烂醉的闫东，换上他的衣服，驾车把娄珺送回家，之后又回到闫东家，处理闫东自杀现场。他又穿上自己的保安服装，于凌晨悄悄地以巡逻的方式溜出别墅小区。

其实闫革独自一人去曾卫红家道喜，让肖伍再次误会，是他们两口子设计的圈套。他们就是让闫革和曾卫红、肖伍的三角恋爆发，之后渔翁得利，没想到他们的算计落空。

"蒜瓣绳子是谁编的？"肖伍问。

"闫革用的是他自己编的，闫东那根是我编的。"娄珺答。

"编织得挺漂亮。"

"跟闫革学的，他编得比我好。"

"为什么杀死闫东？"

"他不是东西，他哥活着的时候就对我动手动脚，我警告过他，他该死。"

"他写的遗嘱是真的?"

"当然，我用的美人计。"

"那，大童?"

"跟他没关系，是帮我忙，我喜欢他。"

"五一"之前成功破案，吴队长晋升为分局副局长，肖伍晋升为刑警队长。

阳光明媚，肖伍像是脱掉了厚重棉衣一样，感觉轻松了许多。他回到家里，看着明显衰老的妻子说:"卫红，你说什么是真正的爱情?"

"彼此信任。"

"不对，两个热恋的男女分手了，失去了才是真正的爱情，才懂得爱情。"

6月1日，他们带着儿子吃了西餐，把女儿放在了奶奶家。他们有说有笑，特别放松开心。

6月下旬，肖伍和曾卫红还是到了民政局。他们冷静地办了手续。这次还是曾卫红提出来的，肖伍也没有挽回的意思，顺从了她的意愿——离婚。

"没有信任的爱情，没有存在的意义。"曾卫红说。

肖伍苦笑了一阵。他的手机响了，吴副局长在电话里说:"肖伍，晚上庆祝一下。"

"什么事儿?"

"我和夏小花订婚。"

"啊!"肖伍的手机掉到了水泥地面上，屏幕摔得粉碎。大雨忽然滂沱地砸了下来。

我的哥哥阿光

1

傍晚，窗外大雪纷飞，这种天气在近十年的华中地区是很罕见的。

电视里一个赌徒在告诫其他人，一定不要沾上赌博这个让你家破人亡的恶习。他自己的经历就是血的教训，他把自己的妻子孩子全都毁了。

看到被他残害的家庭，他突然醒悟了，现在他满大街地宣传参与赌博的危害。他说，那些涉赌的黑恶势力到处找他，想置他于死地，但有警察保护他，他不怕。

我看得热血沸腾。正在为高考复习的儿子，手拿书本，站在我身后说："哎，大千世界，什么人都有！爸，我大伯有十几年没联系你了吧？"儿子不搭界的话，让我惊讶。

"你赶紧复习去，还有不到半年你就要'上战场'了，管好自己就行。"我回头冲他说。儿子回到自己的卧室。

我哥哥吴光，大家叫他阿光，曾是一个赌徒。

我叫吴文，是一名警察，原籍北京。父亲说，他小的时候就住在鼓楼的对面，我的太爷算是一个资本家。解放以后，爷爷把所有家产捐给了政府，虽然政府表扬了爷爷，但这事儿却把太爷气死了。爷爷被安排在厂里当上了车间主任，其实家里的工厂就是做煤球的产业，爷爷有技术，厂子也都是爷爷在支撑。二十世纪六十年代末，我哥哥出生后不久，爷爷死了。又过了几年，大姐、我、小妹相继出生。当时姥姥、姥爷年纪大了，舅舅还在内蒙古插队，妈妈想调回老家津海市。厂里的人事科长说，技术科工程师的丈夫在津海市，他俩两地分居，结婚好多年了没孩子，正好对调。津海市那边可是国有大企业，我爸妈一起对调到他们单位都行，带着孩子，还分房子。

到了津海市，父亲没有去母亲对调的大企业，他找了北京老邻居李爷爷的大儿子——津海市委组织部的一名干部，去了大华商场做保卫工作。不久，他们保卫科长调到市公安局治安科当科长，把父亲也带过去了，父亲就成了警察。我初中毕业考上了警校，毕业后子承父业。

母亲早父亲一年去世，哥哥本应是我家的主心骨，可他像变了个人。父亲临终前握着我的手说，别恨你哥哥，你们是亲骨肉。

哥哥早年很优秀，在津海市国民大饭店做大厨，他的烹饪手艺是跟父亲学的。父亲告诉我们，他是和爷爷学的。爷爷不光会做煤球生意，烹饪技术也是有名的。但是听父亲讲，爷爷喜欢赌博，那个年代满大街都有赌坊。解放了，赌坊全部关闭，到了二十世纪八十年代，人们生活逐渐富裕了，地下赌场偷偷营业，国家也开始打击开设赌场及赌博的违法犯罪行为。

不知道从什么时候起，哥哥开始参与赌博。十几年前，我儿子刚上小学，那天漫天飞雪，哥哥跑到我家，进屋就把我拉到角落，说："兄弟，赶紧给我五万块钱，要不哥哥就没命了！"

"现在家里没有那么多钱，得明天去银行取。再说，钱没有到期，五万块钱是大额，想取钱还要提前预约呢。"

"不行，来不及了，明天警察就要抓我了。"哥哥沮丧地说。

我赶紧想了个办法："好，我给大姐和小妹打电话，凑凑。"

深更半夜，我们来到大姐家，给哥哥凑够了五万块钱。他看到了钱，就像看到了希望似的，连忙说了好几声谢谢。他眼睛盯着那些钱，匆忙把钱装进他提着的黑色人造革书包里，一溜烟儿地跑了。

那天回到家，妻子和我吵了一夜。她气哼哼地说："去年我弟弟结婚要借两万块钱，你说儿子明年上学要用钱，没借。直到现在，我弟弟都恨我。儿子开学，我妈刚送来五千块钱，你倒好，都给你哥哥拿去了。他就是个赌鬼，把好端端的媳妇都输没了，你还管?!"

本来心里就有火的我，大声说道："他是我哥，小的时候是家里的顶梁柱。你别忘了，咱俩结婚那时候，我哥哥的房子都给了咱。哥还说，他没有孩子，将来他的房子就给咱们的孩子。"

我们俩把睡梦中的儿子吵醒了。他说："爸爸，我错了，今后一定听妈妈的话，明天考试得一百分，不给你们丢脸。"

2

妻子走过来，关了电视，说："你心真大，儿子马上高考了，你还看电视，又想你那个耍嘴皮子的哥哥了？"

我看了她一眼，从沙发上站起来，轻轻向儿子卧室走去，透过门缝儿，我看到他趴在书桌上，像是睡着了。也许是快要进入知天命的年纪了，我不愿意和妻子争吵，对儿子也不常训斥，只要家人健康、快乐，比什么都重要。

刚到津海市的时候我五岁，小妹三岁，哥哥读小学四年级，姐姐读小学二年级。父亲忙，母亲单位照顾她，让她长期上中班——下午四点上班，半夜十二点下班，这样母亲中午可以给我们做饭。父亲早晨六点出发，晚上十点能回家算是早的了。那个时候，打架、盗窃的案子多，父亲回家说，这帮小流氓，抢军帽、欺负女生，还要到人家家里去求婚。

一天夜里，爸爸回来说："张大妈家进了贼，偷走了她家一本邮册，还偷走了一袋大米，明天我要去青县抓人。"

哥哥听父亲讲完赶紧向他保证："您放心，我会带好弟弟妹妹的，不让他们受欺负，不让他们学坏。"

听到这里，父亲欣慰地点点头。

哥哥离婚的时候把所有的家产都给了嫂子，他只留了一套房子，说是给我儿子大军的，等大军长大了结婚住。这套房子不大，坐落在市中心的学区，是哥哥单位分的，现在价值不菲，哥哥把房本的名字已经改成了我儿子的名字。

母亲、父亲离世时，哥哥都没有回来，他手机关机，我们也不知道到哪里去找他。许多年前他就辞职下海了，和同事合伙开餐馆。那几年，哥哥挣了钱，经常给父亲买中华烟抽。父亲在世时总说哥哥花钱太大手大脚，应该抽空儿和媳妇看看中医调调身体，就是生个女儿也好，老了以后有个人照顾。母亲住院时，哥哥倒是托一个朋友送过钱。父亲问哥哥怎么没有回来，那个朋友讲，哥哥在西班牙做生意，太忙了，他说挣了大钱就回家孝敬爹妈。那个朋友还说，吴光说了，他不赌博了，再赌博就让伯父剁掉他的左手，他现在一心一意挣钱，要带个洋媳妇回来，伯母不是经常说夫妻距离越远生出来的孩子越聪明吗？这次一定让伯父、伯母高兴。母亲听了信以为真，满脸都是泪水。

哥哥赌博被抓时，我刚调到治安大队"黄赌毒"专案组。那个时候，市公安局开展严打"黄赌毒"专项行动。那天，我倒休，治安大队大队长半夜把倒休的民警都喊来了，因为参与赌博的犯罪嫌疑人太多。人手还不够，又从政治处借来机关民警上阵。

我带着政治处女干部小李讯问那个开设地下赌场的女老板。大队长把我喊到走廊，他一脸严肃地问我："你认识吴光吗?"

"认识，我哥。"

"你哥也参与了，你知道吗?"

"不知道。"我有些惊讶，还带着几分尴尬，准确地说是难堪。

"你爸知道吗?"他又问。

"肯定不知道。"

沉默。他点着烟，吸了一口，吐出烟雾，说："要不然，你把他领走，一会儿我请示一下局长。你哥说他是第一次，给师父和你这个弟弟丢人了。他还说别告诉家里人，你妈会被气死的，你嫂子会跟他离婚。"

大队长是我爸的徒弟，他真的不知道怎么面对自己的师父。我恨不得跑回家告诉父亲剁掉哥哥的左手。

我父亲知道后急了，骂大队长不坚持原则，徇私枉法，他亲自把哥哥送进了拘留所。

父亲找到了局长，要求处分自己，他给警察队伍抹黑了，刑警大队大队长的儿子参与赌博，是自己没有教育好儿子。没多久，父亲就辞去分局刑警大队大队长的职务，到派出所当片警去了，直到退休。

后来，父亲批评我说："我徒弟告诉你时，为什么不跟我讲？非得让别人举报咱吗？不管怎么讲，他都是你哥，不准瞧不起他。"我有点儿委屈，他毕竟是我哥，不就是玩牌吗？罚点儿钱就算了，非得拘留，搞得我们全家在街坊邻居面前矮半头。

嫂子和哥哥离婚后，很快再婚了，听说生了一个九斤重的女儿。

3

哥哥从拘留所出来，他知道父亲交的罚款是大姐的嫁妆钱，其实那个钱也是大姐夫家给的订婚彩礼。订婚后父亲曾说，咱再给大闺女凑点儿钱，买一台进口的大彩电。结果让哥哥这么一折腾，最后父亲找朋友、亲属七凑八凑才给姐姐买了一台国产小彩电。本来我们家孩子就多，母亲还要照顾姥姥、姥爷，生活相对拮据。母亲把哥哥赌博被罚款的怨恨发泄在父亲身上，她把一些尖酸刻薄的话劈头盖脸地说给了父亲。父亲觉得理亏，没有应声，叹着气走出了家门。哥哥没有脸回家，他和嫂子办了离婚手续后，一个人走了，开始说去外地打工。哥哥只和大姐有些联系，包括房本都是大姐转交给我的，让大姐告诉我，大军还小，房子暂时用不上，先出租，租金交给爹妈就行。

我上初中的时候，哥哥已经上班了，多亏哥哥有工作，家里才能维持温饱。哥哥也特别想当警察，父亲不同意，说，你是老大，你毕业就上班，去当厨子，你像你爷爷，手巧，做饭好吃。你挣钱了，好让你弟弟妹妹读书，当哥哥的就要多付出，也算是你孝敬爹妈了。哥哥默不作声，好像很委屈地顺从了。

哥哥没有悔改，还是赌博，又输了许多钱。哥哥第二次被抓时，父亲抡起了菜刀，要剁他的左手，是母亲和大姐跪下来央求，父亲才饶了哥哥。哥哥说，他要把输掉的本钱捞回来。父亲只说，滚，滚得越远越好，永远不要见面！别说是我吴国庆的儿子，丢人！

时光荏苒，今年夏天，我儿子高考，哥哥已经消失了十几年。

"别总惦记他了，他还说还咱钱，现在连人影都没有，还什么钱？别再找咱们要钱就阿弥陀佛了。"妻子带着讽刺的口吻说。

"行了，我哥给大军的房子比咱给他的钱价值大得多。"

"好，你哥是大英雄，爸妈死了都不回来，你可别指望他发财回来拯救咱们。"

我没有言语，瞪了她一眼，气哼哼地走出门。

"说几句话都不行啊？回来！"妻子喊道。

我惹不起还躲不起吗？我向河岸走去，河水清澈了许多，寒冷的冬日，河面竟然没有结冰。

记得我上小学一年级的时候，每天哥哥都要把我和大姐送到学校门口，之后他挥挥手去另外一条街的十五中学上学。中午放学，哥哥还要接我和大姐回家吃饭。哥哥就是这样乐此不疲地接送我俩。他还说，等小妹上学了，就四个人一起上学、放学，哥哥接送你们三个。那年，也是冬天，哥哥上初三，我上小学三年级，大姐上中学，她已经独立了。父母给哥哥的任务是接送我和小妹，然而那天，哥哥很晚了也没有来接我们。

天空飘起了雪花，小妹说："二哥，我饿了。"

"走，小妹，二哥带你回家，咱哥哥一定是有事，来不了了。"

就在我俩往前走的时候，对面有几个大男孩儿正在扔雪球，可能是不经意，一团雪球飞到了小妹脸上，小妹疼得"哇哇"大哭。我上前和他们理论，其中一个大点儿的男孩儿一脚把我踹倒在地，他们又一起向我们扔雪球。我和小妹趴在雪地里哭着，哥哥来了，几拳就把那几个男孩儿打得屁滚尿流。

晚上，派出所民警带着被打的孩子和他们的家长来到我家。那天，父亲在家，他不听哥哥解释，当着众人的面打了哥哥两个大耳光。那几个家长和孩子吓得不再言语了。

"行了，老吴，都是孩子，说开了，今后都是好伙伴。"民警说完带着他们走了。

父亲摸了一下哥哥的脸说："吴光，我知道，一定是他们欺负了弟弟妹妹，你才教训他们的。爸爸打你可能委屈你了，但是，你知道吗，人家孩子也是爹妈的心头肉，爸爸先教训了你，这样他们就不会责怪你了，爸爸也舍不得打你。"

哥哥流泪了，他转过脸不让我们发现，走进厨房去洗碗。

母亲又埋怨父亲不讲理，就知道训斥自己的孩子。母亲还说："你是民警，是共产党员，那些孩子的家长也是领导干部，穿中山装的那个男的就是街道办事处主任，他怎么不问问他儿子为什么挨揍？他们欺负老二和小妹该怎么处罚？明天我带着小妹和老二找那几个孩子的学校评理去！"

"你敢！吃亏常在，你懂吗？"父亲厉声说。

4

春天来了，很快又进入了夏季，儿子走进高考考场。炎热的天空中飞着一群麻雀。现在，捕杀麻雀已经是违法行为了。我们小的时候哥哥总是带着我和大姐，还有邻居家的孩子去逮麻雀、粘蜻蜓，夜间去河边抓青蛙、蛐蛐……

有一天，下午没有课，哥哥壮着胆子，偷偷带着我到郊外的芦苇塘钓河蟹。由于路途远，哥哥骑着爸爸的自行车驮着我一路狂奔。哥哥说，咱们一定得赶在爸爸下班前回去，给咱爸改善一下伙食，晚上烙饼吃河蟹，爸爸一高兴还能喝两口。我俩兴奋地向芦苇塘进军。

我们用半天的时间钓了半口袋河蟹，在返回的泥泞路上，自行车胎被扎破了。荒郊野外，没有人烟，哥哥扛着自行车，我拎着半口袋河蟹，往家奔跑。到了城里已经是晚上九点半了，修自行车的大爷早已回家了，我俩小心翼翼一身狼狈地回到家里，大姐和小妹看到我俩"哇哇"地哭起来。好在父亲还没有回家，母亲要夜里十二点下班，哥哥紧张的心情放松了，他哄着妹妹说，哥哥给你俩钓河蟹去了，你们看这大河蟹……大姐和小妹眼里含着泪水笑了。

儿子高考成绩出来了，过了一本线二十多分，妻子兴高采烈，激动得泪水直流。她抹着眼泪说："他爸，你答应过大军，要是高考成绩好，就带他到云南大理那边去旅游。"

我虽然没有表现出激动，但是心里充满了慰藉。我问儿子："想报什么学校?"

"公安大学。"儿子脱口而出,紧接着说,"爷爷是警察,您也是警察,我就应该当警察,将来我有儿子还让他当警察。"

我哽咽了,想说的话卡在了喉咙。

妻子说:"当法官多好,警察危险,还忙,看你爸爸,还有你爷爷,管过家里的事儿吗?"

儿子看着我俩的脸色,有些懵懂。我给了儿子一个坚定的眼神,算是支持儿子报考公安大学。

我说:"先去旅游,我明天请假,带上你小姑和妹妹。"

大军很高兴,回屋里准备去了。妻子对我翻了白眼,不高兴地说:"净惦记你家人了,怎么不说带着姥姥、姥爷呢?"

"他们年岁大了,不方便,不信你问问二老,要是咱们全家都去更好。再说,小妹刚离婚,一个人带着孩子难免孤独,你是嫂子,要大度、善良。"

妻子勉强点了点头,还说:"我问问爸妈,让他们一起去散散心。"

"好,老婆,请放心,我全程负责爸妈的安全。"

我们全家七口人坐飞机来到了美丽的云南大理。

我知道小妹离婚后,情绪一直不稳定。妹夫是搞运输的老板,发财后在外面有了私生子。倔强的小妹二话没说,带着女儿跟他离了婚。

"小妹,现在咱爹妈不在了,大哥也不知道去向,有事儿找二哥或者大姐说,别闷出病来。"我说。

"知道了,二哥,我想大哥了。"看着小妹惆怅的样子,我真的想拉住她的手,像小时候一样,让她轻松愉悦。我们没有更多的话语,慢慢在孩子身后行走着。

5

大理的夏季真美,蓝天、白云、绿水、清风、田野……我们拥抱着最绚烂的夏日花海,享受着无边的浪漫。

在人头攒动的古镇街道,岳父看到了树下的座椅,他说:"你们向前走吧，我和你妈累了，休息一下。"

"你在这儿照顾爸妈，我和小妹带着孩子转转，回来咱们找一家好馆子吃饭。"妻子对我说。

"二哥，二嫂，你们带孩子转转，我和孩子姥姥、姥爷坐这儿歇会儿。"小妹说。

"别介，你们都去，让我们老两口儿也浪漫浪漫。"岳父摆着手，示意让我们自由地奔向前方。

儿子拉着妹妹的小手，有说有笑地前行。我望了一眼和妻子并肩行进的小妹，想起了我俩小的时候，我拉着她的小手，欢快地去学校的情景，恍如昨日。

"爸爸，快看啊，前面有烤串！我俩饿了。"儿子拽着妹妹的手，满头大汗，折返回来说。

我摸出了一张百元钞票给了他们。

"哥，准是丫头嘴馋，别总惯着她。"小妹在一旁说。

"孩子嘛，出来玩，高兴就行。"

"就是，就是。"也许是馋嘴的哥哥想吃，妻子表现出通情达理的样子。

我想到羊肉的鲜美，加快步伐，朝着卖羊肉串的方向大步走去。

走到吃烤串的人群中，儿子看到我说了一句："爸，刚才我看见烤串的白发爷爷，就像看到了大伯一样，他俩真像，也许是我看花眼了。"

儿子大口吞着羊肉串，我直奔那个站在烤炉前满脸通红的男子。他是一个年轻的小伙子，有着乌黑带着自然卷的头发，展现着青春活力的样子。

"大军，卖烤串的是一个年轻人，不是什么白头发的爷爷。"

"刚才就是一个白发爷爷在烤串。"儿子停止了咀嚼，望着烤串的年轻师傅说。

我不假思索地问年轻男子："小师傅，刚才那个烤串的老师傅呢？"

"你是说阿光师傅？他去卫生间了。"小师傅瞥了我一眼，继续麻利地翻动着手里的肉串。

我转身寻找年轻师傅说的卫生间。我冲进了最近的卫生间，打开每一扇男卫生间的门。"神经病呀！喂，有人！"我接受被人指责，我就是要找到我的哥哥。

此时，我满脑子都是那件事儿，那件我和哥哥因为几块饼干闹得不愉快的事儿。我上小学三年级的时候很懒惰，上学总是迟到，哥哥每次都耐心哄着我起床，然后又哄着我洗漱、吃早餐。因为起得太早，我吃不下，哥哥总是给我带一些干粮。那天之前，爸爸从上海出差回来，带了一桶饼干。在那个年代饼干可是稀罕物，妈妈给每个人分配了几块。

那天早晨，当我们快到学校门口的时候，我突然发现妈妈给我的饼干不见了，我翻遍了上衣兜和裤兜都没有。我就吵吵着是哥哥拿走了。不知道哥哥哪里来的邪火，冲我怒吼："我没拿你的饼干！"之后他从自己的裤兜里掏出几块饼干扔在我的胸口，气哼哼地走了。

我一下子傻了，连大声哭的勇气都没有了，只是撇着嘴抽泣。几块饼干掉在地上，我蹲下来捡，眼泪噼里啪啦地掉了下来。我抬起头看哥哥的时候，他已经没有了踪影。

放学了，哥哥像往常一样，笑着问我留了多少作业，有没有被老师骂。我紧紧攥住他的手，生怕早晨的那一幕再发生。

我总想问哥哥为什么发那么大的火。其实我的饼干放在书包里了，是我忘了，错怪了哥哥，我也想向他道歉，可是不知道怎么开口。

6

在大理的两天，我和小妹满大街找哥哥，可是没有找到，连烤串的小师傅也不见了。烤串店的老板讲，昨天他俩辞职了，那个叫阿光的师傅再也没有露面，是他的那个小徒弟代他说的，他俩连半个月工钱都没拿就走了。我问老板他们的去向，他说不知道。

明天我们将启程去西双版纳，晚上我还在想，能不能在那里看见像哥哥的白发烤串师傅，哪怕看到小师傅也行，我一定揪住他不放，问个明白。也许是我异想天开，毕竟我儿子印象中的我哥哥是十几年前的记忆，或许我儿子真的眼花没有看清，或许那个白发烤串师傅真的只是长得像我哥哥。那他为什么辞职？难道他遇上什么事儿了？我正在愣神，手机响了。

"吴队，赶紧回来，发生了命案，局长让你马上归队。"分局刑警大队教导员向我传达局长的命令。

我放下电话，对妻子小声说："老婆，你看，领导让我马上回去。"

"怎么回事儿？"她惊讶地问。

"来之前，分局调任我到刑警大队当大队长，回去就上任。"

我立即订了返回的机票。翌日清晨，下起了大雨，出租车司机告诉我，这里下这么大的雨还是很少见的，风调雨顺，好兆头。

一下飞机，刑警大队的警车直接把我拉到分局。会议室里分管局长看了我一眼说："吴文，你今天就算正式到任了，先听听汇报，立即开展侦查，一个月破案，否则你还回治安大队当队副去。"

"是！"我没有来得及思索，甚至还没明白分管局长说的话是什么意思，就坚决地答应了。

"曲丽君，女，四十六岁，国新大酒店总经理，死于家中，初步鉴定，系他杀，目前技术大队正在进一步尸检做最终的鉴定结论……"侦查员汇报完，把一些现场照片递给我。听到曲丽君的名字，我一惊，之前我喊她曲姐，她是哥哥的同事，更准确地说是哥哥的徒弟。听说他俩超越了师徒关系，形影不离，哥哥就是从那时开始疏远嫂子的。那个时候，曲姐只是一个后厨掌勺的师傅，哥哥不愿意管事，找到饭店总经理，主动辞去后厨经理职务，让曲姐接任。哥哥说，小曲责任心强，后厨技术全面，让她带着大家干活儿，大家服气。

前两年我到他们单位找过她，当时她是客房部经理。我向她打听哥哥的消息，她说和哥哥好多年没联系了，不知道哥哥的去向。她还让我只要有哥哥的消息一定和她讲，她也惦记着哥哥。曲姐一直没有结婚，虽然现在是酒店"一把手"，但她还是坚持就算一辈子单身也不凑合，好多老同事都认为她不找男朋友是在等我哥哥。

我脑子里一闪，出现一个白发老人的影子。是哥哥吗？不是。那是谁？我思绪混乱。

技术大队法医鉴定结论：被害人被人用绳子勒住颈部导致窒息死亡。犯罪嫌疑人有可能是她熟悉的人，现场没有任何搏斗痕迹。我陷入了极度的困惑。

我要求侦查员分为三组：一组去查外围和路面监控；二组到她的单位找线索；我带领三组从她的亲属朋友入手。我给大家的时间是第二十天必须有线索，第二十九天破案，如果做不到，我下派出所巡逻，大家自己看着办。

7

全体侦查员投入了战斗。妻子多次发来短信，我没有回复，这是我俩的约定。但凡我执行任务，我们不打电话，只是发短信报平安，或者暂时不联系，她照顾家里，我完成任务后再联系她，这也是我从父亲警察生涯中继承的传统。

经过一个星期的努力，案件有了进展。这个时候，妻子向我报了平安，他们已经返回家中，只是岳母因为路途劳累，回来就住进了医院。

我带领侦查员了解到，曲姐还有一个双胞胎妹妹，在市国家安全局某处任副处长。这也算是比较重要的线索。曲姐的父母已经不在人世，其他亲属均在外省，调查了几个，他们都说跟曲姐近几年没有来往。我们立即赶往市国家安全局，找到了市国家安全局的领导，得知曲副处长正外出执行任务，半年后才返回。她的丈夫和孩子在本市，可以由他们帮助处理她姐姐的后事，其他的要等曲副处长回来再定。

另外两个组取证了许多材料，但是没有明显的突破。我找教导员要了一盒烟，把自己关在分析研判会议室里，让大家今晚睡一个好觉。我一个人静静地查阅取证的笔录，以及相关线索。看着曲姐微笑的照片和被害的照片，我感慨万分。

她让我想起了哥哥，她是哥哥唯一的女徒弟，长相说不上漂亮，但是耐看，中等身材，不胖不瘦，散发着成熟女性的魅力。就是不笑的时候，她脸庞依旧有两个很深的酒窝。每次她到家里找哥哥请教，大嫂都是翻着白眼，说着狠话。曲姐好像并不在意，还是一口一个师娘喊着。尸检报告证明，她还是一名处女，看到这个结论，我的内心五味杂陈。

在看曲姐司机笔录的时候，我仔细阅读了很多遍，感觉还有许多可疑之处。我有些兴奋。

"喂，老元，带着你们组弟兄马上归队。"我抄起电话下达命令。现在是凌晨两点三十五分。

经过我们分析、研判疑点，清晨六点，我们带着相关法律手续，直接到曲姐的司机冯和峰家进行搜查。还在梦中的冯和峰先是惊讶，而后耍起了无赖，躺在地上闭上眼睛，佯装身体不适，不回答任何问话。经过侦查员仔细搜查，他家衣柜里有大量的纱巾和女性内衣。老元拎着一堆纱巾递给我，我闻了闻，有一股我在哪里闻过的香水味道。前两年我找到曲姐打听哥哥的情况时，曲姐戴的围巾就是这种香水味道。

"冯和峰，你这些纱巾哪里来的？"我俯下身问道。

他突然睁开眼，抢夺纱巾，大哭大闹。

"给他穿上衣服，铐起来，带走！"

到了讯问室，冯和峰低下头，不言不语。

"曲丽君是你杀害的吗？"我问。

"不是，不是！我是挽救她，不让她被男人玷污！"他疯狂地喊叫起来。

冯和峰，三十岁，白净的脸，身材瘦高，商业学院本科毕业，被原来单位解聘，他是大酒店前总经理的侄子。即将退休的总经理找到曲姐，极力推荐曲姐接班，但是有一个要求，就是让侄子进大酒店工作，还让曲姐把冯和峰当成自己的侄子对待。

曲姐是一个讲情义的女子，让冯和峰给自己开车，好多家务事都让他去帮助处理。没承想，一年来，冯和峰对曲姐产生了男女之情。曲姐不答应，告诉他年龄差距太大。冯和峰不仅不听曲姐劝阻，还依仗曲姐对他的信任，经常借到曲姐家做家务的机会，偷偷拿走曲姐的内衣和纱巾。最近，曲姐和一名男性外商在谈生意，冯和峰受到刺激……经过鉴定，冯和峰患有间歇性精神病。

案件告破了，局长夸奖了我，还鼓励我要再接再厉，但是我却高兴不起来。

案件已经按照程序移交检察院，我回到家里，岳母已经在几日前病逝，妻子捶打着我的胸口恸哭着，我跪在岳母的遗像面前，感觉身心疲惫。

又过了半年多，儿子已经是公安大学刑侦系的学生了。市公安局机构改革，我被任命为国保支队支队长。我准备买些酒菜，回到家里让妻子和家人为我高兴一下。刚出单位门口，一个身穿黑色棉服、打扮精致的女子拦住了我。

"您是吴文吗?"

"是，您是?"我问。

"我是曲丽红，我姐姐叫曲……"

我截住了她的话："我知道，您是曲副处长。"

她邀请我到单位对面的上岛咖啡店坐一会儿。我们聊了很多曲姐的事儿。她竟然认识我哥哥，她上初三的时候，他俩同班。

我惊讶地看着她。她说："我上初一的时候已经把初中的知识学完了，老师不让我浪费时间，直接上初三，这样就和你哥哥一个班。那年，你哥哥说送我几块上海饼干尝尝，结果他食言了，说是放在家里被老鼠吃掉了。我说他吹牛，你哥哥脸都红了。"

我释然了，埋在心底多年的饼干事件终于有了答案。她还说她在云南大理看到了我哥哥，她还和我哥哥聊了家常，说我哥哥还是单身，收养了一个很帅的义子，生活得挺开心。我哥哥让她转告我们，他是个不孝的儿子，等他老了会回家，到父母坟前谢罪的。我流泪了，她也落泪了。深夜，好像哥哥在和我说，弟弟，放心，我不是赌徒，我有任务，爸爸知道，爸爸都知道。

别恨你哥哥，你们是亲骨肉。父亲临终前讲的这句话，我一直记着。

一刹花火

易松

　　天还没有亮，易松的手机就震天响起，他老婆吴曦在香甜的睡梦中被吵醒，迷迷糊糊地嘟囔着不清不楚的语句，好像是骂他混蛋之类。易松习惯了老婆的数落谩骂，反正不疼不痒，平时你唠叨你的，我干我的。今天不知道他哪根筋搭错了，挥手就是一巴掌打在吴曦的脑门儿上。吴曦猛地惊坐起来，像是被噩梦惊醒，哇哇哭闹起来。

　　"易所，辖区内发生命案，分局、市局领导快到了，你赶紧来。"易松来不及多说什么，穿上衣服，提起裤子，冲出了防盗门。吴曦的哭闹戛然而止，她不知道发生了什么重大事件，隐隐约约听到"命案"两个字。杀人了！一个激灵，她浑身起了鸡皮疙瘩，汗毛直立。吴曦向卧室门外望去，好像易松走的时候没有把防盗门关严，防盗门似乎被风吹开了。她战战兢兢起床，穿好衣服，慢慢向客厅走去。

　　易松刚从警校毕业分到刑警队当侦查员，执行的第一个任务是夜间蹲堵，抓捕盗贼。那晚他吸着秋日的冷风，捂着肚子趴在草地上，可能是吃了红星机械总厂保卫科邢干事给的那块烤红薯，把肚子吃坏了，他感觉自己快要死了一样。他告诉老警长肚子疼得不行了。老警长骂他废物，让他忍着。

　　蹲守了一个晚上，盗贼都没有来。天快亮了，老警长发现易松脸色煞白，浑身散发着屎臭，像是随时会离开人世的样子。老警长心里一揪，赶紧叫了救护车。就在救护车拉走他俩之后，盗贼出现了。红星机械总厂八点半上班，仓库保管员打开仓库大门，惊呆了，整个仓库基本清空了。她慌张地打电话报告厂保卫科。保卫科干部出动，保护现场。仓库里面还有好几只死猫，肉眼都能看得到它们的血还冒着热气。

这次工厂损失惨重，电缆、汽车配件，还有许多有色金属，特别是一对从德国定制前天刚发来的价值极高的法兰盘，都被盗走了。

"这是二十四万呀，工厂一旦停工，损失更大了！"厂长急得直跺脚，他哽咽着埋怨保卫科长，"你们不是在这儿守着吗，怎么还是守不住啊?!"

保卫科长也傻了眼，他哭丧着脸说："昨天我们科邢干事和警察死盯了一晚上，盗贼都没来。后来，老警长把拉了一晚上裤子的易警官送去医院，让大家散了，说今天夜里再蹲……"

医院那边易松被推进了手术室，大夫说："你们再晚来一会儿，他可能就没命了，阑尾炎，已经穿孔了。"

易松在医院认识了来照顾他的小护士吴曦。

"你打针不疼。你们护士长，好家伙，就是天山童姥，看着满脸和蔼慈善，一针下去，一定让你记住并害怕她。"

"别胡说，让她听见你就死定了。"

"吴护士，等我出院一定请你吃海鲜，随你点，管够。"

易松恨不得天天躺在这里，等着小吴护士来伺候他。她很温暖，身上散发着一股别的女人没有的香味。

"小易还赖在医院了？让他去派出所。关键时候掉链子，有什么用！干了半辈子刑警没见过这么娇气的队员。干刑警，他就不是那块料。"队长因这事儿骂了他半年。

挨了骂的易松，收获了爱情。他和吴曦恋爱不到半年，就结婚了。可是结婚十来年，却没有孩子。吴曦倒不在乎，丁克夫妻，这样更好，省得累赘。易松的爸妈可急坏了，甚至警告易松，再不要孩子就离婚，否则，易家会断了香火。易松心里十分忐忑，他求医问药，什么法子都试过，就是不行。西医结论是他俩溶血，是怀不上孩子的。中医说，能怀上，要多花钱，两人一起喝中药汤，调好身体了，就行。

行个屁，喝了五六年苦药汤，完全没有作用，从此易松再也不喝中药了。

没有孩子的婚姻多少有些不完整。易松妈妈竟然想托人买一个女孩儿来，易松气得连忙制止："妈，买卖儿童是违法的！没孩子，我也和吴曦白头到老。"

小红

易松已经不记得在家里挥手打吴曦一巴掌的事儿了。到了现场，市局刑侦总队和分局刑侦支队的侦查员、技术员都在忙碌。

分管刑侦的炼副局长看都没有看一眼易松，只看着倒在卫生间里的女尸说："赶紧了解死者情况，立即部署配合市局刑侦总队领导核查，必须尽快抓到凶手。"

"是！"易松才提拔到华欣派出所当所长，现在出了命案，案子破不了，炼副局长会吃了他。这次他的提拔，多亏炼副局长极力推荐。

派出所会议室里挤满了人，炼副局长和市局刑侦总队李副总队长耳语几句后说："咱们立即成立'3·11'专案组，我任组长，李副总队长和易松任副组长，总队派专家随警作战，下面先把现场情况通报一下。

"死者赵新红，女，二十四岁，老家在西南，打工来本市，在欣欣洗浴中心上班，正在核实她具体干什么，估计是按摩师，也叫皮肤保养技师。

"好了，抓紧调查详细情况，越细致越好。此案在市局刑侦总队指导下，由我们分局主办，分局刑侦支队从外围去找线索，派出所重点在被害人工作和居住地收集取证。尽快破案，不能给社会带来恐慌，每天要向我汇报进展。"

炼副局长说完，看了易松一眼，狠狠地把烟头摁在烟灰缸里，伤感地说了一句："唉，多么年轻的生命呀！"

"嘟嘟"，易松的微信提示音，是吴曦发的一个愤怒的小黄脸，还有几个字："为什么打我?！"

易松赶紧回复："老婆，你说梦话吧，没有呀！"

"装，说不清就别回家了！"

"老婆，真的没有，难道我又梦游了？"紧接着他发过去一个跪着的图片，向老婆大人求饶。

愤怒的小黄脸继续发过来。

"老婆，有任务，回家解释。"

其实听到被害人是赵新红时，易松心里就咯噔一下，他认识这个女孩儿，可是他不能表现出来。认识她的人都喊她小红，小红身高一米七，瘦瘦高高的，皮肤白皙，单眼皮，一笑两个小酒窝，带着青春的妩媚，让人看着心动。易松和她认识还是三年前在治安大队当副队长的时候。有人举报欣欣洗浴中心有赌博和卖淫行为，他跟治安总队领导到欣欣洗浴中心检查，在检查中的确抓到了一伙赌徒。赌徒们打着洗澡的幌子，包了一个单间打麻将。人赃俱获，抓了不少人，其中就有二十出头的赵新红。当时小红穿着暴露，细长的腿吓得直打哆嗦，像是要断了一样。易松问了一句："你在这儿干什么？"她低着头战战兢兢地说："给他们倒水，服务。"治安总队领导说："这个屋子里的人都带走，到分局取证，另外传唤老板。"当时易松真的想把小红放了，不知道为什么，他能感觉到小红是因生活所迫。

易松和小红真正熟悉还是在案子过后。欣欣洗浴中心老板来到分局，带着自己写的检讨书和锦旗，一来感谢公安机关清除在他们洗浴中心的流毒，二来表示自己愿意承担责任，接受公安机关的处罚，同时他还为小红担保，说小红是刚来的外地女孩儿，什么也不懂，希望局里网开一面放了她。

市局治安总队领导要求对当时聚众赌博的那几个人进行治安拘留和罚款，对小红和另外一个服务员进行批评教育。当时还查出小红没有暂住证，要对她罚款二百元，要求她本周必须办理暂住证，洗浴中心老板主动交了罚款。易松说："没事儿，姑娘，别怕，明天你找我，我给你办。"易松把电话号码给了小红。翌日，小红拨通了易松的电话，从此他俩就认识了。小红一直拿易松当大哥哥一样，易松对她也像对妹妹一样。可是吴曦知道了小红和易松的来往，醋坛子发酵，为此两人还冷战了半个多月，之后易松尽量不与小红来往，甚至把她的微信拉黑了。因为这件事儿，炼副局长还批评了易松，让他做好事要讲究分寸，别让外边的风言风语说得跟真的一样。其实很简单，就是帮助小红办完了暂住证，小红非要请他吃个饭，易松想得也简单。一个中午，在洗浴中心对面，他俩吃了肯德基，最后易松结了账，小红过意不去，后来给易松买了两条香烟，易松盛情难却收了香烟。这件事儿在治安大队引起了风波，他们认为易松没有孩子是吴曦的问题，易松想要孩子，所以找了一个漂亮女孩儿。易松气得在治安大队拍了桌子，摔了茶杯，骂了娘。

如今赵新红被害身亡，易松心里十分难过。

尹慧

报案人是和小红同住的小姐妹尹慧，她原先也在洗浴中心做按摩师，后来一个客人对她性骚扰，她急了，用水果刀捅了那个变态男。变态男是企业干部，洗浴中心老板娘出面摆平了这事儿，尹慧给了变态男几万块钱。这件事儿也是小红告诉易松的。易松来到华欣派出所任所长，欣欣洗浴中心就在他们所管辖范围内。易松怕吴曦胡搅蛮缠，也不敢联系小红。小红知道易松大哥当了他们管片的所长，怕给易松带来不必要的麻烦，也没有联系易松。他们上次见面还是易松刚上任对洗浴和歌厅等营业场所开展突击清查的时候，他们相互微笑算是打了招呼。没承想，现在小红被害，就这么不明不白地死了。

易松带着派出所民警先是找到了洗浴中心老板大唐，询问赵新红近期接触的客人，以及她近期有什么反常表现。大唐说他的生意扩大了很多，现在他是欣欣集团董事长，洗浴中心只是他们集团的一个子公司，他并不常在洗浴中心待着，不太了解。但他已经向洗浴中心的总经理（他的老婆）问过了，没发现小红有什么反常，可能她的闺蜜尹慧知道一些事儿，尤其她俩现在还住在一起。她们住的房子是小红租的。尹慧现在在一家洗头房做保健按摩，钱挣得少。小红厚道，就让尹慧跟她一起住，相互有个照应。

赵新红租住的房子是红星机械总厂原来的职工宿舍春华里，现在叫春华社区。住户有一部分还是厂子里的职工，不少人买了新房搬走了，很多房子就空出来出租了，这里就成了外来人口聚集地。社区有两万多人，外来租住户占百分之四十左右。大部分是小商贩、外来务工人员，洗浴中心、歌厅、洗头房、足疗房的服务人员居多，他们大部分是合租房的，也有知识分子，还有一些小包工头儿，人员复杂。

易松找到了尹慧打工的洗头房，洗头房老板娘讲，她这里没有卖淫嫖娼现象，是正规头部清洗按摩的地方，她还想让尹慧过来免费给易所长做一个全套的头部清洗按摩。

易松瞪了她一眼，说："知道春华社区命案吗？"

"知道，可怜的小红姑娘让那帮子老色鬼给害死了。"

"哪帮老色鬼？"

"就是去他们洗浴中心找乐子的那些，明着是洗澡按摩，实际就是人肉交易。小红那丫头那么俊俏，哪个老爷们儿不馋得流口水。"

尹慧提供了赵新红家的具体地址和相关情况。小红只跟自己二哥联系，她不联系她父母。为了给她大哥娶媳妇换彩礼——两万块钱和一头牛，她父母逼她嫁给了一个傻子，不久后她逃到了津海市。那年小红十九岁。她的一个远房表姑嫁到了津海市，前些年回老家看到小红，说这么俊的闺女，到大城市找一个城里有钱的小伙子嫁了，离开这个穷村子，过好日子没问题，以后可以到城里找她。结果小红到了津海市，却没有找到表姑，她也没从家里带多少钱出来，很快就没钱了。无路可走之时，在火车站看到了洗浴中心招聘服务员的广告，她便壮着胆子走进洗浴中心，当场被老板相中。

赵新红老家的二哥来了，易松和办案民警接待了他，告诉她小红遇害的情况，让其积极配合，做好善后事宜。小红二哥当时狠狠抽着自己嘴巴子。他说是当哥哥的没有本事害死了妹妹，本来妹妹在村里和同村的二剩子相好，但家里太穷，才把妹妹远嫁到邻县一个镇上，给一个做小买卖的老板的傻儿子做媳妇，换来给大哥娶媳妇的彩礼。妹妹嫁过去不到半年，傻丈夫就找上门，说妹妹和野男人跑了。妹妹在电话里告诉二哥，没法儿过日子，那个傻子不是人，就是个畜生。他把妹妹的大腿咬得青一块紫一块，如果不让他咬，他就哭喊，狠心的婆婆就会打小红。小红实在受不了，想起了津海市的表姑。在一个下着大雨的深夜，趁着傻丈夫熟睡，她逃了出来。

吴曦

吴曦这几天都没有搭理易松，易松有些发慌。他想，吴曦没有这样过，连续四五天不联系他。难道吴曦知道小红被害，知道自己忙着办案子，就不来打扰自己了？不可能呀，结婚十来年了，吴曦有时候可不是那么通情达理的人。易松真的有些想不通，他主动发了短信："老婆，对不起，有案子，请你谅解。破了案子，给你买最新款的手机。"吴曦没有回复。易松再发："老婆，想你，忙过这几天，有了线索，马上回家。"吴曦那边依旧无动于衷。易松手有些颤抖，他拨通电话，关机。他不死心，再打，关机。他反复拨打，关机，关机，还是关机。

易松感觉到异常，他急忙给吴曦医院拨打电话。护士长告诉易松："你家吴曦四五天没有上班了，我们正想联系你，你反倒问我们。告诉你，吴曦怀孕了，你知道吗？"易松又给岳父拨打电话询问。"小曦没回家，这几天她妈还说让你俩回家吃饭，她妈想她。"易松急忙向炼副局长请示回家看看妻子，他告诉炼副局长不会耽搁破案。

在易松打开防盗门的瞬间，感觉一股冷风袭来。他三步并作两步冲进了客厅，窗户大敞着，屋内一片狼藉，像是盗贼闯入过，翻箱倒柜，打乱了室内打理得井井有条的秩序。易松冲进卧室，依旧没有人，他俩四五天前睡过的被褥没有收拾，双人床上放着吴曦粉红色的睡衣，易松的灰色睡裤扔在床头，睡衣丢在木地板上，应该是被吴曦用脚狠狠地踩踏过。

易松爱吴曦爱得痴迷，不光是缘分的巧合，还有吴曦能歌善舞的特长。吴曦母亲以前是市话剧团的演员，后来她父亲不准母亲从事表演。她父亲说："男男女女，在舞台上假扮夫妻，搂抱亲热，一准摩擦出事儿来，离婚是迟早的事儿，不想离婚，你就干行政，我找你们文化局领导去讲。"当时吴曦父亲是市委宣传部科长，他还是有这个能力的。吴曦母亲在话剧团当上了党办副主任。吴曦从小受母亲影响，喜欢唱歌跳舞。她父亲说："业余唱唱歌可以，不能干专业，小女孩儿将来找婆家，不做家务，不看孩子，天天化妆，到处演出，哪个男人喜欢？"吴曦说她爸爸是老顽固。吴曦还偷偷告诉易松，其实她爸爸也喜欢唱歌。她说她爸爸唱到动情的时候满眼泪花。由于这种强大的基因，吴曦虽然不是专业的，可是与专业的人相比毫不逊色。

吴曦的歌唱得甜美，比一些歌坛明星也不差毫分，她的外形和易松喜欢的歌手也很相像。可他至今没敢和妻子挑明他内心的偶像，他怕她说"你去找你梦中情人吧"。吴曦心眼跟她父亲的一样，挺小。不过，易松喜欢。

吴曦唱歌时上翘的红唇，彻底征服了易松。起初，吴曦对警察的职业并不感兴趣，只是觉得神秘，她答应和易松交朋友，但不是恋爱的男朋友。易松不怕，他有信心，一定能拿下眼前这个女孩儿，一名警察没有攻不破的案子，没有追不到手的女孩儿。

第三次约会是在那个夏天一个下着蒙蒙细雨的傍晚，易松邀请吴曦共进晚餐，他选择了伊丽莎白西餐厅——吴曦最喜欢的地方。红酒，七分熟的牛排，水果沙拉，面包果酱……吴曦有些醉意，她心情舒畅，易松邀请她去唱歌，她糊里糊涂任由易松指挥调度。

> 开，往城市边缘开，把车窗都摇下来，用速度换一点儿痛快，孤单被热闹的夜赶出来，却无从告白，是你留给我的悲哀。哦，爱，让我变得看不开。哦，爱，让我自找伤害。你把我灌醉，你让我流泪……

《你把我灌醉》让易松和吴曦当晚成了一个人，他们躲到易松父母给买的新房里，整整一夜，易松用很短的时间就攻破了吴曦的防线。吴曦父母彻夜难眠，到派出所报案，女儿一夜未归……易松跑到她父母面前谢罪，解释。吴曦父母看到高大帅气的年轻警官，没有责怪，满心高兴。那年的国庆节他们结婚了，算是闪婚。吴曦埋怨易松，没有真正恋爱就结婚。她总觉得缺少浪漫，易松会尽量满足她。两人约定五年内不要孩子，就过二人世界。两个五年过去了，吴曦的肚子依然瘪瘪的，让双方父母急白了头发。

当然吴曦把责任全部怪在易松身上，易松也是全部认领，他偷偷地去医院检查，大夫告诉他，还真是他的问题：弱精，主要是熬夜、饮酒、大量吸烟导致的。但是可以治疗，就是稍微有些晚了，要坚持遵从医嘱。易松答应大夫全力配合治疗。他没有对任何人说过这个秘密，包括父母和妻子。

孤单

　　易松陷入孤单，任务压在肩上，妻子无故失踪，岳父母的追问、怨愤，父母的疑惑、担忧……易松自己感觉很窝囊。小红被害，他像是失去了亲人，不知道为什么自从见到小红，心里就没有放下她。他总在寂寞的时候，忽然想起小红，想起她用楚楚动人的眼神看着自己的样子，想起她喊松哥，她喊松哥的时候，易松就像是她久别的亲人。

　　炼副局长告诉易松赶紧振作起来，抓紧配合破获"3·11"案件，给被害者和她的家人以及社会一个交代。至于吴曦的失踪，炼副局长已经安排民警去调查，让易松放心，分局会全力找到吴曦。

　　易松下令传唤二剩子。

　　二剩子是小红的小学、中学同学。二剩子姓苟，全名苟胜军，乳名苟剩子。长大了他不喜欢大家叫他苟剩子，他在家排行老二，他自己说："我叫二剩子。"

　　"你认识赵新红吗？"易松看到二剩子，心里不知道为什么升起一股怒火，他的问话带着豪横的腔调。

　　二剩子似乎满不在乎的样子，易松心里的无名之火燃烧得更加炽烈，只不过身上的警服让他不能发作。

　　二剩子语气强硬地说："认识，小红是我的初恋，不，是我永恒的恋人！"

　　"永恒，永恒，你没有保护好她，她死了，你知道吗？"

　　二剩子垂下头，大声哭了出来。

　　易松点燃香烟，看着二剩子。他也想哭，他想为被害的像亲人一样的小红哭，想为妻子的突然失踪、杳无音信、生死未卜放声大哭。易松想还是当一个普通百姓好，想哭就哭，想走就走。而作为公务员、人民警察，有纪律约束，有责任担当，不能情绪化，要克制自己的感情。

　　"行了，赵新红的死，你知道吗？"

"知道!"

"怎么知道的?"

"听洗浴中心老板娘说的。"

小红初中毕业回家帮助母亲做家务和农活儿。二剩子去县城打工时告诉小红,挣够了彩礼钱和盖房子钱就娶小红当媳妇。小红嘴上没有答应,但是满心高兴。懵懂的少女能有男孩儿喜欢、惦记总是幸福的,何况两人从小一起长大。二剩子两只大眼睛,古铜色的皮肤,在城里滋养得身强体壮,还带着农民憨厚的脸庞,给人踏实的感觉。可是易松就是不喜欢这个苟胜军。小红被害后,专案组找到洗浴中心老板娘问话,她只是说小红在洗浴中心就是一个按摩师,别的她是管不了的,他们洗浴中心有规定,男女服务员之间不能谈恋爱,否则开除。可是小红介绍来的大堂服务生苟胜军总是找她,她说他是她同村的表弟。一开始,大家觉得表姐表弟亲近也没有什么,后来有人看到他俩亲吻,那可就不是表姐弟的事儿了。老板娘狠狠地教育了他俩,却舍不得开除他俩这么好的摇钱树。二剩子站在门前,挺拔的外形,能吸引来不少女性客人,甚至有富婆想把他拐走,他硬是没有动心,他心里一直挂念着小红。那个富婆告诉二剩子,要是他愿意,她把洗浴中心买下来,给二剩子经营,让二剩子当总经理,但是他不能有别的女人,只能为她一人服务。二剩子不但把这事儿告诉了小红,还发誓,他这辈子只喜欢小红一个人。小红感动得落泪,她亲吻二剩子的脸时被几个小姐妹看到了。小红说那不是爱情的亲吻,是一种亲人间的亲昵。

二剩子听老板娘说小红被害,当时就昏死过去了,是他的工友把他送到医院抢救过来的。他出院后没有再去洗浴中心上班,他让工友告诉老板娘,他不干了。这些日子,他一直浑浑噩噩,他想给小红报仇,他要抓到杀害小红的凶手,他一直怀疑洗浴中心老板,更怀疑老板娘。

几年前赵新红应聘到这里当服务员,洗浴中心老板大唐就像苍蝇一样盯住了小红。那时候小红还不满二十岁,第一次独自一人闯到了大城市,第一次看到高楼大厦,走进金碧辉煌的洗浴中心,她想不到这大城市连洗澡的地方都那么光鲜耀眼,她不理解。看着洗浴中心大堂屋顶的大吊灯,她眼睛都看直了。老谋深算的老板大唐对这个没见过世面的女孩儿动了心思。还好老板娘管得紧，半年多他都没有得逞。可是后来老板娘父亲病逝，悲痛中的老板娘放松了警惕，大唐得逞了。他先是把小红骗到办公室，一顿甜言蜜语，金钱利诱，最后把小红灌醉强奸了她。后来小红二哥告诉她，父亲病重住院用钱，她不得已去找了大唐。大唐甩掉了尹慧，牢牢把控住了单纯的小红。老板娘发现了，把小红毒打了一顿，却没有把小红赶走，他们离不开小红这块洗浴中心的招牌。大唐想得到的东西到手了，也就不珍惜了。为了让老板娘放心，他把精力放在了其他项目上，基本不来洗浴中心了。小红为了减轻二哥的负担，开始在洗浴中心和客人眉来眼去，这样能挣更多的钱。这些事儿小红偷偷和尹慧讲过，尹慧也把大唐诱奸她的事儿告诉了小红，两个苦命的农村女孩儿就这样在大城市生存，等待自己的幸福。

二剩子的到来给了小红希望，但是不知道为什么小红心里对易松产生了强烈地想要亲近的感觉，小红把易松当成自己的亲人。她克制自己不切实际的幻想，可是对美好的生活和爱情的向往谁又能控制住呢？这幻想一直隐藏在小红的内心深处。这个秘密她没有和任何人讲，只是存在她的灵魂里。

真凶

"易松呀，其实没有消息，总比有了坏消息好，我想，吴曦肯定没事儿，只不过是和你怄气。凭我的直觉，她恐怕是藏在哪个地方了，也许她正在静静等着你找到她。"炼副局长对看起来疲惫不堪、大口吐着烟雾的易松讲。

"知道了，炼局。"他的声音低沉，他也觉得吴曦是有意躲着他的，或许就是那天清晨的一巴掌，让她记恨自己了。她从小被父母当公主一样宠爱，婚前婚后，易松都把她当自己的心肝宝贝，如今他无意的一巴掌，伤了她的心。或许是哪个人在报复自己，或许是她有了新欢，易松在胡思乱想中艰难地过着每一天。

恍惚中十余天过去了，专案组没有找到"3·11"案件的线索。小区监控陈旧破损，大部分都已不能用了，只是个摆设。小区里的大爷大妈东一句西一句，说的都是没用的废话。

易松和洗浴中心老板大唐早先就认识，他觉得大唐是一个突破口。易松向炼副局长汇报，以朋友的方式找其探寻一些线索。炼副局长同意了。易松给大唐打了电话，说自己妻子失踪，加上案子破不了，心情郁闷，想和大唐喝个酒，说说话。其实大唐心里明白，这是易松找他套话。不去，他心里有鬼；去了，一旦自己酒醉胡说八道，和小红的那些事儿让易松知道，易松暴打他一顿，他也只能打碎牙往肚子里咽，因为张扬出去，法院判他强奸罪都有可能。最后，他还是去了。

天空裹着黑云，光明海鲜大酒店 302 雅间，只有两位客人，易松和大唐，易松点了菜。

大唐说："易所，随便点，我请客。"

"当然，不吃你这个大款，还让我这个工薪阶层买单吗？再说了，酒店是你的，就应该你请，不过我也不白吃你的，我带了三瓶老白干，老规矩，我两瓶，你一瓶。"易松很江湖气地说着。

大唐多少还是有些警惕，说："兄弟，你当大领导的，这样喊你没事儿吧？"

"没事儿，下班了咱就是兄弟，不过，当哥的，要有当哥的样儿。"易松话里有话。

大唐主动说："小红被害，我也很难过，我更希望你们尽快抓到真凶。你可能不知道，小红和我好过，但就是兄妹的好，你可别往歪处想。"还没有端起酒杯，大唐先交代自己的事儿，他等着易松把一杯满满的酒泼到自己脸上，那样他觉得心里能好受一些，也可以先发制人，说易松引诱逼供。

"男人嘛，喜欢就要珍惜。干杯！"易松说着干杯，自己先仰脖把足足二两的一杯白酒灌进肚子。

大唐有些慌乱，他赶忙把酒也倒进嘴里咽下，紧接着就咳嗽着喷了出来。易松瞪了他一眼，他赶紧再倒满一杯咽下。他捂着嘴，满脸狰狞，想告诉易松他尽力了。

酒过三巡，菜过五味，易松灌醉了大唐，大唐吐露了一切。他说小红的身子他是第一个占有的，不过他也给了小红很多帮助，给了她很多钱，给她爸换了肾，小红那时候还是感激他的。他瞪着眼告诉易松，小红是自愿的，是喜欢他这个有钱又重情重义的大叔的。

易松借着酒劲给了大唐几个大嘴巴子，算是给小红报了仇，给自己解了恨。大唐醉酒中也没有含糊，他把酒洒了易松一身，然后说对不起，自己不是故意的。他告诉易松一个秘密，说红星机械总厂保卫科邢科长也跟小红是相好，说他有录音。

"你是不是逼迫小红，你强奸了她？"

"不是，真不是，我给她钱了，现在小姐都是这样，给钱，怎么她都行，哪天哥哥带兄弟去玩玩。"

"放你妈的屁！"易松又是一口唾沫啐在大唐的脸上。

大唐醉得不省人事了。

翌日，派出所和刑侦支队联合传唤了红星机械总厂保卫科邢科长，就是十多年前和易松一起蹲堵，给了易松一个烤红薯，害得易松犯了阑尾炎，差点儿要了命的那个邢干事。

泡沫

过完春节，小红二哥给小红打了电话，他想让妹妹在城里给自己找份挣钱多的工作。二哥都已经是二十六七岁的人了，前几年因为父亲身体不好就在家伺候老人，还要下地干农活儿，现在父亲好多了，可以干一些活计，加上大哥大嫂帮忙，日子能应付，就想到城里挣点儿钱好娶媳妇。同村这个年纪的小伙子都当爹了，家里穷没法儿给二哥找媳妇，加上小红逃婚后，父亲把彩礼退给人家，急得患病了，拖累了二哥。

去年，小红开始给一个客人服务，客人正是红星机械总厂刚刚任命的保卫科邢科长。他每次来都点名让小红按摩，即便小红忙着，他也要静静等着小红。这让小红十分感动，多一个客人就能多一份提成。

一日，邢科长酒醉，在包房里强行与小红发生了关系。他向小红保证会和他老婆离婚，娶小红在城里过好日子。他还说结了婚就可以把小红的农村户口迁到津海市，让她当上城里人，再找一个体面工作。他还答应给小红一笔钱当彩礼，让她给老家的父母送去养老。

小红在他的甜言蜜语哄骗下，将信将疑顺从了他，指望他能够给自己带来幸福。小红真心相信了比自己年长十多岁的这个男子的誓言，精心服务，满足他的欲望。

那天小红跟他讲了家里的困境，他满口答应了小红，说："放心，你哥哥的工作我安排，你哥娶媳妇的彩礼，我出。"可是他答应小红之后，就再也没有来过洗浴中心，也不去小红租住的房子，像是人间蒸发了。小红心里明白，他故意躲她，他说了大话，解决不了她二哥的工作，也不想离婚，更不想给她钱。

二哥电话多次催问。小红无奈，就打电话告诉邢科长自己并不打算和他结婚，但是要给她十万块钱作为补偿，再给二哥找份工作，否则就告他强奸，还要把他和大唐倒卖红星机械总厂设备的情况反映给纪检部门，让他们一起坐牢。

邢科长害怕了，找小红谈判。两人没有谈拢，他恼羞成怒，狠狠地把小红掐死了。

易松上前要抽邢科长几个大嘴巴子，侦查员紧紧抱住了他。

案子破了。易松总有一种遗憾的情绪，心里空落落的。傍晚，大雨倾盆，他走出派出所，让大雨击打他的身体，想借此捋清思绪，找到吴曦的去向。

手机短信提示音响了，来自海南，打开，是一首歌曲，让易松听得满眼含泪，雨水和泪水交织在一起……

> 阳光下的泡沫　是彩色的
> 就像被骗的我　是幸福的
> 追究什么对错　你的谎言
> 基于你还爱我
> 美丽的泡沫　虽然一刹花火
> ……

人间烟火

皮戴

"我说，皮戴，你说谁给你起的名字，你怎么不叫皮鞋呢？那不更好听，更有味道了。"

"余队，您就别拿我的名字逗我玩了，告诉您多少遍了，是我外祖父起的名字，为这我祖父还和我爸吵了一架，祖父骂我爸是不孝之子，丢了皮家的脸面。我爸说，谁让咱家姓皮的，要是姓秦多好，秦始皇的秦，您孙子叫秦代，不就是皇帝了吗，您就是太太上皇了。"

"你小子，说话会拐弯了，还喊我队长，损我。"余友德没事儿就和皮戴逗几句嘴，缓解一下内心的苦闷。

余友德被撤职五年多了，三十多岁就是分局刑警大队大队长，在当时他可是全市各分局最年轻的刑警大队大队长。他一个人曾经打躺下四五个强壮的罪犯。

余友德当皮戴师父已经一年了。皮戴自从大学毕业报考当了警察，余友德就一直不理解："你一个医学院的硕士研究生为什么当警察？外科大夫多好，手术刀举起来，大红包在白大褂口袋里，救死扶伤收入还高。警察，特别是刑警风险太大。你这小子可真是的。"

"我祖父说了，我随我爸，是不孝之子。我爸也说，指望不上我，他老了，动不了了，我妈也不愿意伺候了，他就去养老院。我要是记起来他，就去看他，记不起来就算了，他会默默地想我和我妈。我爸说的时候挺悲伤。

---

263 ——

我妈说，别理他，他吃饱了撑的，像你爷爷。"皮戴就是爱和师父说家里事儿。余友德也爱听皮戴像讲故事一样唠叨家常。

"老余，出警，二八公路车祸。"值班民警通知他。

"皮戴，走。"余友德戴上警帽疾步向外走。他就是这样，只要接了警情，就像是受到了某种刺激，急忙向着案发地冲锋。

二八公路长二十多公里，是市区通往南郊区的一条笔直的大道。出车祸的地段就是市区与南郊区交界的十字路口处。余友德和皮戴他们到了现场，派出所带班所长和余友德讲了现场情况，交警大队和所里的执勤民警已经控制了现场，就等刑警大队来鉴定，帮助交警填写说明，车祸处理属于交警大队查办。

余友德在现场转悠了一圈，问道："死了几个人？"

"四个。"交警大队长回答。

"货车司机呢？"余友德问。

"蹲在车轱辘那儿打哆嗦呢，吓得够呛，其实没他什么责任，是这辆吉普车直接冲到大货车底下去了。"交警大队长继续讲。

"走，找大货车司机问问。"余友德冲着皮戴边说边向前方走去。

道路左侧停放着一辆十来米长的红色拖挂大货车。交警大队长说："这是到南方运送本市夏伟牌小轿车的，马上就要到公司停车场了，却出了意外事故。司机是外聘的河南籍小伙子，叫胡小天，押运员是天星汽车制造有限公司销售部工程师李楠。李楠正在配合交警勘验现场。"

胡小天，父亲家邻居胡姐的儿子，胡小天？余友德诧异地在心里自问。

在大货车拖挂尾部，一个穿着橙红色工服的年轻人，在垂头丧气地默默哀叹着。

"喂，司机同志，喂，喂……"余友德用手拍了一下司机的肩膀，穿橙红色工服的司机没有吭声，顺势歪倒在地上。

"喂！喂！小天！小天！"余友德赶紧蹲下身，摸着司机的脖子，他似乎已经断气，"皮戴，快，叫救护车！"

胡小天

　　胡淑珍的儿子胡小天就是"4·18"二八公路重大交通事故车祸大货车司机。他的死亡是突发性的，这是出警法医的结论。据李楠讲，胡小天心里害怕，他看到钻进拖挂车底下的吉普车被削掉三分之一，四名无头尸体的颈部喷涌着鲜血，当时就吓蒙了，瘫软在地上，像是没了魂魄。还是押运员李楠把他拖到阴凉处歇息，缓解情绪，随后报警。

　　余友德是看着胡小天长大的。这孩子命苦，他爸爸下乡时娶了当地的村花胡淑珍，后来他爸爸返城了，说到城里安顿好了就接娘儿俩进城。没承想他爸爸回来后没多久就和街道办事处主任的女儿好上了，她是胡小天爸爸的初中同学。他俩好了，很快胡小天爸爸就分配了工作，进了当时全市最好最大的企业天星汽车制造总厂当了工人，现在更名为天星汽车制造有限公司。

　　胡小天六岁，快到上学的年龄。胡淑珍无奈之下，到城里找到胡小天的奶奶家，这个时候胡小天的爷爷奶奶才知道自己儿子在农村已经结婚有了孩子。那个年月，在农村结婚也没有登记，就是摆了宴席，全村一起热闹祝贺。

　　此时的胡小天爸爸王刚已经到总厂保卫处当上了副科长，而且他结婚后又生了一个女儿。他害怕现在的妻子和他离婚，如果离婚的话他的大好前程就全毁了。他跪下来央求胡淑珍和父亲，对外就说母亲老家的外甥女来投奔。

　　胡淑珍没有办法，只能住在王刚父母家。她决定不回老家了，一定要带着孩子在城里生活，让胡小天有一个美好的未来。

　　王刚儿子姓胡，随了母亲家的姓氏，那也是王刚在当知青时的事儿。胡淑珍的父亲是村主任，他不同意这门婚事。他说，城里的男人说话没准儿，他们现在是没办法，有一天回城了，准变心，都是陈世美。可是胡淑珍有了身孕，没办法，村主任只能同意他们结婚。但是村主任说，生了孩子不论男孩儿女孩儿，第一个孩子姓胡，如果再生就姓王。王刚当时答应了。王刚想，村主任没有儿子，就两个姑娘，姓胡，他就有了延续香火的人，姓什么不都是他王刚的种吗？再说，那个年月，他还能回城吗？祖国广阔天地正需要年轻人去接受教育，还要扎根农村，建设伟大的社会主义新农村，他也下定决心要在农村扎根一辈子。

余友德的父亲和王刚的父亲在同一个单位，是特别好的工友。后来余友德父亲当上了车间主任，王刚父亲是一个不爱说话、钻研技术的八级工人。那个年代，八级工人相当于现在的工程师，甚至比工程师的技能还要高。

王刚的父亲认了胡淑珍，对街坊邻居说是他老婆老家表妹的孩子，死了丈夫孤儿寡母来城里投奔表姨来了。大家都信，王师傅厚道诚实，是大伙儿公认的。这个秘密只有王刚和父母知道。随着日月的穿梭，猜疑淡化了，街坊邻居接受了胡淑珍母子，给胡淑珍提亲的不少。

余友德在派出所的时候没少帮助他们母子，这不，现在正准备再次给他们申请城市户口，上级户政部门马上就批下来了，可怜胡小天却不明不白突然死亡。

余友德在案件分析研究会议上，不同意这是一起重大交通事故，他认为应该立刑事案件，成立专案组开展侦查。他说，现场疑点太多，一个大小伙子，怎么能被吓死？再说，还得调查吉普车里死掉的四个人，人命关天，不能草率。交警大队干不了侦查，他们只能按照重大交通事故处理。

孟局长瞪了他一眼，没说同意，也没有反对。

余友德心里一直怀疑胡小天和王刚的关系，但没有证据。王刚下乡就在他母亲原籍，胡淑珍来自他母亲原籍也是情理之中，何况王刚在下乡的时候他表姨一定对他很好，可是余友德心里就是不信王刚。

王刚

余友德比王刚小八岁，余友德大姐和王刚是同学，那个时候王刚妈妈总是跟余友德妈妈说，咱两家做亲家多好。王刚爸爸不同意，说："我和余主任是好兄弟，刚子那性格，脾气暴躁，万一两人打起来，再离了婚，我们哥儿俩怎么处关系？不行，就是不行！"余友德对王刚印象不深。后来余友德姐姐当兵走了，王刚下乡也走了。

后来的王刚可是大人物了，他是天星汽车制造总厂厂长，也是他把胡小天招到总厂车队上班的。他对外还是说，胡小天是他表外甥，表妹夫死了，表妹可怜，母亲把她娘儿俩接来城里给他家当保姆，伺候父母，将来有合适的，再给表妹找个对象。

可是十五六年了，胡淑珍一直带着儿子跟着王刚父母在一起生活。王刚每个月支付母子一些生活费，后来给胡淑珍在厂里找了做卫生的活计。他又找了关系，让胡小天上了学。胡小天初中毕业后实在不愿意读书，学习成绩也差，王刚就让他学开车，当上了司机，后来他成了厂里雇用的临时司机。他告诉胡小天好好干，等解决了户口，就能转为正式工人了。胡小天从心里感激这个"表舅"。

余友德和王刚熟悉是因为他当片警的时候，处置一起天星汽车制造总厂聚众斗殴案。

那时王刚已经是保卫处处长，他看到余友德，忙喊："友德兄弟，我是你大哥呀。"

余友德看着面善的他，一时没有想起来："你是?"

"我是王刚，你大姐的同学。"他又小声说，"差一点儿成了你姐夫，我和你姐还有联系呢，她在部队生活得挺好。去年你姐探亲，我们还聚会了，你姐夫和你外甥都在。"

余友德不喜欢王刚见面熟的样子，其实他知道他和大姐是同学，而且父亲和王叔叔是老同事，又是老邻居，就是王刚用人朝前不用人朝后的嘴脸让他反感。

两年后余友德调到刑警大队，他们接触就少了。王刚和分局领导、派出所长关系好，他主要是为了给胡淑珍母子解决户籍讨好他们。所长告诉他，胡淑珍投靠亲属必须是直系亲属才行，姨妈这样的关系不行。所长和他开玩笑说，胡小天要是你老婆的儿子没问题，你现在是处级干部，立马可以批下来，有政策。其实王刚何尝不想认亲生儿子，他的女儿也挺喜欢小天表哥的。可是王刚知道没有现在已经是副区长的岳父，哪有自己处长的职位。他只能忍着，听着儿子喊自己"表舅"，有时候他内心翻江倒海地难受。

还好在他的努力下，胡淑珍母子的城市户籍批下来了，可是胡小天的突然死亡让王刚悲痛欲绝。

"断后了，断后了，作孽，作孽！"他一个人对着镜子不停地骂自己。

余友德

在余友德的坚持下，孟局长同意了刑警大队的意见，成立"4·18"专案组，深入调查胡小天的死亡，以及吉普车里四个遇难的人。

余友德还是坚持这是一起谋杀案，吉普车里死亡的四个人是三男一女，加上胡小天一共五个青年，不能简单结案。看到死亡现场，余友德凭借经验和现场勘查，初步认定是一起谋杀案。

余友德被免职和天星汽车制造总厂有关。五年前，刚担任刑警大队"一把手"的他到案发现场勘验，一名女会计从二十多米高的办公楼跳下来死亡。

"她是自绝于人民，她就是挪用公款的罪犯。"王刚在现场对女会计的家属叫嚣着。

"你才是罪犯！"女会计的弟弟上前揪住王刚就是几个大嘴巴子。

"把他抓起来，送进监狱，殴打革命干部，你摊上大事儿了。友德大队长，你还不抓人？"王刚歇斯底里地指着余友德喊叫。

一群厂里的联防队员正要抓人，被余友德拦住了。

"王处长，她家属在气头上，再说，没有证据您先别下定论，您是厂里的领导。"余友德劝解道。

"放屁，别以为你小子现在是什么刑警大队长了，你们局长和我都是哥们儿，今天你要是不抓人，我就把你处理了。"王刚把气撒在了余友德身上。

"放你娘的屁，我现在就把你处理了，铐上。"急脾气的余友德三下五除二把王刚给铐了起来。

事情搞大了。

王刚的岳父、老婆，还有他的父亲都找到了市人大，王刚是市人大代表，拘捕他要走司法程序，需要报请人大批准。这些余友德不知道。市局要求严肃处理，撤职，党内记大过处分，降级到民警。

余友德不怕，他说："当时不给他铐上，许多厂里的工人就要揍他了。那些保卫干部，还有联防队员再掺和进来，现场刑警队和派出所几个民警是控制不住局面的，所以才出此下策。我想把王刚带到局里，再仔细调查。"余友德振振有词地和局长讲理，还悄悄说，"局长，他在现场太嚣张了，我也是气不过，给他点儿颜色看看，挽回人民警察的尊严。"

"你小子是给他颜色看了，可你呢？一撸到底，你的处分没有个四五年恢复不了。"孟局长又恨又心痛地说。

今年就是第五年了，孟局长说过他，小心点儿，年底看你小子表现，恢复你大队长职务。其实这五年刑警大队虽然由教导员李欣主持工作，可是谁都知道遇到大案件，大家还是听他余友德的，他在背后给李欣出谋划策。闲暇之余，他总和新来的皮戴说说笑笑，他主要是跟着皮戴学习人体解剖。他总是觉得五年前那个跳楼自尽的女会计死得蹊跷，而且市局领导还让快速结案，说不就是一个女会计自尽吗，不要把一个普通的自杀案件搞得人心惶惶，影响企业的经济发展。加上余友德执法过错，也只能草草结案。

余友德父亲回家就破口大骂，混账东西，王刚毕竟是多年老同事的儿子，又是老邻居，人家是处长，说给人家铐起来就铐起来呀！余友德姐姐为此专程打来电话，叮嘱弟弟和王刚搞好关系，过去两家人好得像一家人。

余友德就是看不惯王刚有事儿没事儿总要摆个官架子的样子，再说女会计自杀，他们厂子就应该负责任，如果是他杀，他们也有义务配合刑警队办案。可是王刚太嚣张，太气人，不教训他一次，他以为全市就他说了算。余友德一个多月没有回家，没有原谅父亲。

胡淑珍

胡淑珍捧着刚刚批下来的户口本，第一页是户主胡小天，成员胡淑珍，母子关系。她太高兴了，这下儿子可以转成正式工人了，等儿子娶了媳妇儿，有了孩子，自己就给他们看孩子，不再单干了。

胡淑珍在王刚厂子里干了不到两年，厂里就议论纷纷，说他俩这表兄妹倒是像一对恋人。王刚总是有事儿没事儿就往行政处环境科管理的澡堂子或者车棚跑，有的时候还带一些好吃的送去。这些话传到了他老婆耳朵里，他老婆连续几个夜晚破口大骂王刚是一个色鬼，跟自己的表妹勾搭，她要求他把表妹赶回老家。无论王刚怎么花言巧语哄骗，他老婆就是不依不饶。无奈之下，他让胡淑珍和儿子到外边租房子住，又给胡淑珍安排了一个卖早餐的小推车。胡淑珍每天早起卖煎饼果子，中午收摊，回家可以照顾儿子吃饭。这样一来王刚就告诉老婆，他们娘儿俩已经回老家了。王刚只是择机偷偷去看看他们，日子过得也算太平。王刚的父母也是一直为了儿子保守秘密。

胡淑珍的父亲专程到城里看望了娘儿俩，听到王刚负心，要找他算账，还是胡淑珍求情："别把事情搞大了，那样小天就得回农村。我俩没有办理结婚登记证明，从法律上讲，是没有证据的。现在王刚每月给我们送钱，还给胡小天交学费，对我们母子挺好。他说了，等有机会离婚再娶我。"

"他放屁，你还信他！"老村主任大声骂道。

"我俩结婚没有登记，他不承认就更麻烦了。爹，您就别管了，待会儿小天放学听到就坏了。"胡淑珍跪在地上央求父亲。

胡淑珍父亲走了，再也没有来过，只是逢年过节让胡淑珍妹妹来城里看看娘儿俩。

余友德和胡淑珍认识是在派出所的时候，胡淑珍需要办理暂住证，他不知道她是王刚在下乡时娶的媳妇，他真的认为她是王刚的表妹。余友德挺心疼胡淑珍的，他也不知道为什么，就是有一种怜香惜玉的感觉，或许是胡淑珍的外貌像是他梦里的那个人吧。

胡淑珍，身材匀称，臀部后翘，面部细白，这十几年让城市的风雨滋润得特别得体，乍一看像邓丽君。

王刚请求余友德先别告诉胡淑珍，就说胡小天出车送货，在路上耽搁几日，车出了毛病，大概晚回来一个月。他回来后就可以填表，体检，成为天星汽车制造有限公司销售部的正式职工了。

胡淑珍激动得眼泪汩汩流淌。她说："小天有了城市户口，就是真正的城市人了，太好了，太好了，小天也该娶媳妇了。"胡淑珍哪里知道儿子在昨天已经死亡。

余友德他们调查吉普车里遇害的三男一女。三个男子是天星汽车制造有限公司的职工肖林，肖副总经理的儿子，二十四岁，去年大学毕业分配在销售部；刘学民，二十三岁，肖林高中同学，无正式职业，借着肖林的关系，从他们公司倒卖一些废旧钢铁；高体翔，也是天星汽车制造有限公司的职工，他和肖林在一个科室，比肖林大三岁，老家在东北，本市大学机械系毕业分配来的。女孩儿是五年前在厂里跳楼自尽的女会计的女儿，当时家属和总厂领导谈好了，她女儿毕业就到厂里上班，现在在化验室当化验员，她和肖林正在谈恋爱。

这一切还在瞒着胡淑珍。

女会计

女会计的女儿李明慧，漂亮，歌唱得好，年纪轻轻的就喜欢唱民国三四十年代周璇的歌。她长得像妈妈，她妈妈长得就像周璇，她比周璇还漂亮。她从初中开始就是学校里男孩子追求的明星。她爸爸原本想让她考电影学院，她不喜欢，她就想到她妈妈工作的天星汽车制造总厂当会计。她在财经大学读书，毕业后找到了王刚。王刚看到她先是一惊，然后二话没说就答应了，说，孩子，先来厂里上班，财务部满员了，去化验室，找机会再调动。李明慧答应了。她告诉她爸爸，只要能进总厂就行，她希望能到财务部，接替母亲的岗位。

王刚看到李明慧真的是吓了一跳，他以为女会计还魂了，不过仔细端详，这个李明慧比她妈妈漂亮很多。全厂的职工看到李明慧都有一种亲切感。

女会计生前在厂里歌唱得就好听，特别是周璇的《夜上海》，她参加市里业余歌手比赛拿过一等奖，后来她不敢唱周璇的歌了，那是靡靡之音。再后来她就不怎么唱歌了，过去全厂有名的百灵鸟变成了哑巴鸟。厂里有传闻，她和厂里兼任总会计师的肖副厂长关系不错。后来她患了抑郁症，住进了医院，变得沉默寡言。

厂里因为她的病情，安排她到工会图书馆当管理员。开始还好，后来传闻她在财务部犯了错误被调整到图书馆，真丢人，干吗吃吗呗，管钱的，弄钱呗……人们的窃窃私语，促使她怨愤地找到肖副厂长，要求回到会计岗位，否则就到市里反映他的问题。肖副厂长正在气头上，没有答应，她就开始闹腾起来，还说肖副厂长强奸过她。办公室同事劝阻无济于事，就喊来了保卫处长王刚。王刚不由分说让保卫干部把疯了一样的女会计铐上，带到保卫处，教训一顿。一个星期后女会计跳楼自尽。

"春季到来绿满窗，大姑娘窗下绣鸳鸯。忽然一阵无情棒，打得鸳鸯各一方……"据说，女会计是唱着《四季歌》飘落到水泥地面上的，那天的午夜下起了瓢泼大雨。

余友德带着皮戴在二八公路重大交通事故现场的时候，那辆撞得残缺破烂的吉普车里还传出了周璇的《夜上海》……

原本是肖副厂长升任总厂厂长的，没承想女会计这么一闹，王刚成了突击提拔的干部。王刚有上山下乡的经历，回来后又被保送到市委党校脱产三年大专班学习。他这几年还自学专升本，本科学历又接研究生的学历，直接从处长的职位快速升为天星汽车制造总厂的厂长。其实肖副厂长心里清楚，王刚是区委组织部副部长的女婿，他是竞争不过王刚的。他跑到王刚办公室祝贺他成为"一把手"，他感谢王刚厂长为了他处置了女会计，保全了他的副厂长职位，今后一定肝脑涂地听从王厂长的调遣。

女会计的死一直是个谜，像块巨石压在余友德心里，有的时候他情不自禁地哼唱起那首《四季歌》。五年过去了，现在女会计的女儿又出了车祸，他更加感觉到这不是一起普通的交通事故。他发誓一定揭开这个谜底，给被害人一个交代。

肖林

余友德带着皮戴找到现任保卫处长，了解肖林开车出去的情况。保卫处长讲，他们几个是偷着把公司值班车开出去的。值班司机被肖林骗到公司门口小饭店喝酒，他们把司机灌醉，拿走司机身上的钥匙。几个人到市里红雨歌厅娱乐，又是喝酒又是蹦迪唱歌，玩到了凌晨。他们找了一家昼夜饭店吃了早餐，然后回公司上班，就手还车。没承想快到公司了，酿成大祸。

—— 272

皮戴说："师父，没有这么简单。"

"我知道，找歌厅老板去。"余友德皱着眉头说。

歌厅老板是皮戴的高中同学小张，他看到皮戴似乎有些惊讶："喂，皮戴，你当警察了，你不是学医的吗？"

"学医不能当警察吗？你怎么开歌厅了，你不是顶替你爸到公司上班吗？"皮戴说。

"别提了，这不是要改革吗，成立了'三产'公司，这歌厅就是'三产'干的，我就是一个自负盈亏的小经理。"

余友德没有讲话，一直用眼睛盯着眼前这个油嘴滑舌的青年。

小张有些蒙："警官，您好，您是不是来了解肖林他们昨天晚上到这里来唱歌跳舞的事儿？"

余友德还是不说话，还是用眼睛看着他。现场有些尴尬。

皮戴说："没事儿，找你聊聊，你说实话就行，这是我师父，余友德队长。"

"我不是队长，我是侦查员余友德。"余友德直愣愣地说。

"过去是队长，过去是。"皮戴还是坚持。

余友德不再计较皮戴的坚持，他掏出烟，也不问小张会不会吸，自己点上，吐出烟雾。

"您抽烟呀？我给您拿去，我不会。"小张有些紧张。

"行了，别紧张，你和皮戴是同学，也算是我的编外徒弟，你要给我讲实话。"余友德低着头讲。

"一定，一定，师，师父。"小张看余友德不像刚进来的时候，绷着脸，一言不发，像一尊凶神恶煞的罗汉，好像小张就是凶手似的。

余友德心想，这小子倒是聪明，马上就改口喊师父。他当真了，不会，这小子是套近乎。你套近乎，我就让你套近乎，你这个小狐狸算是倒霉碰上了狡猾的老狐狸，不是老狐狸，是猎人。

"徒弟，跟师父说实话，他们到这里来谁花的钱？"余友德问他。

"他们来不用花钱。既然您看得起我，余队长，我说实话，这个红雨歌厅是三方股份，大股东是公司的行政处，二股东就是肖林，其实就是他爸爸直接管理，三股东是，是……"

"怎么，小张，跟我隐瞒？"余友德看着他问。

"不是，三股东是胡小天，不过名字是他的，都是由他妈妈代理，年底分红给他妈妈，他妈妈不让他知道。"小张说。

"这些事儿，王刚知道吗？"余友德问。

"能不知道吗？我瞎说呀，我认为他知道，要不然肖林他爸是副总经理，他没有那么大胆。我认为，公司的大股东，说白了就是王总经理。"小张有些不满地说。

"说说他们几个人来你这儿的事儿。"余友德说。

"肖林他们四个人在公司门口的小饭店灌醉值班司机，肖林开着车来到红雨歌厅娱乐，这样的事儿有过好多次了。每次来肖林都带着李明慧，其他人倒是不一定，高体翔来得少，就一两次，刘学民几乎每次都陪着来。他们四个玩到后半夜，还打起来了。肖林骂高体翔吃里扒外，胡说八道，和销售部的人讲红雨歌厅有他家的股份，弄得满城风雨，他回家他爸爸扇了他几个大嘴巴子，还说，不让他在公司上班，要把他调到区里工作，他爸爸已经和王总说了，找他岳父，再过两三个月就走。肖林不愿意去政府机关工作，主要原因是离不开李明慧，他怕调走了，就不能天天见李明慧了，担心让高体翔给撬走。高体翔一直喜欢李明慧，只不过碍于肖林他爸爸是公司领导，再加上他们三人是拜把兄弟，说好了，有福同享有难同当，高体翔是大哥，不能夺走兄弟的恋人。可是肖林不这么认为，他觉得是高体翔造的谣，为的就是夺走李明慧。"

刘学民

刘学民是女会计的外甥，李明慧是他同年不同月的表妹。这些关系王刚是不知道的。他只知道肖林和李明慧谈恋爱，他找过肖副总经理，警告他不能让他儿子和李明慧谈成了，否则女会计的魂魄会永远纠缠着他家，甚至殃及全厂。

自从李明慧进厂，《夜上海》《四季歌》《花好月圆》……周璇的歌曲在王刚的耳边似乎天天吟唱，搞得王刚神魂颠倒，他一直在想把李明慧调出去的法子。

一天深夜，刘学民偷听到父母对话。

"李明慧就是替她娘讨债来的，瞧她那样子越发像她死去的娘了，你不会也和她有一腿吧？"刘学民母亲李会计有些醋劲地讲。

"你个老娘儿们，胡咧咧什么，她是你表妹，她当时跟肖副厂长好，谁敢碰她？谁知道他俩又掰了。"刘学民父亲说。

"老肖就是让王刚给算计了，要不然王刚一个处长怎么和一个要接班的副厂长竞争，轮也轮不上他王刚呀！"她转移话题说，"行了，你保住这个办公室主任就好，一把手是谁，你就伺候谁。"

刘学民父亲的呼噜声震天撼地响起来了。

刘学民把这个秘密偷偷告诉了小张的妹妹，他追求她。她告诉了哥哥小张，因为小张暗恋李明慧。李明慧的死亡给小张带来了极大的悲愤，他觉得是肖林他们家害死了李明慧和她妈妈。

余友德知道现在必须找到刘学民的父母，这是调查女会计自尽的重要环节。

刘学民的父母沉浸在失去儿子的悲伤中，他母亲指责他父亲说："你还不跟警察都说了，就是那个肖林害死了儿子，可怜儿子小民无知呀！还有我的外甥女小慧，跟她妈妈命一样，早早就死了，让我表妹夫怎么活呀！"刘学民母亲说着说着晕过去了。皮戴赶紧和她丈夫忙活着抢救。

肖副厂长一直分管后勤和财务，他通过手段征服了女会计，他俩的事儿在厂里传得沸沸扬扬。据说被保卫处王刚处长逮着了。在一个下着暴雨的傍晚，王刚巡查办公室的门窗，无意间发现肖副厂长的办公室门好像没关严，露着门缝。王刚伸手一推，门开了，就在办公室的双人沙发上，一男一女正在行苟且之事。

肖副厂长在王处长的手里有了短儿。王处长向肖副厂长发誓他没有跟任何人讲，至于怎么传出去的，他就不知道了。王刚还说："肖副厂长，你俩的事儿，不止我一个人看到了。"肖副厂长有苦衷也只能往肚子里咽。

正在肖副厂长要转正的时候，女会计跳楼了，就在肖副厂长办公室的顶层，说是她纵身一跳。余友德不同意市局法医的鉴定结论，他说，她要是纵身一跳，尸体怎么是仰面朝天呢？法医讲，她是在精神幻觉中，仰面一跳的。

肖副厂长落选。王刚处长犹如一匹黑马腾空而起，全厂的职工好像早已预料到了似的，大家都祝贺他晋升。

刘学民母亲醒了，她像变了一个人一样，哼唱着《夜上海》住进了安定医院。皮戴到医院看望她时，她惊讶地说道："李楠，我家小民和小慧成亲了，他俩是表兄妹，出五服了，你就别和小民争了。"她继续自言自语，"刘学民死了，李明慧也死了，他俩去天堂结婚了。"

李楠

皮戴对余友德说："师父，经过我对胡小天的尸体检验，我觉得他的死不是突发性心肌梗死，而是服用了一种导致心脏加速的药物，加上他很紧张，甚至有人误导他，说是他故意害死了吉普车里的人，或者说，他知道车里的人都是谁，如果公安局查出真相，他要坐牢，也许是蓄谋杀人，判死刑都有可能，用伤害性语言刺激他，使他心跳加速，造成死亡，也可能他是假死，也许他还活着。"皮戴说完了，自己颤抖一下，他怀疑这些话都不是从他嘴里说出的。他定了定神，眼睛眯成了细缝。

"你小子给我讲推理，还是科幻书看多了？胡小天的尸体是你和技术员一起检验的吧？"余友德半信半疑地问。

"我是配合了，具体还得听老技术员的，现场也没有什么证据，我只是怀疑。现在听了小张他们的话，又有了新的考虑。"皮戴摇晃着脑袋说。

"娘的，你现在才跟我说！"

"不晚，咱们赶紧去医院停尸房看看不就明白了吗！"

"走。"余友德不耐烦地说了一个字。

尸体早已不见了，停尸房的值班工人吓坏了，他在这里快三十年了，没有出现过尸体不翼而飞的情况。

"到胡淑珍家去。"余友德说着疾步往外走，上车，没等皮戴关车门，他已经加大油门，开出去。

"师父，慢点儿。"

余友德像是没有听到皮戴的话一样，车子飞快前行。

"皮戴，你说谁是幕后凶手？"

"人！食人间烟火的人！"皮戴有些自信地说。

"人？是谁？"

"胡小天……李楠……或者李明慧！"

"胡说！胡说！"余友德不愿意推理或者猜疑是这几个年轻人的阴谋，那样会使他更心痛。他不敢往下想，上一辈人的恩恩怨怨延续给了下一辈人。

胡淑珍什么也不说，痴呆地笑着，好像她是精神病患者一样，看着余友德和皮戴痴痴地笑着，偶尔冒出一句："有户口了，小天有户口了。"

"传唤李楠！"余友德大声说。

余友德请求刑警大队教导员把胡淑珍送往精神病院，鉴定她是否患有精神病，再派侦查员找王刚和肖副总经理取证，调查相关案情线索……

李楠面对余友德哈哈大笑，说："一个猎人让几个小狐狸耍了，哈哈，余队长，这就是新生代。要不是胡小天装死，被你们的聪明人发现，你们该结案了吧？就像李明慧的母亲一样，是自尽的，对吧？你们愚蠢啊，哈哈……"他哈哈的笑声带着一股阴气传入余友德的耳朵。余友德像是被无数只蚂蚁啃噬一样，痛痛痒痒，不能自拔。

李楠和李明慧是大学同学，两个人在大一就黏糊在一起了。李明慧讲述了自己的家庭遭遇，李楠要帮助她复仇，让肖副总经理饱受失去亲人之痛。

李楠和胡小天成为好友，结拜为兄弟。结拜兄弟，无话不说。胡小天告诉他，他上小学的时候就发现了他母亲和王刚的亲密关系，似乎听到王刚说小天就是亲骨肉之类的话。他要报复"两面人"王刚，他要让王刚失去亲骨肉，要让王刚也饱尝痛苦。

李楠从李明慧那里了解到肖林，他们经常偷开公司值班车到红雨歌厅吃喝娱乐。于是李楠找到胡小天谋划寻机报复王刚和肖副总经理。借着胡小天外出送货，李楠押车，他们联合李明慧，制造了一起车祸。

其实李楠告诉李明慧不要和他们一起坐车返回，让她醉酒在歌厅迷惑小张，等待天亮一切结束再回公司。可是李明慧复仇心切，她不想错过机会，她担心肖林赖着不开车回去。于是，她借着酒劲狠下心一起前行……

女会计是和当时的肖副厂长吵闹时，被他无意间从楼顶推下去的，她不是自尽，她死于肖副厂长失手。当警察提审肖副总经理的时候，他疯疯癫癫地嚷嚷着："报应呀，报应！我害死了她，也害死了儿子！"

孟局长重重地拍了一下桌子："立即发通缉令，缉拿胡小天！"

孟局长告诉余友德："五年了，分局党委决定，你继续担任刑警大队大队长，皮戴继续给你当助手，这孩子机灵，硕士就是硕士，有水平，有脑子。"

余友德找孟局长要了一根雪茄，他让皮戴给他点上，狠命地吸了一口粗壮的雪茄，抬头轻轻冲着上空吐出一股青烟。青烟漫无目标地盘旋着，向着屋顶和透明处漫游，它想冲出玻璃，冲向天空，它要与云朵会合。余友德面无表情地看着青烟，撇嘴怪笑了一下，对着皮戴说，这就是人间烟火。

后记

我的刑侦悬疑小说集《双警》即将由群众出版社出版发行。激动伴随着一种突然的平静，我在默默地思考，不时地叩问自己的内心，瞬间，我坚定地给出了不需要获取答案的结果，我更需要的是一直一直地奔跑向前。

我少儿的时候就特别喜欢阅读，这也源于我的母亲在企业图书馆工作。夏日、深冬放假的季节是我在母亲工作单位图书馆待得最久的阅读时光，在这里我知道了《七侠五义》里的展昭、《水浒传》里的武松、《铁道游击队》里的刘洪、《红岩》里的江姐、《钢铁是怎样炼成的》里的保尔·柯察金……也许是一种机缘巧合，我入伍在军营还做了兼职的图书阅览室的管理员。在军营，我又阅读了大量文学作品，比如《三国演义》《红楼梦》《西游记》《红与黑》《百年孤独》等中外名著，还有琼瑶爱情系列小说和金庸武侠系列小说，这些作品给了我青春岁月里的无限向往。阅读中我最喜欢鲁迅先生的作品和毛主席诗词，从中我获得了丰富的知识和勇敢顽强的精神。阅读成了我生命里的日常养成。

《双警》的出版倾注了群众出版社编审张晔老师的心血。我和张晔老师是在 2022 年出版法治中短篇小说集《诡异现场》的时候相识的，说是相识也只是微信和电话联系。虽然没有真正谋面，但在交流中张晔老师的真诚与学识感染了我，他成为我的良师益友。这次在编辑出版《双警》的时候，张晔老师不厌其烦地和我沟通，对稿件文字精益求精。

我还要特别感恩中国作家协会原副主席，被党中央、国务院授予改革先锋称号的著名作家蒋子龙老师。我请远在珠海的蒋子龙老师书写"双警"书名，不久蒋老师寄来了这份沉甸甸的关怀。同时我也要感恩作家雷米和法医秦明两位老师给《双警》撰写推荐语，他们既是我警营的战友，又是我公安文学写作上的老师，两位老师对我的公安题材小说给予了鼓励和教正。

　　《双警》由五篇中篇小说和五篇短篇小说组成，这十篇小说于 2022 年至 2024 年在《天津文学》《大家》《飞天》《小说林》《湛江文学》《连云港文学》等文学期刊发表。在这里一并感恩各位杂志编辑老师为我的小说付出的汗水，以及朋友、家人对我的支持帮助！感谢你们，敬礼！

穆继文

2024 年 11 月 30 日

图书在版编目（CIP）数据

双警／穆继文著. -- 北京：群众出版社，2025.

1. -- ISBN 978-7-5014-6207-0

Ⅰ. I247.7

中国国家版本馆 CIP 数据核字第 2025YG5417 号

双　警

穆继文　著

责任编辑：张晔

责任印制：周振东

出版发行：群众出版社

地　　址：北京市丰台区方庄芳星园三区 15 号楼

邮政编码：100078

经　　销：新华书店

印　　刷：天津盛辉印刷有限公司

版　　次：2025 年 1 月第 1 版

印　　次：2025 年 1 月第 1 次

印　　张：17.75

开　　本：787 毫米×1092 毫米　1/16

字　　数：264 千字

书　　号：ISBN 978-7-5014-6207-0

定　　价：59.00 元

网　　址：www.qzcbs.com

电子邮箱：qzcbs@sohu.com

营销中心电话：010-83903991

读者服务部电话（门市）：010-83903257

警官读者俱乐部电话（网购、邮购）：010-83901775

文艺分社电话：010-83901350